MARIKEN HEITMAN

WILDE ERBSEN

ROMAN

Aus dem Niederländischen von
Christiane Burkhardt

KLETT-COTTA

Nederlands letterenfonds
dutch foundation
for literature

Die Übersetzung dieses Buches wurde von der niederländischen Stiftung für Literatur gefördert.

MIX
Papier | Fördert gute Waldnutzung
FSC® C014496

Klett-Cotta
www.klett-cotta.de
Die Originalausgabe erschien unter dem Titel »Wormmaan«
im Verlag Atlas Contact, Amsterdam

Cover: Anzinger und Rasp Kommunikation GmbH, München
Gesetzt von C.H.Beck.Media.Solutions, Nördlingen
Gedruckt und gebunden von GGP Media GmbH, Pößneck
ISBN 978-3-608-98733-1
E-Book ISBN 978-3-608-12318-0

I

Das Lenken eines Traktors ist ein Akt der Souveränität. Er nimmt den Feldweg und fährt auf den Acker, bereit, das Land umzugraben. Der Boden wird es zulassen, heute ist er kühl, aber gefügig. Seine kahl werdende Haut schimmert durch den Bewuchs. Winterroggen, noch in einer Art Grasstadium, deckt kaum. Die angekuppelte Maschine senkt sich. Brummend setzen sich die Spatenblätter in Bewegung, fressen Erde, pflügen in einem einzigen Arbeitsgang Roggen, Unkraut und Mist unter.

Noch vor einem Monat war der Boden von einer harten Kruste bedeckt. Nichts ist fester als gefrorene Erde, wie Bauern und Totengräber wissen. Der Frost war nur wenige Zentimeter vorgedrungen, doch das genügte, um den Traktor zu tragen. Die Erde ließ sich von den rollenden Reifen nicht verschlammen. Der Miststreuer spuckte Klumpen aus, dazwischen drehte sich quietschend die Zapfwelle, und die Schutzabdeckung klapperte wie ein tollwütiges Ungeheuer. Jedes Mal musste ich an die Bauern denken, die mit dem Ärmel darin hängen blieben. Immer die Zapfwelle ausschalten, wenn man schrauben muss, pflegte ich die Jungs anzuknurren, die mit dem Traktor arbeiteten. Noch lieber fuhr ich selbst, aber das gehörte schon lange nicht mehr zu meinem Aufgabengebiet. Deshalb schmückte ich meine Geschichten mit Schreien, Blut und Amputationen aus. Sie schauten mich begriffsstutzig an, mit ihren frisch rasierten Wangen und abgemähten Locken, der Pubertät gerade erst entwachsen. Denn das gehörte nun mal dazu, Gefahr ließ einen zum Mann reifen. Ohne Krieg, ohne ein zu eroberndes Mädchen war das unverzichtbar. Wenn sie immer noch viel zu schlaksig Kroketten und Weißbrot in der Kantine bestellten, sog ich im Vorbeigehen ihren Körpergeruch ein, der sich bereits mit dem von Erde, Mist und Diesel vermengt hatte. Erdklumpen lösten sich von ihren Arbeitsschuhen und blieben auf dem Linoleum liegen, ohne dass jemand etwas sagte.

Es ist, als würde ein erdfarbener Textmarker durch das Grün fahren. Unbebautes Land hat etwas Aufregendes. Ich nehme eine Handvoll Erde und zerdrücke sie. Noch etwas feucht. Der junge Mann im Fahrerhaus sieht sich um. Angestrengt späht er von der Spatenmaschine zu mir herüber. Wir nicken uns zu.

Dann ertönt ein lauter Knall. Die Spatenblätter kommen zum Stillstand, die Maschine bäumt sich ruckelnd auf, und der junge Mann springt aus dem Fahrerhaus. Auch ich betrete den Acker. Wir bücken uns und sehen einen Stein, so groß wie ein dicker Kürbis. Der dunkelgraue Granit ist von einer klebrigen Haut aus Erde bedeckt, dort, wo die Schaufel ihn getroffen hat, ist sie aufgeschürft. Quer über seinen zerschrammten Bauch verläuft ein silberner Streifen. Ansonsten ist er unversehrt. Um die Schaufel der Spatenmaschine ist es schlechter bestellt, wie eine verbogene Büroklammer hängt sie im Maul der Maschine. Seltsam, dieser eine Stein hier. In Skandinavien ist man das gewohnt, da steigen die Steine wie Heliumballons aus dem Boden. Jedes Frühjahr gehen die Äcker mit Steinen schwanger, und die Bauern müssen ihre Felder erst mal davon befreien, bevor sie loslegen können. Doch nicht die Steine, sondern die Erde ist ständig in Bewegung. Meist unmerklich, trotzdem glauben wir fest daran.

Der junge Mann ist bereits wieder ins Fahrerhaus zurückgekehrt. Er sucht nach Werkzeug. Ich nehme den Stein und gehe zum Büro, ein leuchtender Kasten in einer Schlammpfütze. »Zapfwelle ausschalten!«, brülle ich noch.

Im Büro begegne ich Bert. Ob ich mal kurz mitkommen könne, fragt er gehetzt. Ich folge ihm in sein Zimmer.

»Wir sind zu spät, Elke.« Seine Hand liegt auf einem Blatt Papier. »Was ist das?« Er zeigt mit dem Kinn auf meinen Schoß.

»Zu spät?«

»ABC Seeds sind uns zuvorgekommen. Ihr Kürbis weist zu viele Ähnlichkeiten mit unserem auf.« Er schiebt mir das DIN-A4-Blatt hin. Der Text ist kurz, spricht aber eine eindeutige Sprache. Die getesteten Eigenschaften der beiden Sorten sind bis auf eine einzige miteinander vergleichbar. Auch ihr Kürbis reift früh, hat denselben Kiloertrag und dieselbe Farbe, sogar der kompakte Wuchs, der das Unkrauthacken erleichtert, ist mehr oder weniger derselbe. Nur der prozentuale Anteil an Trockenmasse unterscheidet sich. Ihrer ist höher. Unser Wettbewerber hat genau denselben Kürbis entwickelt, bis auf eine einzige, überlegene Eigenschaft. Ihr Kürbis ist nicht so wässrig. Doch noch viel wichtiger ist, dass ihr Zulassungsantrag früher eingereicht wurde. ABC Seeds darf ihre Sorte Plenty auf den Markt bringen, für sie zahlen sich sieben Jahre Arbeit aus. Wir haben Pech. Unsere Sorte existiert nicht, wir haben bloß eine Kopie angefertigt.

»Plenty?«

Bert sieht müde aus.

Ich suche im Gewächshaus Zuflucht, atme das angenehme Pilzaroma frischer Blumenerde ein. Draußen will es einfach nicht hell werden, hier drin scheint eine Kunstsonne. Das windstille Klima, die Pflanzrohre und Barcode-Schilder erwecken den beruhigenden Eindruck, alles im Griff zu haben. Ich sitze in einer Ecke, den Stein neben mir wie ein Wachhund. Bert hat mich gefragt, was ich denke. Sieben Jahre Arbeit für die Tonne, das denke ich. Sieben Jahre Vorbereitungszeit und dass ich das eigentlich liebe. Den schweren Traktor im Herbst, schief, mit nur einem Stützrad in seiner eigenen Furche. Die klappernden Pflugscharen, die am Anfang jeder Reihe im lehmigen Boden versinken, als wäre er aus Pudding: Wie sie ihn aufreißen, die Erdschollen wenden, ein Schwarm Möwen im Schlepptau, die systematisch die Würmer aufpicken. Die Furchen, die das Land wie dickes Gewirk bedecken. Der Lehmboden muss kaputtfrieren, zerkrümeln wie eine Pavlova. Aber Kälte, das war einmal. Immer öfter wird der Lehmboden dank Dieselkraft zermalmt, wie ein Stabmixer zerhäckselt die Kreiselegge alles Leben. Hier, beim leichteren Sandboden der Gärtnerei, genügt Umgraben. Anschließend treiben unzählige Samen und Wurzelreste von Quecke, Melde, Ackerdistel und Knopfkraut aus. Die zögerlichen Wurzeln unserer geliebten Kürbisse hingegen bekommen kein Bein auf den Boden: die Stängel zu schwach, die Blätter zu zart. Weil sie so empfindlich sind, brauchen sie ein topfebenes Beet. Deshalb muss die Egge, eine riesige Harke mit Stahlzinken wie gezackte Drachenschwänze, die Erdbrocken zerkleinern, gefolgt von einer schweren Walze, die alles zerkrümelt. Dann wird es April, und ich sehe mich in die Hocke gehen, die flache Erde streicheln, die sich zitternd der Frühlingssonne darbietet. Einen Monat später sind die quadratischen Felder voller Kürbispflanzen, sortiert nach Sorte und Generation. Die weiblichen Blüten einzeln und ordentlich in Gaze verpackt, um eine zufällige Befruchtung zu verhindern, die männlichen schlichtweg amputiert. Manchmal wachsen die Pflanzen auch unter einem Insektenschutznetz, um dicke Hummeln abzuwehren, damit nur wir mit unseren kleinen, in klebrigen Blütenstaub unserer Wahl getauchten Pinseln Zugang haben. Es folgen die Kontrolle der Pflanzen und ihrer Früchte, die Listen mit Daten: wie viele Triebe pro Pflanze, erste Blüte, Anzahl der Blüten, wie krankheitsresistent, der Moment der Fruchtbildung und natürlich das Gewicht der Früchte. In ihnen befinden sich die Embryos unserer sorgfältigen Befruchtungen, die Nachkommen, die erst im nächsten Jahr ausgesät und getestet werden können. Deshalb hat es sieben Jahre gedauert, um eine neue Sorte zu entwickeln. Wir fanden sie spektakulär früh erntereif, viel früher als die bisherigen Sorten. Ich hebe den Stein hoch und spüre die raue, glitzernde Wunde, denke an eine Mitschülerin, die Klammertiere aus Plüsch sammelte, sie besaß eine ganze Kollektion davon. Mit steifen Ärmchen klammerten sie sich an das Seil, das von ihrem Hochbett hing: Kopf an Po. Sie fühlten sich hart an unter der dünnen Stoffschicht. Wir hatten das ein oder andere Tier von seinem Fell befreit. Was blieb, war ein viel zu großer Kopf auf einem gruseligen rosafarbenen Skelett. Ansonsten war wenig mit diesen Klammertieren anzufangen. Man konnte sie in die Schulter kneifen, dann öffneten sie die Arme und ließen das Seil los. Mit diesen Armen konnten sie sich auch gegenseitig, unsere Finger oder andere hervorstehende Körperteile umklammern. Deshalb wandten wir unsere Aufmerksamkeit einem Telefon auf dem kleinen Schreibtisch unter ihrem Hochbett zu. Ein echtes Telefon mit Wählscheibe. Meine Mitschülerin wählte eine Nummer und sagte, ein Junge sei dran. Ich konnte mein Erstaunen kaum verbergen. Sie nickte lebhaft, wölbte geübt die Hand um die Sprechmuschel und flüsterte, er wolle wissen, was wir anhätten. Die Hand entfernte sich, und sie erwiderte: »Ballkleider, ganz schöne. Ich eines in Rosa und Elke eines in Blau.« Wir kicherten. Sie hielt mir den Hörer hin. Ich schüttelte den Kopf. »Los, mach schon«, zischte sie aufgeregt. »Er will dich sprechen. Wirklich, ich schwör's bei meinem Kaninchen.« Um niemanden vor den Kopf zu stoßen, nahm ich den Hörer entgegen und lauschte. Der Junge hatte aufgelegt.

Auch ich besaß ein paar Klammertiere, sammelte allerdings lieber Steine. Graue Steine mit einem weißen Marmorstreifen. Aber das behielt ich für mich. Ich bewahrte sie in einem Schuhkarton auf. Wir gingen von der Schule nach Hause, und sie fragte, ob ich mit zum Spielen komme. Wir näherten uns gerade einer Kiesauffahrt. Die besten Steine findet man oft im Kies, manchmal im Wald. Ich meinte, das gehe nicht, ich hätte noch zu tun. Sie runzelte die Stirn. Ich müsse heute Nachmittag noch üben, für den Klarinettenunterricht, fügte ich zögernd hinzu. Langweilig, meinte sie und war froh, keinen Musikunterricht zu haben. Also dann tschüs! Sie hüpfte um die Ecke. Ich ging vor dem Kies in die Hocke und ließ meinen Blick über die verschiedenen Steine huschen. Keiner war wie der andere. Nach etwa zehn guten Exemplaren fiel mir auf, dass ich nichts zum Transportieren hatte. Keine Jacke, keinen Turnbeutel, keine Hosentaschen. Ich trug ein Kleid. Wie gut mir das Rot stehe, hatte mir meine Mutter noch am Morgen lächelnd gesagt.

Mit vollen Händen ging ich nach Hause, mit dem Ellbogen öffnete ich mühsam die Küchentür. »Hallo, mein Schatz, wieso kommst du so spät?«, fragte meine Mutter. Ich zeigte ihr meine bösen, viel zu vollen Hände. Drei Steine entglitten mir und prasselten auf den Küchenboden.

Vor mir stehen Töpfe mit starrem, bleistiftdickem Lauch, oben sorgfältig kupiert wie Schweineschwänze. Plenty. Aber was soll man schon von einer Firma erwarten, die sich nach den ersten drei Buchstaben des Alphabets benannt hat.

Unseren habe ich Aparche getauft, nach der Erstlingsfrucht, dem allerersten und schönsten Teil der Ernte, den die alten Griechen ihren Göttern opferten. Weil unser Kürbis so früh dran war und bereits Mitte August anfing zu reifen.

»Aparche, der allererste Sommerkürbis.« Das Marketing ist längst angelaufen. Auf meinem Schreibtisch liegen bunte Hochglanzbroschüren mit wenig Text und vielen Fotos, sie zeigen orangene Rundungen, ganze Paletten davon. Mit dem Ziel, Landwirte zu verführen. Die gehen nämlich ein hohes Risiko ein, wenn sie auf eine neue Sorte umstellen. Sie wissen noch nicht, wie der Boden reagiert, ob sie die Signale der neuen Pflanzen verstehen werden, ob sie über die richtigen Maschinen verfügen. Da hilft es, schillernde Erwartungen zu wecken. Tabellen mit fetten Kiloerträgen sind natürlich auch hilfreich.

Doch jetzt ist Aparche auf einmal überflüssig, eine Erstlingsfrucht, die keine Erstlingsfrucht mehr ist. Stattdessen erhielt Plenty, ihr intelligenterer Bruder von ABC Seeds, eine Daseinsberechtigung. Beide sind Hybriden, die Sorte, die man bekommt, wenn man zwei Elternlinien getrennt voneinander über einen langen Zeitraum hinweg Inzucht aussetzt. Werden zwei dieser Eltern miteinander gekreuzt, entsteht eine explosive Nachkommengeneration: Hybriden sind in fast jeder Hinsicht leistungsfähiger als ihre Eltern. Sie wachsen gleichmäßig, blühen üppig und tragen große Früchte. Bauern lieben diese vorhersehbaren, ertragreichen Pflanzen. Aber ihre Früchte enthalten unbrauchbare Samen. Befruchtet sich nämlich ein Hybride selbst, fällt das ganze Kartenhaus in sich zusammen. Werden die Karten neu gemischt, ändern sich auch die Eigenschaften. Einige verschwinden und andere, die man unterdrückt hat, treten in den Vordergrund. Die Nachkommen ähneln weder einander noch ihren Hybrid-Eltern. So ein Kürbis kann sich nicht formstabil fortpflanzen. Das schafft er nur mithilfe von uns Züchtern.

Die Tür zum Gewächshaus geht auf. Vincent, unser Erbsenmann, hat zwei Tassen Kaffee dabei, reicht mir eine davon und zieht einen Stuhl neben meinen. Wir starren auf das Lauch-Pflanzgut. Er fragt, wie es mir gehe, was ich jetzt machen wolle. Draußen dröhnt ununterbrochen der Traktor. Was ich machen will? Gute Frage, darüber habe ich noch gar nicht nachgedacht. Ich sage, dass ich es nicht weiß. Er nickt und meint, das sei eine Fehlleistung des gesamten Teams, ich nähme das hoffentlich nicht zu persönlich. Nein, da habe er wohl recht, sage ich beschwichtigend. Mein Blick huscht nach draußen.

»Meinst du nicht, es ist noch zu früh zum Umgraben, Vincent?«

Joop vom Außendienst habe das so entschieden. Ich nicke und schaue hinaus, denn dort will ich sein. Ohne eine Glasscheibe, die mich von der Welt trennt. Kerzengerade will ich auf diesem jungfräulichen Land stehen, spüren, wie meine Schuhe einen Zentimeter tief einsinken, die geballten Hände in den Hosentaschen. Gucken, ob die Jungs die Löcher und Spuren vom Vorjahr ordentlich beseitigt haben, ob die Krume ausreichend untergegraben wurde, ob sie nicht zu fein und auch nicht zu grob ist. Ich höre schon das Klappern der Sämaschine, die Auszubildenden mit ihren abrupten Gesten, wie sie die zarten Pflänzchen eines nach dem anderen ins Pflanzrohr fallen lassen, ihr Radio, nackte Beine und Gelächter. Anschließend wächst der Acker mit wogenden Blättern und haarigen Armen voll hellgelber Blüten zu. Die ersten orangen und tiefgrünen Rundungen werden im August wie riesige Ostereier zwischen dann sandfarbenen Blättern aufleuchten. Aber nicht dieses Jahr.

»Ich möchte dir was zeigen.« Vincent erzählt von einer uralten, samenfesten Erbsensorte, die er neulich aus der Türkei bekommen hat. Bitter, aber dafür mit allen möglichen Resistenzen gegen Krankheiten. Eine Sorte, die sich wahrscheinlich auf die Erbse zurückführen lässt, die die allerersten Bauern vor ungefähr neuntausend Jahren gezüchtet haben. Türkische Bauern in abgelegenen Bergregionen bauen sie bis heute an, hauptsächlich für den Eigenbedarf. »Ist doch Wahnsinn!«, sagt er schließlich kopfschüttelnd und trinkt seinen letzten Schluck Kaffee.

Vincent ist eher ein Sammler als ein Züchter. Außerdem ist die Entwicklung neuer Erbsensorten finanziell uninteressant. Für den Frischmarkt sind sie zu teuer, und als Konserve ist der Qualitätsverlust so hoch, dass sich eine Geschmacksveredelung nicht lohnt. Bei Erbsen geht es um Kilos. Bisher habe ich mich nicht dafür interessiert. Eine störrische Urerbse. Ich nicke, und wir stehen auf.

»Was ist das?« Vincent zeigt auf meinen Stein.

2

Die Levante vor neuntausend Jahren

Die Steppe rast, aber ein Mensch muss ab und zu rasten. Deshalb zeigten wir ihr jeden Abend eine Höhle, einen Felsspalt oder ein ausgetrocknetes Flussbett. Dieser Teil des Fruchtbaren Halbmonds, der Levante genannt wird, bestand aus Gras und Wind. Mäßigung suchte man hier vergebens. Mehr als Rückendeckung konnten wir ihr nicht bieten. Sie zog sich tiefer in den Schutz ihrer Kapuze zurück, entfachte mickrige Feuer, um Schlangen und andere hungrige Raubtiere fernzuhalten, aß in der Hocke Haselnüsse, winterfeste Beeren oder Wurzeln, die sie unterwegs in ihrem Beutel sammelte. Die Mühe, sie zu schälen oder zu rösten, machte sie sich nicht. Sie war jung, sie hatte noch die Zähne dafür. Jeden Abend murmelte sie ein Stoßgebet. Große Mutter, führe mich zu einem neuen Volk. Allein bin ich verloren.

Danach ließen wir sie schlafen.

Die Schattenwelt verlangte ihr mehr ab als die Steppe. Sie wälzte sich eine Weile hin und her, schloss die Augen, und schon tauchten die Schemen auf. Sie durfte rein gar nichts, weder beim Getreidemahlen helfen noch anschließend den Brei essen. Dann spähte sie wieder hinter einer Mauer hervor, zu dem Tanzen und Singen um mehrere Feuer, zu dem

Mond, der die Menschen mit seinem bläulichen Schein wach hielt. Sie beobachtete, wie das Tanzen nach und nach aggressiver wurde, die Gliedmaßen immer stärker zuckten. Bis sich der Gesang von Melodie und Rhythmus löste. Schrilles Heulen, dazu ihre Atmung, die erst ins Stocken und dann aus dem Takt geriet. Das Wissen – wenn auch nicht mit letzter Sicherheit –, dass da irgendwas nicht stimmte. Kreischend warfen die Menschen Felle und Kapuzen ab, entblößten ihre mondweiße Haut, Schaum sammelte sich um ihren Mund wie Spreu, Körperteile schwangen hin und her. Einige zogen eine Fackel aus dem Feuer und drohten damit dem Himmel.

Nie sah sie ihn kommen. Im Hocken brüllte er ihr ins Gesicht, die Augen blutunterlaufen, erbarmungslos, eine Schaumflocke im Bart. Sein Gestank. Ohne jede Vorwarnung steckte er ihr die Fackel in den Bauch.

Immer dieselben Bilder. Aber das war nicht der Grund, warum wir ihr folgten.

Wer wir sind? Ahnen, auch die von ihr. Das sagt sich so leicht, aber weil wir längst den Überblick verloren haben, wissen wir nicht mehr so genau, wer oder was. Man schloss sich zusammen, also wir alle. Die Tragik des Menschen besteht nämlich darin, dass er sich einbildet, ein Individuum zu sein. Eine klar umrissene Größe. Aber wir überlagern uns genealogisch. Wirklich niemand von uns stammt von einer einzigen Linie ab. Sagen wir lieber, wir sind das unübersichtliche Amalgam ihrer Verwandten, der nicht nachlassende Strom an Toten.

Denn sterben, das taten wir oft und zuhauf. Manchmal direkt nach der Geburt, erdrosselt von der eigenen Nabelschnur. Oder aber wir wurden schon vorher, nicht größer als eine Erbse, noch bevor Finger und Zehen sich trennten, mit einem Schwall trüben Wassers aus dem Mutterleib verstoßen. Zu früh gestorben vor lauter Hunger, das auch. Verendet in flachen, von ein wenig Erde bedeckten Mulden. Vertrocknet, vergessen. Wir sind all ihre Mütter, die während der Geburt verbluteten, oft zusammen mit dem Kind. Manchmal starben wir durch Schlangenbisse, durch den Sturz in eine Schlucht, zwei von uns wurden sogar vom Blitz getroffen. Wir sind all ihre Väter, von Tieren zu Tode getrampelt oder gefressen, ertrunken, erschlagen oder verjagt. Wir sind ihre Ahnen, ein jeder von uns, die wir überwiegend weitaus weniger spektakulär ums Leben kamen. Irgendwann wurden wir wehrlos, hinfällig, erlagen sinnlos einer Reihe alltäglicher Leiden: einem Knochenbruch oder Zahnfäule, einem breiten Spektrum an Infektionen, einseitiger Ernährung oder Nahrungsmangel, gefolgt von einem banalen Virus oder banalen Parasiten. Und dann siecht der erodierte Körper ohne Reserven dahin, hört schlichtweg auf zu existieren. Die meisten von uns bekamen nie ein Grab. Wir sind zahlreicher als die Lebenden, und das, wovor sie sich ständig fürchten, haben wir längst hinter uns. Dennoch haben wir keinerlei Befugnisse. Denn nur ein Körper hat hier was zu melden. Deshalb folgten wir ihr, unserer Nachfahrin. Wären wir uns doch nur öfter so einig.

Wir waren alles, was sie noch hatte, ihre Menschen hatten sich kürzlich zu uns gesellt. Auch wenn sie nichts davon wusste. Tagsüber schleppte sie sich mühsam vorwärts wie eine betrunkene Sonnenuhr. Nur wir sahen, wie ihr Schatten länger wurde, schrumpfte und wieder zunahm, verblasste und verschwand. Hinter sich sah sie die brennenden Vorratsscheunen, Menschen, die mit Stöcken das Feuer ausschlugen. Sie, das Irrlicht, wandte sich ab und floh.

An diesem Tag witterte sie endlich Flusswasser und Vieh. Die Pfade, die gefällten Bäume und feuchten Dungköttel sagten ihr, dass hier Menschen lebten, Bauern wie sie. Darum war sie erst recht auf der Hut. Was Wölfe und Schakale wollten, wusste sie, Menschen hingegen konnten noch tödlicher sein.

Sie sah die Schafe schon von Weitem, schlich näher und ging hinter einem Gebüsch in Deckung. Nichts regte sich, nicht einmal das Laub der wenigen Bäume, die der Fluss in direkter Ufernähe duldete. Im Schatten schliefen zwei Menschen, umgeben von ihrer Herde. Nachdem die Tiere ihren Durst gestillt hatten, lagen sie überall herum, die schmutzigen Knie angewinkelt. Sie käuten wieder, mit rhythmisch mahlenden Kiefern und prallen Wangen. Sie waren in Gedanken, ihr Blick nach innen gerichtet. Ab und zu bewegten sie die Ohren oder schüttelten den Kopf, um Stechfliegen zu vertreiben.

Wir haben viele Leben lang geschwiegen. Aber jetzt müssen wir dringend etwas loswerden. Diese beiden schlafenden Menschen und das Volk, zu dem sie gehören, sind keine Fremden für uns. Auch sie sind unsere Nachfahren, wie könnte es anders sein? Wir sind nicht nur das Amalgam einer Handvoll vorangegangener Brüder und Schwestern. Wir sind auch die südlichen Nomaden, unstete Keinländer, die nicht Götter, sondern Tiere verehren, die Neandertaler, die ihre pigmentarme Haut weitervererbten, der *Homo erectus* mit seinem revolutionär großen Gehirn, die Affenartigen, die erstmals auf zwei Beinen liefen, die kleineren Äffchen, die einigen von euch einen Phantomschwanz und eine vage Vorliebe für Bäume mitgaben, sowie das schmächtige Tier, das auf wundersame Weise überdauerte und das Spektakel überlebte, das den Dinosauriern das Genick brach. Wir sind die vierbeinigen Amphibien mit der uns verwandten Organstruktur und einem ebensolchen Blutkreislauf, wir sind der Fisch, der aus dem Schlamm kroch und atmete, ein und wieder aus, in einer noch ferneren Vergangenheit. Auch sie sind wir, die Quallenartigen, deren Zellen genauso aussahen wie die von allen anderen, mit einer Membran und einem Kern, das vermeintlich Ungeformte. Wir starben zuhauf und schlossen uns zusammen, bis hin zum allerersten, spontan entstandenen Eiweißstrang. Aber auch *das* ist nicht der Anfang. Wir sind das, woraus dieser Strang entstand, das Gas und die Erde, die Mineralien, Moleküle, Säuren und Basen. Das zu Staub gewordene Licht und die Bewegung. Wie soll man Unermesslichkeit beschreiben? Sie speist sich aus einem ununterbrochenen Lebensstrom. Sie ist nie allein.

Zugegeben, wir sind fast immer uneins. Konsens bleibt dem Einzelnen vorbehalten, und das ist das Einzige, was wir nie gewesen sind. Einige von uns waren nicht damit einverstanden, aber sie mit ihrem Veto-Körper traf eine Entscheidung. Und es geschah Folgendes:

Sie kam hinter ihrem Strauch hervor und ging auf die beiden Menschen zu. Die Schafe blökten und weckten sich, einige erhoben sich hastig. Auch die beiden Menschen wachten auf. Der junge Mann griff erschrocken zu seinem

Steinmesser. Sie zeigte ihre leeren Hände und nannte ihren Namen, Ra, schlug sich zwei Mal gegen die Brust, wobei sie den Daumen auf Herzhöhe liegen ließ. Sie setzte ihre Kapuze ab. Das sorgte für Verwirrung.

Kurz waren wir erstaunt. Offenbar verliert man die menschliche Perspektive, wenn man jemanden schon so lange kennt, und wir kannten sie seit Anbeginn der Zeit. Doch all das spielte in diesem Moment keine Rolle, denn hinter ihr ragte ein riesiges Tier auf. Wie aus dem Nichts, wie die beiden Menschen später beteuern sollten.

Die geteilte Gefahr verbrüderte. Die beiden Menschen schrien und zeigten, aber es war sein Geruch, der sie alarmierte. Ra drehte sich um und sah den Stier, nur einen Steinwurf von ihr entfernt. So groß wie drei Kühe. Träge stemmte er die riesigen Hörner gegen einen Baum. Etwas stieß ihr auf, und sie schluckte. Das Tier schälte Rinde vom machtlosen Stamm, muhte leise und vertrieb mit matten Schweifschlägen aufdringliche Insekten. Es knabberte Rinde. Erneut warf sie einen Blick auf seine riesigen Hörner. Sie klopfte ihr Gewand ab, denn ihr Körper hatte vergessen, dass sie ihre Steinschleuder hatte zurücklassen müssen. Aber ihren Speer hatte sie dabei. Hinter dem Gebüsch, wie ihr jetzt wieder einfiel. Dort hatte sie ihn gelassen, um die beiden Menschen nicht zu erschrecken.

Wir merkten, dass das schiefgehen konnte. Doch es wurde noch schlimmer. Plötzlich schien das Tier von einer unsichtbaren Macht gequält zu werden. Mit einem schrillen Kreischen warf es den Kopf hin und her. Es verdrehte die Augen, spannte sämtliche Muskeln an, machte ein paar stampfende Schritte auf sie zu, buckelte und verrenkte den monströsen Körper. Schnaubend ließ es Erdklumpen durch die Luft fliegen. Um gleich darauf Ra zu fixieren.

Zu spät. Sie drehte sich um, die beiden Menschen waren auf den einzigen Baum geklettert, der sich feige unter ihrem Gewicht bog. Einen Dritten würde er nicht tragen, soviel stand fest. Sie begann zu rennen.

Zu schade, dachten wir. Nach allem, was wir mitgemacht, nach allem, wovor wir sie beschützt hatten. Einige von uns wandten sich ab, sie wollten das Einholen, Aufspießen, Hin-und-her-Werfen nicht mitansehen. Wir hörten den Stier galoppieren, die Erde unter seinen Füßen gab nach wie Brei. Aus dem Baum kamen Schreie, aber sie hörte sie nicht. Sie näherte sich dem steilen Ufer, der Boden uneben, aus runden Kieseln und weichem Schlamm. Sie fuchtelte mit den Armen, um das Gleichgewicht zu halten. Ein Schrei, aber von wem? Von uns, von den beiden, vielleicht von ihr. Endlich Wasser, sie bahnte sich einen Weg durch den Fluss und wurde langsamer. Sie ging davon aus, dass er nicht tief war, dass sie weiterhin festen Boden unter den Füßen haben würde, vielleicht sogar bis zur Flussmitte laufen konnte, sie war schon ein gutes Stück vorangekommen. Zur Not konnte sie ans andere Ufer schwimmen, sie würde sich schon retten, dabei aber unter Umständen ihren einzigen kostbaren Besitz den Fluten überlassen müssen. Unschuldig leckte das Wasser an ihr, darüber ertönte ein Summen. Die anschwellende Bedrohung einer Wolke aus dunklen Punkten, ein Bienenschwarm, der breiter wurde, länger. Aber es war zu rhythmisch, änderte rasch seinen Klang. Sie drehte sich um. Wie verrückt ließen die beiden Menschen ihre Schwirrhölzer über dem Kopf kreisen. Huw-huw-huw machten sie bei jeder Runde. Am Wasser zögerte der Koloss, mit gesenktem Kopf. Das lange Büschel unter seinem Kinn hing in den Fluss und troff vor Nässe. Er muhte schrill, aber gedämpft. Sie holte Luft, ihre Kehle war wie zugeschnürt. Die beiden riefen etwas, sie klangen heiser. Doch der zögernde Stier schlug sie nach wie vor in seinen Bann. Sein schwarzes Fell wurde an der Wirbelsäule von einem schmutzig-weißen Streifen halbiert. Dasselbe Weiß betonte auch sein Maul, wie eine locker gezeichnete Aureole. Die zueinander gebogenen Hörner zeigten nach oben und waren mindestens so lang wie ihr Speer, ihr zerbrechlicher Speer, von dem sie nichts hatte, weil er irgendwo hinter einem Gebüsch lag. Vorsichtig machte der Stier einen Schritt ins Wasser, dann noch einen. Mit der Zunge schaufelte er sich Wasser ins Maul wie mit einem riesigen Löffel, schnaubte erschöpft dampfenden Atem. Das schwarze Tier, bei Weitem der größte Stier, den sie je gesehen hatte, begann, mit einem Vorderbein zögernd zu graben. Sofort füllte sich die Mulde mit Wasser. Seine Haut zuckte und glänzte vor Schweiß. Dann ging er vorsichtig weiter ins Wasser. Die Menschen schrien erneut, sie solle rennen, das Summen erstarb. Die plötzliche Stille behagte dem Stier gar nicht. Mürrisch machte er einen Schritt zurück und nickte. Daraufhin begann wieder das Summen, diesmal einhelliger. Seine Augen unter den buschigen Brauen schauten sie an, eher forschend als wild. Ein leicht süßlicher Geruch nach Dung und Schweiß wehte zu ihr herüber, vermischt mit dem des warmen Wassers.

Wir staunten, denn sie tat etwas noch nie Dagewesenes.

Komm ruhig, flüsterte sie, die Hände flach auf dem Wasser. Der Fluss gehörte ihr, und er war nur ein Gast, das wussten sie beide. Komm, flüsterte sie erneut. Sie hörte das

Schmatzen seiner Hufe auf dem nassen Grund des Flusses, übertönt vom tiefen Brummen der Schwirrhölzer. Genau in dem Moment, als ihm das Wasser bis zum Bauch reichte, entwich ihm ein gurgelnder Seufzer. Komm, sie streckte die Hand nach ihm aus. Seine Ohren zeigten nach vorn, als wollte er kein einziges Wort verpassen. Er machte noch ein paar Schritte und sackte dann plötzlich in sich zusammen, ging vor ihren Augen in die Knie. Kurz glaubte sie, er läge im Sterben, doch vollkommen gefasst reckte er den Kopf aus dem Wasser und suchte ihren Blick. Also watete sie auf ihn zu. Erst jetzt sah sie die Schwellung unter seinem linken Auge. Eine Biene steckte in seiner Haut. Rasch fasste sie sich unters Gewand. Auf ihrer nackten Haut fand sie das feuchte Päckchen. Sie ertastete die Stängel und zählte sie. Einen würde sie schon entbehren können. Sie löste ihn von den anderen, streckte den Arm und öffnete die Hand. Beide atmeten aus, sein Atem erfasste ihre Hand. Mit seiner riesigen Zunge schnappte er sich überaus zielsicher die kleine Pflanze und ließ sie in seinem Maul verschwinden. Er kaute. Ohne darüber nachzudenken, tat sie, was sie auch bei jedem anderen Lebewesen getan hätte, sei es nun ein Schaf, ein Mensch oder ein Hund: Sie legte die Hand auf seine muskulöse Wiederkäuerwange, damit er wusste, wo sie war, und schob sie langsam Richtung Auge. Die Biene summte apathisch. Ihre Hand kam näher, mit einer raschen Bewegung zog sie die Biene heraus und schleuderte sie von sich. Der Stier schluckte, sein Kopf zuckte vor ihr zurück. Ganz ruhig, sagte sie. Eine Weile taten sie gar nichts, bis er sich platschend aufrappelte. Er wirbelte dicke Schlammwolken auf, drehte sich um und zuckelte zurück zum Ufer. Dort schüttelte er den Kopf. Wasser, Schnodder und Schlamm spritzten durch die Luft. Kurz schien er sich an die plötzliche Schwerkraft gewöhnen zu müssen, an die Realität der Dinge, schlenderte dann aber das Ufer hinauf, Richtung Steppe. Weg war er.

3

»Du wirkst verwirrt«, sagt Vincent. Wir stehen in der Saatscheune, das Neonlicht geht flackernd an, hinter uns schließt sich die Schiebetür mit einem Knall. Es weht eine künstliche Brise. Wir nehmen den Mittelgang. Ich folge ihm mit leeren Händen, den Stein habe ich im Gewächshaus gelassen.

»Ist dir eigentlich noch bewusst, dass wir Pflanzen grundlegend verändern?« Ich starre auf seinen Rücken, der Fleecepulli hat Noppen vom vielen Waschen.

»Was willst du damit sagen?« Er dreht sich um.

Hier gibt es keine Fenster, dafür Regale bis zur Decke, die uns weit überragen. Die Fächer sind mit Samen gefüllt, mit Hunderten von Sorten, fein säuberlich mit Barcodes versehen. Die Luft ist würzig und trocken. Mit den Samen, die hier aufbewahrt werden, könnte man die gesamte Erde einsäen. Was ich damit sagen will, ist, dass ich sieben Jahre lang die Nachfahren ausgewählt habe, die auf der Wunschliste unserer Züchter und Konsumenten standen. Es war meine Selektion von Prinzen, die sich fortpflanzen durften. Generation für Generation wurden die Pflanzen zunehmend so, wie ich sie haben wollte, entsprachen immer mehr den Vorgaben. Sie änderten sich. Ich war der Kürbisgott.

»Hab ich vergessen.« Ich schüttle den Kopf.

Vincent legt mir eine erfahrene Kollegenhand auf den Oberarm. »Wir verändern nichts, was sich nicht verändern lässt, Elke. Veränderlichkeit ist die Grundvoraussetzung allen Lebens, nichts, was lebt, ist statisch. Nimm dir ein paar Tage frei. Denk nicht zu viel darüber nach. Du bist gut in dem, was du tust, und die Leute müssen essen.« Vor zwanzig Jahren habe er etwas ganz Ähnliches erlebt, so eine Enttäuschung hin und wieder gehöre nun mal zum Job. Ein wichtiger Job übrigens. Wir würden schließlich die Welt ernähren.

Ich nicke, ich kenne die Geschichte, aber er nicht die meine.

Es begann auf einem Kindergeburtstag. Mit verbundenen Augen mussten wir ein Kleidungsstück aus einem Sack ziehen und hineinschlüpfen. Jungen probierten Röcke an, Mädchen setzten sich Brillen auf die Nase und banden sich Krawatten um den dünnen Hals. Meine Hand wühlte instinktiv – was blieb ihr auch anderes übrig –, und ich spürte so etwas wie dünnen Stoff und eine feste, runde Form, etwas, was an ein Kissen erinnerte. Die Hand kam wieder zum Vorschein, und aus dem Sack tauchte ein monströs großer BH auf. Komm, sagte die Mutter, zieh ihn dir an. Ich schaute in die Runde, niemand trug einen BH. Jetzt mach doch mit, sagte die Mutter und streifte mir die Träger über die Schultern. Es war natürlich ihr BH. So, sagte sie. Das ist lustig. Alle schauten zu, wie ich die Arme durch die Träger steckte. Die nicht vorhandenen Brüste unter mir waren enorm. Ich packte das Ding an einem puddingweichen Halbmond und steckte es wieder in den Sack. Ich will nicht, flüsterte ich. Es ist doch nur ein Spiel, Dummerchen. Die anderen machen doch auch mit, bedrängte mich die Mutter inzwischen regelrecht, und ihre Stimme hatte nichts Fröhliches mehr. Ich will nicht, flüsterte ich erneut. Schau! Die Mutter holte den BH wieder aus dem Sack. Pieter trägt einen Rock. Es ist ein Spiel. Pieter starrte mich mit einem klebrigen Fischmaul an, der Rock schlabberte ihm um die Taille. Er hielt ein Schwert in der Hand. Es war ein Spiel, aber Mitmachen war Pflicht.

Vor dem Regal mit den Erbsensamen bleiben wir stehen. Ein paar Fächer, mehr nicht. Bin ich tatsächlich verwirrt? Wir halten den Aparche für formstabil. Es gibt eine Liste mit typischen Eigenschaften. Aber seine Form ist nur deshalb stabil, weil ich ihn so strengen Regeln unterwerfe. Überlasse ich ihn sich selbst, ist seine weitere Existenz fluide, und seine Nachfahren zerfallen zu einer tausendköpfigen Fremdenlegion.

»Ich muss mir etwas Neues ausdenken. Seit heute gibt es den Aparche nicht mehr. Die Samen liegen trotzdem dort.« Ich zeige darauf. »Nicht, dass ich das nicht verstehen würde, natürlich können wir ihn jetzt nicht mehr vermarkten. Vielleicht verstehe ich es nur allzu gut.« Ich lege eine Hand auf einen der Beutel in dem Fach. »Wie viele Sorten haben wir hier?«

Vincent fährt sich über seinen langsam kahl werdenden Schädel und zählt stumm. »Ungefähr zwanzig.« Er greift nach einem kleinen Jutebeutel. »Das sind die türkischen Samen. Schon seit Jahrtausenden ist diese Erbse mehr oder weniger unverändert.« Allein das grenze schon an ein Wunder, fährt er fort, sagt auch, sie sei genetisch vermutlich eng mit ihren wilden Vorfahren verwandt. Lila blühend, genau wie Kapuzinererbsen, keine schnellwachsende Kletterpflanze. Frische grüne Erbsen, wie wir sie heute essen, gebe es erst seit den letzten hundert Jahren. Die Türken hätten sie reif und trocken gepflückt wie Schälerbsen. Er schüttet mir ein paar Samen in die Hand, die eingedellten kleinen Murmeln sind graugrün. Er rührt mit dem Finger darin. »Schau, keine Erbsenwickler.« Sie sehen auf den ersten Blick tatsächlich unbefallen aus. Nicht von dem Bösewicht durchbohrt, dem hässlichen Falter, der seine Eier im Mai auf blühende Erbsenpflanzen legt. Die kleine Raupe, die kurz darauf zum Vorschein kommt, frisst sich einen Gang durch die jungen Samen, die Erbsen. Die wurmstichigen Erbsen sind von geringerer Qualität, und manchmal wird auf diese Weise eine ganze Ernte vernichtet. »Leicht mit Gift zu bekämpfen. Deshalb wurde nie viel Energie in die Entwicklung einer resistenten Sorte gesteckt. Bis heute.« Er grinst. »Weil ich dieses wilde kleine Ding in meine mickrigen Erbsen einkreuzen werde.« Er erzählt mir eine türkische Legende von einem ausrangierten Stiergott, die in einem Winter beginnt, als unerbittlich starker Wind wehte. Der alte Stiergott suchte Schutz. Was gar nicht so leicht war bei seinem massiven Leib. Er bewohnte den kräftigen Unterkörper eines Rinds und den Oberkörper eines Menschen: vier pfeilerartige Beine und zwei Arme, ein Kopf mit Hörnern bis zum Himmel, auf einem muskulösen Hals. Dick gelocktes Haar, das bei den Hörnern begann und sich dann über Hals und Rückgrat bis zum Schwanzansatz fortsetzte. Dieser wuchtige Stiergott, Schutzpatron der Jagd, Hirte schier unzähliger Gazellen, Oberster Richter bei Konflikten – denn wer jagt, der nimmt und muss deshalb auch geben, und das taten seine Menschen ungern freiwillig –, dieser Allmächtige war aus für ihn unerfindlichen Gründen schon eine ganze Weile unbeliebt bei seinem Volk. Während er hinter der Dorfmauer auf und ab lief, beobachtete er ihr Treiben. Er fand alles seltsam: ihre Nahrung, ihre Arbeit, ihre Behausungen. Mehr denn je sehnte er sich danach zurück, wieder der zu sein, der er einst gewesen war, danach, den Rücken getätschelt zu bekommen, nach einem exquisiten Happen, bewundernden Blicken, ihrer Gunst. Nie hätte er gedacht, dass die Zeit, in der sie gemeinsam durch die Steppe zogen, irgendwann ein Ende nehmen würde. Tief verzweifelt lief er hinter der Mauer auf und ab, die Augen gegen den pfeifenden Sandsturm zusammengekniffen. Mit aller Macht schluckte er einen vielköpfigen, quälenden Kummer hinunter, bis in den hintersten seiner vier Mägen. Währenddessen trampelte er mit seinen plumpen Hufen ihre lockeren Ackerböden fest, zerstörte die sorgfältig angelegten Dämme und Bewässerungskanäle, jagte ihren Schafen und Kindern mit seinem Riesenkörper Angst ein. Die Menschen wurden es leid. Er wurde herbeizitiert.

Wer bist du überhaupt noch, du sogenannter Stiergott, sagten sie. Sie hatten einen Kreis um ihn gebildet. Feuer machen wir schon lange selbst, genau wie Äxte und Häuser. Was hast du uns überhaupt noch zu bieten? Auch dein Zorn lässt uns kalt, denn selbst wenn du alles Wild für immer verjagst, haben wir immer noch unsere Nutzpflanzen und Schafe: Geschenke von der einzig wahren, steinernen Muttergottheit. Sie zeigten auf einen Felsbrocken, nicht größer als ein Kinderkopf. Wir – im Grunde ihre Untergötter – erzeugen unsere Nahrung selbst. Geh ruhig. Du bist hier überflüssig.

Seine Schultern sackten um Zentimeter nach unten. Die vielköpfige Kummerkeit bahnte sich einen Weg nach oben, passierte Magen um Magen und anschließend die Speiseröhre, er würgte sie herauf wie ein wiedergekäutes Grasbüschel. Aber seine Mahlzähne sollte sie nie erreichen, sie stieg weiter nach oben, sorgte dafür, dass er nur noch unscharf sah, wütete zwischen seinen Hörnern. Das habe ich zu bieten, sagte der Stiergott verletzt, stieß mehrere Menschen beiseite und griff mit beiden Händen nach dem Stein. Schnaufend vor Anstrengung und mit zitternden Muskeln hob er das überraschend schwere Ding. Mit gestreckten Armen, den Stein hoch über dem Hörnerkopf, verdunkelte er die Sonne, stellte die Menschen kurz in den Schatten. Mit einem heiseren Schrei – denn was hatte er noch zu verlieren? – ließ er den Stein mit aller Wucht auf die Hörner fallen. Sein letzter Akt, wie sich herausstellte.

Die Menschen fühlten sich wahnsinnig kultiviert, als sie den betagten Barbaren begruben. Ein ziemliches Stück vom Dorf entfernt, denn allzu sehr wollten sie dann doch nicht an ihre unzivilisierte Vergangenheit erinnert werden. Der zersprungene Stein war eine ganz andere Geschichte. Man wusste nicht recht, was man damit anfangen sollte, deshalb ließ man die beiden Hälften einfach an Ort und Stelle liegen.

Der Winter verging, es wurde Frühling, und genau in dem Erdstreifen zwischen den beiden Steinhälften blühten Erbsen: größer, süßer und üppiger als ihre wilden Artgenossen. Dankbar aßen die Menschen, was die Pflanzen so großzügig hervorbrachten, und jedes Jahr, wenn die seltsame Pflanze mit den lila Fähnchen blühte, feierten sie den Sieg ihrer Steingottheit über den ungezähmten Bastard.

Vincents Handy klingelt. Er stöhnt, legt den Beutel in meine Hände und klopft suchend seine Hose ab. Ich rieche die Jute, vermengt mit flüchtigem Samenduft. »Entschuldige«, er zeigt auf das Handy und geht zum Ausgang, hebt eine Hand zum Zeichen, dass er gleich wieder da ist. »Ich hör dich nicht«, sagt er ins Mikrofon, »ich bin in der Scheune, einen Moment«, seine Stimme verhallt.

Die Klimaanlage brummt. Mir etwas Neues ausdenken. Das letzte Mal ist Jahre her. Die meisten Rituale sucht man sich nicht selbst aus, und damit fangen die Probleme an. Damals fand ich, ich hätte ihn, den Bäcker, gleich beim allerersten Mal verbessern müssen. Beim zweiten oder dritten Mal wäre es auch noch gegangen. Wir kannten uns nämlich noch nicht, noch war ich keine Stammkundin, konnte alles Mögliche sein. Aber man lässt niemanden zwei Jahre lang denselben Fehler machen, um ihn erst dann zu verbessern. Nach dem vierten Mal hatte ich mich also damit abgefunden. Er sprach, ich schwieg – selber schuld –, und so sollten wir es auch weiterhin halten.

Der Laden war voll, alle wochenendgutgelaunt. Väter mit Kleinkindern bestellten nach reiflicher Überlegung vier Croissants, Mütter orderten gleich für zwei Wochen, Studenten ohne Schirm kamen tropfnass herein, Schwarzarbeiter aßen Bockwurst am beschlagenen Fenster, alte Leute zählten laut ihr Kleingeld auf die gläserne Ladentheke, und all das wurde vom tröstlichen Sägen der Brotschneidemaschine übertönt. Gleich war ich an der Reihe. Nervös starrte ich auf den rutschigen Boden.

»Was darf's denn sein, junger Mann?«

Ich, zwanzig Jahre alt, vergaß wie immer sofort, was ich wollte. Damit hatte es angefangen. Es war schlichtweg zu spät.

»Raus mit der Sprache, junger Mann.«

Seine Stimme – klang sie ironisch? – war lauter als unbedingt nötig. Köpfe fuhren herum, Leiber wichen zurück. Es war unhöflich, die Leute warten zu lassen, »ein halbes Vollkornbrot«, murmelte ich.

Niemand mag Gemurmel.

»Kastenbrot oder Rundlaib?«, sagte er weithin hörbar – hatte ihn meine passive Zustimmung ermutigt? – und zeigte energisch auf die beiden Sorten hinter ihm. Trotzdem hatte seine Stimme etwas Erschöpftes, wegen der Frage, die er notgedrungen stellen musste, wegen meiner Unfähigkeit, korrekt zu bestellen, wegen dieses zusätzlichen Rituals. Jeder von uns hat irgendwelche Probleme, las ich in seinen Augen, die, soweit ich das beurteilen konnte, keinerlei Erbarmen oder Zweifel erkennen ließen. Die Frau neben mir starrte mich auffällig an. Anstand bröckelt, wenn man es mit Verwirrungsstiftern zu tun hat. Sie fragte sich, wer hier eigentlich verwirrt war. Wer hier wen zum Narren hielt. Wie ich die Situation wohl auflösen, wie der Bäcker sie auflösen würde. Ob sonst irgendjemand etwas tun würde. Ob sie etwas tun würde. Nein, würde sie nicht. Sie wartete weiterhin ungeduldig.

Kastenbrot oder Rundlaib? Es ging um die Form meines Brotes. Zu sagen, das sei mir egal, würde erst recht Verwirrung stiften, das hatte ich schon mal versucht. Hier war eine eindeutige Antwort erwünscht. Nur ich konnte sie aus diesem Schattenreich erlösen, also würde ich mich für Kastenbrot entscheiden. Ich schaute ihn an.

»Sie wissen, dass ich kein junger Mann bin.« Ich flüsterte.

»Einen Rundlaib?«, sagte der Bäcker ungerührt.

»Sie wissen, dass ich kein junger Mann bin«, wiederholte

ich, anscheinend ziemlich laut, denn die Leute drehten sich wieder zu mir um, der Bäcker blinzelte.

»Ich bin kein junger Mann, und Sie und Ihr ›Kastenbrot oder Rundlaib‹ können mich mal!« Ich schnappte mir eine Tüte mit Rosinenbrötchen und drückte das mittlere zusammen. Die Tüte schwoll auf beiden Seiten meiner Hand gefährlich an. Meine Knöchel waren weiß, ich hörte die Luft leise entweichen. Ich warf das schlaffe Ding auf den schmutzigen Boden und eilte davon, ein Rauschen in den Ohren, mit glasigem Blick. Bimmelnd fiel die Tür hinter mir zu.

Draußen atmete ich Regen. Von nun an würde ich Reis essen.

Ich war verwirrt, weil sie stets in der Überzahl waren und so überzeugend mit ihrem ununterbrochenen Strom tadelnder Blicke. Sie wussten definitiv Bescheid. Diese Domestizierung gehörte nun mal dazu, das sah ich an meiner direkten Umgebung, ich war da nicht die Einzige. Irgendwann hörte ich auf zu widersprechen (denn mit kurzen Haaren fordert man es doch regelrecht heraus, oder?). Ihre Stimmen wurden zu meiner, und ich sah mich mit ihren Augen. Aber ganz überzeugt war ich nie.

Etwas in mir lässt sich nicht zermürben. Der Beutel mit den Erbsensamen liegt angenehm schwer in meinen Händen. Natürlich hat der ausrangierte Stiergott meine ganze Sympathie, aber letztlich ließen sich die Erbsen auch nur halb zähmen. Ich gehe zum Packtisch, auf dem leere Beutel liegen. Der Vorfall beim Bäcker war Anarchie im Kleinformat. Mit einem leeren Beutel kehre ich zum Erbsenfach zurück, schneide mit meinem Messer den vollen auf und gieße ein Pfund Samen in den leeren. Sorgfältig übertrage ich die Daten.

Im Büro lege ich die Samen neben den Stein und gehe weiter zum Bücherregal. Ich ziehe das Buch über die neolithische Revolution heraus und muss nur kurz darin blättern, um bestätigt zu bekommen, woran ich mich zu erinnern glaubte: Vor neuntausend Jahren erschien eine Gottheit in einem Stein. Die Menschen, die den Stein anbeteten, waren die ersten Bauern. Sie zähmten das Steppengras zu Getreide, sie säten, ernteten und schufteten. Nie zuvor waren sie so mächtig gewesen. Zum ersten Mal in der Geschichte waren *sie* es, die die Ergiebigkeit ihrer Pflanzen bestimmten. Sie und die von ihnen angebetete Steingottheit, denn sie glaubten an eine heilige Mitte, zu der alles hinstrebte. Einkorn, Emmer, Erbse und Flachs hatten etwas mit ihrer steinernen Beschützerin gemeinsam: Zweigeschlechtigkeit.

In der Mittagspause gibt es Kuchen. Letzte Woche ist einer meiner Kollegen Vater geworden. Er strahlt, wir beglückwünschen ihn und fragen nach Details. Es folgt das vollkommen vorhersehbare Gespräch über die verblüffende Universalität angeborener Unterschiede. Erstaunt sind sich alle darin einig, dass es tatsächlich so ist: Man kann Kindern anbieten, was man will, aber Jungen spielen nun mal lieber mit Autos und Mädchen mit Puppen. Gott sei Dank ist die Welt noch in Ordnung, schwingt es in ihrem erleichterten Lachen mit, und sie erzählen Anekdoten von sich und ihren Kindern. Ich nicht, aber das will nichts heißen. Das weiß ich seit jeher. An überdeutliche Universalität darf man nicht rühren. Ich würde das Idyll bloß stören, bloß alle in

Verlegenheit bringen. Dann würde es still werden und man würde in die Ferne starren. Jemand würde das Thema wechseln. Außerdem: Wie soll man erklären, dass man sich eher mit einer Erbse oder einem Stein verwandt fühlt? Sagt man so was zu Kollegen, die freitagnachmittags bloß nett Small Talk machen, weil einer von ihnen Vater geworden ist? Ich schaue nach draußen. Der Traktor mäandert übers Land. Wie sich lausende Affen suchen wir nach Bestätigung. Unsere Geschichten erzählen wir uns so oft, dass niemand mehr weiß, wer eigentlich damit angefangen hat. Ob es da überhaupt einen Konsens gibt. Ob der Inhalt irgendeine Rolle spielt. Die Geschichten sind Teil unseres Erbguts. Und Erbgut stellt man nicht infrage. Ich schiebe den leeren Kuchenteller von mir weg.

»Noch Tee?« Vincent schaut mich fragend an.

Ich schiebe meinen Stuhl nach hinten und stehe auf. Vincent hebt überrascht den Kopf. Ich bleibe so lang stehen, bis es still wird.

»Ich kündige.«

4

Die beiden Menschen kletterten aus ihrem Baum. Ra watete hocherhobenen Hauptes zurück ans Ufer. Die junge Frau rief: Fremdling, was hast du dem Stier da gegeben?

Sechs, riefen einige von uns empört. Vor nicht mehr als sechs Generationen hattet ihr dieselbe Mutter! Wirklich niemand ist hier auch nur im Entferntesten ein Fremdling. Man gewöhnte sich nie daran, mit welcher Selbstverständlichkeit sie ihre Schwestern und Brüder vergaßen. Aber wir wissen, dass Vergesslichkeit typisch für unsere Nachfahren ist und dass sie das mit hochtrabenden Geschichten vertuschen. Der größte Fantast hat das Sagen. Es ist eine Gabe, und es ist ein Fluch, denn es eint und trennt.

Ra wusste, dass es kein Zurück mehr gab. Was sie da schon seit Tagen am Leib trug, vorsichtig mit Wasser benetzte und mit ihrem Körper beschützte, war bemerkt worden. Sie holte das kleine Päckchen hervor. Sie erwarteten einen Talisman aus dem Knochen oder Zahn eines gewaltigen Tieres, einen Klumpen Salz, mehrere zusammengefädelte Muscheln, denn die waren kostbar hier im Hinterland, zur Not auch einen besonders geformten Stein, Obsidian oder Ocker. Was Ra da aber in der Hand hielt, war ein Dutzend Pflänzchen, die Wurzelballen sorgfältig in einen Köcher aus weichem Leder gehüllt, der mit nasser Wolle gefüllt war. Mehr hatte sie auf ihrer Flucht nicht retten können, die gesamte Saat im Kornspeicher war verbrannt. Erbsenpflanzen, sagte Ra, die Samen kann man essen. Die beiden Menschen starrten sie an. Die habe ich ihm zur Ablenkung gegeben. Nein, unterbrach sie der junge Mann. Nein, so haben wir das nicht wahrgenommen. Sein Messer hatte er verstaut.

Die Schafherde lief vorneweg, dahinter die drei schweigenden Menschen. Die Flussebene mit kniehohem Gras und Schilf wich Äckern, von Menschen geprägtem Land. Dieses Bauernvolk kannte seinen Platz und verschanzte sich hinter den Flussdünen. Man wusste, dass die Flut nicht bösartig war, wenn sie im Winter das erodierte Flussbett verließ und mit ihrem tosenden Körper das Land eroberte. Am besten, man hinderte sie nicht daran. Und nutzte den feinen Schlick, den sie an ihren dicker gewordenen Winterflanken hinterließ. Mit Spaten aus Rinderknochen stachen sie die weiche Schicht ab, sammelten sie in wasserdichten Körben und erhöhten damit ihre kleinen Äcker.

Ra erkannte das schmale, grasähnliche Blatt von Einkorn, Gerste und Emmer. Der knospende Kolben war innen starr und kurz, das Grün noch kräftig und intensiv. Auf ihren Feldern jäteten einige gebückte Menschen Unkraut wie Putzfische. Sie sahen erstaunt auf, und Ra zog ihre Kapuze tiefer ins Gesicht. Die Felder hörten gar nicht mehr auf. Endlich erreichten sie das ummauerte Dorf. Rundhäuser mit flachen Dächern und Lehmwänden, so weit das Auge reichte, dazwischen gewundene Pfade. Ein penetranter Gestank nach Rauch, Körpern und Urin schlug ihr entgegen. Menschen saßen draußen ums Feuer, hämmerten ihre Steinwerkzeuge, um sie zu schärfen, oder mahlten Korn. Eine Frau schabte das aufgespannte Fell eines Hirschs. Daneben spielte ein Kleinkind mit ein paar Stöckchen. Die junge Frau, die sie »Fremdling« genannt und sich als Bes vorgestellt hatte, winkte. Sie bogen links ab und erreichten einen Pferch. Die beiden öffneten ein Gatter aus gespitzten Staketen und trieben die Schafe hinein. Laut blökend forderten sie eine Belohnung für ihre Fügsamkeit. Der Trog wurde mit etwas Heu und Getreideschrot gefüllt. Ra schaute sich um. So viele Häuser an einem Ort hatte sie noch nie gesehen. Mehrere Kinder rannten johlend vorbei, und sie duckte sich.

Sie gingen weiter ins Dorf hinein und blieben vor einem Haus stehen. Fern, der junge Mann mit dem Messer, rief etwas. Ziegenbockgestank eilte ihm voraus, als der alte, gedrungene Mann hinter dem Ledervorhang hervorkam. Fern zeigte mit dem Kinn auf Ra und sagte: Er spricht unsere Sprache. Er, dachte sie erstaunt.

Ja, dachten wir und verstanden ihr Staunen. Man kann sich nicht von außen sehen. Aber sollen doch alle, die auch so erstaunt sind wie sie, selbst tagelang barfuß und mit nichts als einem Gewand bekleidet durch die Steppe ziehen, Wölfe verjagen, rohe Wurzeln essen, ständig auf der Hut sein, weil niemand mit einem Wache hält. All den fantastischen Geschichten zum Trotz. Nicht deine Ahnen sind es, die Schakale anbrüllen oder Stöcke werfen. Es gibt eine Steingottheit, aber die ist stumm und erhört keine Gebete. Die Steppe – und niemand sonst – prägt deine Züge. Ihr Staub füllt die Furchen in deinem Gesicht, ihr Wind ritzt tiefe Falten und wetzt weiche Kinne kantig, ihre Weite lässt den Körper wachsam, den Gang aufrecht und den Blick starr werden. Ihre zähe Beharrlichkeit ist es, die dich von allem befreit, was sich einst für zerbrechlich hielt. Aber du sprichst ihre Sprache, bist also ein Mensch, immer noch. Und ein Mensch ist aus Menschensicht ein Mann. Außerdem, sei ehrlich, gibt es noch andere Sichtweisen? Also gut, von heute an bist du ein Mann.

Und weil er unsere Sprache spricht, fuhr Fern fort, ist er einer von uns. Der Alte musterte Ra, ohne zu blinzeln. Er suchte nach Anhaltspunkten, dürfte sich längst gewundert haben, ließ sich aber nichts anmerken. Und weiter? Ungeduldig rieb er sich die Hände. Das war noch nicht alles. Da waren nicht nur Ras Sprache und ihr dunkler Blick. Bes ergänzte: Er hat Pflanzen, die wir nicht kennen. Ihr »Er« klang nicht ganz so, als wäre das bereits beschlossene Sache. Sie erzählte von dem Stier, einem riesigen, wilden Koloss, der es auf Ra abgesehen hatte. Davon, wie er Ra in den Fluss jagte, der das Tier dann verzauberte, mit nicht mehr als einer einzigen Pflanze. Das hatten sie mit eigenen Augen gesehen. Dass der Stier die Gabe annahm, sie fraß und ihn, Ra, anschließend küsste. Fern und Bes nickten eifrig. Menschen hatten sich um sie geschart. Einen Stier verzaubern, das müsse man erst mal schaffen, flüsterten sie. Das sei nicht jedem vergönnt.

Der Alte sah sich suchend um. Mit einer Pflanze?, rief er. Zeig her. Er streckte eine Hand aus. Zum wiederholten Mal an diesem Tag holte Ra das Päckchen unter ihrem Gewand hervor. Die Menschen beugten sich vor und starrten auf das Graugrün, auf die zerknitterten Blätter, die dicken Stängel. Der Alte schaute sie fragend an. Erbsenpflanzen, sagte

Ra und wiederholte, die Samen seien essbar, zählte sämtliche Anbauregeln auf, sprach vom Reisig, den man dafür brauchte, vom Wasser, vom Klettern und Blühen, vom Reifen der Früchte, endlich, wenn die Sonne ihren höchsten Punkt erreicht hatte, während sie blitzschnell versuchte, die Situation einzuschätzen. Inzwischen starrten die Leute sie an wie ein Gespenst. Einen Stier verzaubern? Ungläubig schüttelten sie den Kopf. Der Alte ließ sich nichts anmerken, er war vertraut mit der Anderswelt. Er legte Ra eine Hand auf die Schulter und schlug sich mit der anderen auf Herzhöhe gegen den Brustkorb. Er stellte sich als »Der Wächter« vor.

Moment. Wir merken, dass deine Aufmerksamkeit nachlässt. Für so was haben wir zufälligerweise einen sechsten Sinn, wir sind schließlich nicht umsonst die Vorfahren, schon vergessen? Genau. Auch deine. Wir haben gemerkt, wie du gegrübelt, dich gewundert und gefragt hast, wer diese Ra nun eigentlich ist, warum das alles so kompliziert sein muss, um die Frage gleich darauf mit dem Gedanken abzuschütteln: Was spielt das schon für eine Rolle? Deine Geduld ist zu Ende. Erschöpfung überkommt dich. Du vertuschst deine Verwirrung, gibst sie als Verdruss aus. Weder Fisch noch Fleisch, diese Geschichte geht dich nichts an, sie ist für andere gedacht, beruhigst du dein progressives Ich. Andere sind verwirrt, nicht du. Nicht, dass du kein Mitgefühl mit diesen anderen hättest, das wissen wir durchaus. Wir finden dich auch sehr fortschrittlich. Nur einen Moment noch, vertrau uns. Was hier passiert, bleibt unter uns, versprochen. Das geht auch dich etwas an.

Lass dir erzählen, was vorher passiert ist. Denn von

ihnen wirst du es nicht erfahren, sie haben es angeblich vergessen. Das Ganze begann vor ungefähr fünfundzwanzig Generationen. Einige von uns, Nomaden, ließen sich in diesem fruchtbaren Tal nieder. Die Eiszeit ging zu Ende, und hier sammelten und aßen wir die Samen zahlreicher Wildgräser. Wie die Tiere waren die Menschen bisher stets weitergezogen, wenn die Nahrung zur Neige ging. Aber hier verführte uns der Überfluss zu etwas, was kein Mensch oder Menschenartiger in den letzten zwei Millionen Jahren je getan hatte: Wir blieben. Wir Natufier bauten Häuser und wurden sesshaft. Denn der Überfluss schien nicht nur unendlich zu sein, sondern ließ sich sogar horten. Dafür brauchte man einen festen Wohnsitz. Wir wurden mehr. Inzwischen gab es Klimaschwankungen, die das Wildgräser-Angebot genauso plötzlich wieder schrumpfen ließen. Doch es gab kein Zurück mehr. Wir waren einfach zu viele, so viel Nahrung würden wir durch Umherziehen nie mehr zusammensammeln können. Wie dicke Ratten saßen wir in der Falle. Nur etwas Revolutionäres würde uns noch retten können. Und genau das taten wir. Zum ersten Mal wurde Land urbar gemacht, von ungenießbaren Pflanzen befreit und anschließend bewusst eingesät, mit Samen, die wir aßen und gesammelt hatten. Wir lenkten, manipulierten, hegten und pflegten. Wir wurden Bauern. Nicht freiwillig, sondern notgedrungen.

Machbarkeit ist keine Modeerscheinung, sondern etwas ganz Reales und die Voraussetzung für die Erfindung des Ackerbaus. Entstanden als einziger Ausweg aus der Katastrophe, an gleich mehreren Orten auf der Welt und zuallererst hier, im Fruchtbaren Halbmond der Levante.

Das ging so langsam vonstatten, dass auch wir in unserem erbärmlichen körperlichen Zustand erst gar nicht merkten, nicht sahen, wie unser Ego wuchs, wie sich die Pflanzen, die wir anbauten, veränderten, wie alles anders wurde, wie wir das Steppengras im Grunde aus Versehen zähmten. Bis wir dann eines Tages Getreide anbauten.

Bauern sind nachweislich nicht glücklicher oder gesünder als Nomaden. Aber sie sind mehr. Denn schau nur, wie wir geschuftet haben, Getreide droschen, die Körner mit Steinmörsern mahlten, wie wir Pferche errichteten, Sicheln schliffen, Unkraut jäteten, Furchen zogen, die Saat ausbrachten und vertrauten: Nach all der Arbeit galt es immer wieder, darauf zu vertrauen, dass sie schon aufgehen würde. Was sie auch tat, sie ging auf, woraufhin alles wieder von vorn begann. Wir wurden gut im Ackerbau, doch keiner von uns wurde nachweislich älter, nach wie vor starben wir zuhauf. Aber lange vor unserem Tod hatten wir Kinder bekommen, eine ganze Schar. Deshalb wurden wir immer mehr.

Und jetzt sind wir hier, in diesem Dorf, das aus allen Nähten platzt, das gesamte Umland wird genutzt. Es gab mehrere Trockenzeiten hintereinander, es drohen Unruhen und Hunger, da sind Zugelaufene unerwünscht.

Alle, auch Ra, schauten den Wächter an, der nach Nennung seines Namens ausgiebig schwieg. Die Menschen scharrten ungeduldig mit den Füßen, Bes und Fern befürchteten schon, sie hätten einen Fehler gemacht. Sie hätten dieses Steppenwesen niemals mitnehmen dürfen, es ungezähmt dort lassen sollen, wo sie es gefunden hatten. Der Wächter verschwand ins Haus. Ra schaute sich um und fragte sich, ob das ein guter Moment sei, zu fliehen.

Im Halbdunkel schob der Wächter das Fell vor der Nische, die ihm als Schrein diente, beiseite. Ein Stein, so groß wie ein frisch geborenes Lamm, schluckte das wenige Licht. Mutterstein, flüsterte der Wächter. Er küsste seine Finger und legte sie auf die Brust der Steingottheit, anschließend ging er auf die Knie. Er dachte an den Fremdling, der von einem Stier geküsst worden war – unglaublich, aber wahr. Ihn wegzuschicken, war keine Option, der Stier war ein heiliges Tier. Außerdem hatte dieser Mensch eine neue Pflanze mitgebracht, und sein Volk litt Hunger. Es floss genug Bauernblut durch seine Adern, um das zu schätzen zu wissen. Aber der Fremdling war nicht wirklich zu fassen, vielleicht nicht einmal von dieser Welt. Hatten die Ahnen ihn geschickt, oder war das eine Falle? Was hielt die Steingottheit von alledem?

Der Mutterstein schwieg. Nicht aus Sturheit, vielleicht nicht einmal aufgrund von Unfähigkeit, wie wir glaubten.

Er nahm die Steingottheit mit beiden Händen, den schmalen Schaft, der ihr Kopf war, darunter zwei Rundungen, und dachte an die Unschuld seines Volkes, seine Aufgabe. Und dass sie das Unheil diesmal treffen würde, wenn er die Zeichen falsch deutete. Wenn er einen Betrüger in ihre Mitte ließ. Doch Verzweiflung würde ihn auch nicht weiterbringen. Er hielt inne.

Wir wurden hellhörig. Dann denk es halt! Denk, was du schon längst weißt. Denk das nie Dagewesene. Und er tat, was wir ihm auftrugen, er dachte: Was, wenn er so ist wie du, Mutterstein? Was, wenn er in sich vereint, was die Menschen trennt? Was, wenn er beides ist?

Jetzt wurde es interessant.

5

Vorbei an rauschenden Pappeln und krummen Weiden gehen Werner und ich zum Besucherzentrum. Dort werden Plüscheulen, Kinderkompasse und Vogelführer verkauft. Ich bin das erste Mal im Naturschutzgebiet der Oostvaardersplassen und hoffe auf einen Biber, einen Fuchs oder eine Wasserralle, dieses madenfressende Ekelpaket aus dem erschütternden Dokumentarfilm. Es ist Samstag, aber nicht zu voll, die Empfangsmitarbeiterin nimmt sich ausgiebig Zeit, uns die Wanderkarte zu zeigen. Die sechsundfünfzig Quadratkilometer sind für die Öffentlichkeit größtenteils nicht zugänglich, aber in angrenzenden Gebieten wurde eine kurze Wanderroute angelegt. Vögel sind hier Persönlichkeiten: König Seeadler sei erst letzte Woche gesichtet worden, und wenn wir Glück hätten, würden wir den Eisvogel sehen. Werner, der Vogelbeobachter von uns beiden, hört interessiert zu, mit einer Hand auf seinem teuren Fernglas erkundigt er sich nach Revieren und Namen.

Wir trinken Kaffee auf skandinavischen Möbeln und schauen durch die Doppelverglasung auf das abgeweidete Grasland, auf die von Großwild sorgfältig entrindeten Baumstämme, auf schwammiges Totholz, Beeren und Tümpel. Ein gezähmtes Panorama, umrahmt von nachhaltigem Hartholz. Ich höre förmlich, wie von mir verlangt wird, ein besonderes Naturerlebnis zu haben, die Wildnis – von der es hier nicht allzu viel gibt – zu würdigen, die Nutzungspläne, Meinungen und Zielarten mal auszublenden und Gefallen an dem Konzept und der Komplexität von »neuer Natur« zu finden.

»Im Grunde ist das hier eine Insel, Elke!« Werner strahlt. Er ist Ökologe, und seine Faszination für Inseln hat uns bereits an die seltsamsten Orte geführt. Ich mustere das erste Grau in seinem Bart.

»Nicht durch Ozeane, sondern durch Zäune isoliert«, fährt er fort. »Aber die Auswirkungen sind ähnlich. Klar, nicht alle Tiere hier wurden zufällig angespült, wie das bei Inseln manchmal der Fall ist. Der Mensch hat große Pflanzenfresser eingeführt. Aber die können jetzt nicht mehr weg, genau wie bei einer Insel, wo das Meer die Barriere bildet. Die Vögel natürlich schon, und bis auf den Fuchs gibt es hier keine größeren Raubtiere. Isolation und keinerlei Fressfeinde: eine Insel auf dem Festland.«

Dem Zufall wird hier tatsächlich eher wenig überlassen, denke ich. Die einst mit Viehwägen hertransportierten Heckrinder und Koniks können nicht weg, sie passen nicht durch die Lücken im Maschendrahtzaun. Eine Umzäunung, über die sich der Mensch viele Gedanken gemacht hat: wie hoch, welche Maschenbreite, alle wie viel Meter wie viele Pfosten, welches Material. Was innerhalb dieser Umzäunung geschieht, darüber sind sich noch nicht alle einig. Aber dass die Umzäunung standhält, steht fest.

»Ihr Ökologen und Naturschützer seid jedenfalls keine Soziologen«, bemerke ich. »So was kann man doch nicht verheimlichen, schon gar nicht nach diesem Dokumentarfilm. Unfassbar. Natürlich haben die Leute anschließend eine Meinung dazu.«

Werner schüttelt den Kopf, er interessiert sich nicht wirklich für die öffentliche Meinung. Es hätte ein dynamisches Gleichgewicht entstehen können, behauptet er, bei dem die Anzahl der Tiere zwar saisonal und jährlich schwanke, aber unterm Strich mehr oder weniger konstant bleibe. Für uns seien Geburt, Spielen, Fressen, Balzen und Paaren schön anzusehen. Das qualvolle Verhungern und Sterben im Winter weniger. Das wecke falsche Assoziationen.

»Die Menschen konzentrieren sich ausschließlich auf den Moment, auf das Individuum. Was fehlt, ist Zeit. Zeit, in der sich die Arten aneinander und an die Landschaft anpassen können. Zeit, um starre Formen aufzugeben.« Denn diese Form, so fährt er fort, sehe zwar nach Wildnis aus, sei es aber mitnichten. Das Heckrind zum Beispiel sei in den Dreißigerjahren von den deutschen Gebrüdern Heck nach dem Vorbild des ausgestorbenen, einst in Europa beheimateten Auerochsen gezüchtet worden. Die Brüder seien der Nazi-Ideologie nahegestanden. Die ultrarechte, nordische Fantasie sei nicht zufällig ausgerechnet von diesem Tier hervorragend bedient worden. Göring habe es in seinem Jagdrevier grasen lassen. Dasselbe gelte für Koniks, einst nach dem Vorbild ihrer wilden Vorfahren, der Tarpane, gezüchtet. Doch dieses Sammelsurium halbwilder Doppelgänger in einer halbwilden Welt könne auch nichts daran ändern, dass der letzte Schritt fehle, nämlich sie tatsächlich freizulassen. »Die Inselelefanten sind auch nicht innerhalb weniger Jahre geschrumpft«, beendet er seine Ausführungen.

Ich beobachte, wie er beim Reden die Hände benutzt, wie viel Raum er dabei einnimmt, Raum, in dem ich locker

Platz fände. Der Kaffee ist ausgetrunken, und wir gehen zum Ausgang. Seine fanatischen Finger umklammern den Türgriff, die Nägel bis aufs Fleisch heruntergekaut. Leute, die ein Saiteninstrument spielen, erkennt man an den kurzen Fingernägeln von mindestens einer Hand und an den eher unsichtbaren Schwielen. Ich habe mal kurz Gitarre gespielt und erinnere mich noch an den Schmerz in meinen Fingerkuppen. Diese Kuppen, die eigentlich dazu dienen, noch die winzigsten Dinge zu spüren, eine Kruste, Härchen, Hitze, bilden durch das ständige Herunterdrücken der scharfkantigen Saiten Schwielen. Sie verlieren ihre Sensibilität.

Ich hörte Werner zunächst spielen, bevor ich mit ihm ins Gespräch kam, und seinem Spiel konnte man keine Unsensibilität vorwerfen. Es war lebendig, leidenschaftlich. Wir lernten uns in einem Schülerorchester kennen. Er war neu, mit seiner Statur füllte er die gesamte Türöffnung unseres Proberaums aus. Weil er so groß war, ansonsten war an ihm nur das Allernötigste dran. Leichtfüßig, als trüge er kein Cello, sondern eine Bratsche, schritt er zu dem ihm zugewiesenen Platz neben der Dirigentin.

Nach der Probe gingen wir wie immer in die Kneipe. Werner setzte sich neben mich, und während er mit seinen malträtierten Fingern trommelte, bemerkte er grinsend, ich würde Klarinette spielen, als wäre sie eine Trompete. Laut und mitreißend. Seine Augen huschten zwischen mir und dem Raum hin und her. Ich suchte seinen Blick – vergeblich. »Die Klarinette hat einen Minderwertigkeitskomplex«, erwiderte ich mit gespieltem Ernst. »Von allen Instrumenten hat sie die menschlichste Stimme, das ist schon Mozart aufgefallen. Aber man hört sie nur, wenn man auf sie lauscht, sonst geht sie unter. Außer«, ich hob den Zeigefinger, »man gönnt ihr die Hauptrolle.« Ich erzählte, dass ich mir lange gewünscht hatte, Mozarts Klarinettenkonzert zu spielen. Nach der Mittelstufe hatte ich ernsthaft überlegt, aufs Konservatorium zu gehen. Aber ich war einfach nicht dafür gemacht, immer wieder schnelle Läufe oder Stakkatos im hohen Register zu üben. Mein Kopf lernte schneller als der übrige Körper – eine störende Diskrepanz.

So ausführlich hatte ich das noch niemandem erzählt. Weil ich mich dafür schämte, in etwas gut sein zu wollen. Etwas gut zu können, wird nämlich leicht damit verwechselt, in etwas besser zu sein – besser als die anderen. Derselbe Reflex erklärte auch meine Angewohnheit, das Vokabular zu verschlanken, weniger angesagte Interessen oder musikalische Vorlieben zugunsten von Wünschenswertem zurückzustellen: ein Entgegenkommen meinerseits.

Dass Werner lieber aus der Reihe tanzte, hatte ich gleich gespürt. Dasselbe sage man über das Cello, warf er ein. Dass es singen könne wie ein Mensch. Was das, diese ganze Tarnung wohl über uns verrate? Warum sängen wir eigentlich nicht gleich selbst? Er lachte.

Nach einiger Zeit gewöhnten wir uns an Werners übertriebene Vibrati, die er auch spielte, wenn sie nicht in der Partitur standen. Sah sich die Dirigentin dann gezwungen, unser Spiel zum x-ten Mal zu unterbrechen, lächelte er freundlich. Nicht um sich zu entschuldigen, sondern weil er sie mochte. Er spielte mit dem ganzen Körper und nie, um der Beste zu sein. Er war sowieso unübersehbar. Wir freundeten uns an.

Zu beiden Seiten der Allee stehen Weißpappeln, ihre bizarre Borke ist von glatten, helleren Streifen durchsetzt. Sie dürften die ersten Pappeln sein, die direkt nach der Trockenlegung von Flevoland gepflanzt wurden. Sie wirken alt, wachsen aber bloß sehr schnell. Nach ungefähr zweihundert Jahren, häufig schon früher, ist Schluss. In einem beliebigen Frühjahrssturm bricht ihr spröder Stamm, so weiß und spitz wie ein Eisstiel.

Wir finden den ersten Markierungspfosten der Wanderroute. Die Oostvaardersplassen, eine Insel – das hätte ich mir denken können. Werners Faszination dafür begann mit Elefanten, die, wie er mir einst erzählte, überraschend oft verzwergt im Fossilienbestand mehrerer Inseln vorkämen.

Kurz nachdem wir uns kennengelernt hatten, landeten wir in einem Kellerclub. Direkt davor hatten wir eine Aufführung gehabt. Die anderen Orchestermitglieder hatte ich unterwegs aus den Augen verloren.

»Stell dir vor«, trompetete er mir ins Ohr, »wie diese mutigen Tiere mit nichts als dem Duft von Grünfutter im Rüssel Meerengen überwunden haben.« Begeistert kniff er in seinen zur Hälfte mit Bier gefüllten Plastikbecher. Ich sah die Elefanten aus Naturdokus vor mir, die wie tollpatschige Kinder mit dem Kopf voran in Tümpel sprangen. Aber ein endloses Meer und plumpe Füße ohne Schwimmhäute – das war schon eine andere Nummer. Die Musik dröhnte. Die Luft voller Schweiß und Zigarettenqualm war zum Schneiden. Menschen lösten sich von der Wand und tanzten. In diesem Moment stimmte einfach alles, das sah man an ihren Körpern. Alles ergab einen Sinn, es gab nichts, worüber man nachdenken musste, das Gehirn eine entspannte Tiefebene. Hinter Werner entdeckte ich eine junge Frau mit

Pferdeschwanz. Sie tanzte allein. Auf einmal lastete Werners Körper schwer auf mir, jemand hatte ihn im Vorbeigehen gegen mich geschubst. Reflexartig hatte er den Arm um mich gelegt. Und der blieb dort liegen.

»Elke! Einfach drauflos zu schwimmen, ohne zu wissen, wohin, geschweige denn, ob man jemals irgendwo ankommen wird. Einige von ihnen wurden mehr oder weniger zufällig an den Strand tropischer Inseln gespült, begannen zu grasen und ...« Den Rest verstand ich nicht mehr, was ich ihm auch ins Ohr schrie. Die junge Frau hinter ihm sah endlich auf und lächelte. Werner erzählte weiter, irgendwas von Glücksspielverbreitung, meine Ohrmuschel wurde ganz feucht. Ein fantastischer Begriff, wie er fand. Auf Schlüsselbeinhöhe klopfte er mir gegen die Brust. Er beschreibe den unvermeidlichen Zufall, mit dem die Ansiedlung von Arten einhergehe. Affen und Inseln zum Beispiel, betonte er, würden schlecht zusammenpassen. »Wasserhasser!«, brüllte er, als ich ihm erneut zu verstehen gab, nichts zu hören. Wir sahen uns an, und ich merkte, dass etwas aus seinem Blick verschwunden war. Er war so nackt. Seine Finger auf meiner Schulter krümmten sich ein wenig, und durch mein T-Shirt spürte ich seine tastenden Fingerkuppen. Trotz seiner Schwielen. Trotz unserer Freundschaft und dem, was wir eigentlich füreinander waren. Ich dachte an sein Cello, das groß und hohl Platz in der Garderobe beanspruchte. Ein plumper Paradiesvogel. Daneben mein kompakter Klarinettenkoffer. Er beugte sich zu mir, und ich duckte mich weg, rettete uns mit einer Umarmung.

»Du bist betrunken«, sagte ich pflichtschuldig. Er umklammerte mich mit seinem ganzen Körper, und ich spürte, wie er seufzend schrumpfte. Ohne mich anzusehen, gab Werner mich frei und rannte aufs Klo. Verdattert sah ich ihm nach: implodiert vor Wut und Scham. Wütend über seinen ungeschickten Versuch, so alt wie die Welt. Und beschämt wegen meiner ebenso alten Zurückweisung. Wütend über meine Scham und beschämt wegen der Nacktheit seines Blicks, um die ich nicht gebeten hatte, die nicht für mich bestimmt war. Die junge Frau mit dem Pferdeschwanz lächelte erneut. Sie spiegelte meine Haltung, anscheinend hatte ich die Hände in den Hosentaschen. Sie kam näher und zeigte mit dem Kinn nach unten. Eine Strähne löste sich aus ihrem Haargummi und berührte meine Wange. »So kann man unmöglich tanzen«, sagte sie.

Das Heckrind wurde vom Menschen nach einem Vorbild gezüchtet, nach einem, das er zeit seines Lebens nie zu Gesicht bekommen hatte, denn schon in den Dreißigerjahren des letzten Jahrhunderts war der Auerochse seit mehr als dreihundert Jahren ausgestorben. Ein gezüchtetes Tier ist wie eine gezüchtete Pflanze das Ergebnis einer arrangierten Ehe, eines vom Menschen gelenkten Fortpflanzungsprozesses. Also erklärtermaßen kein Wildtier. Die Gebrüder Heck züchteten einen Wiederkäuer, der dem einzigen Wiederkäuer ähneln sollte, der nie vom Menschen gezüchtet werden konnte.

»Dieser Wildpark ist also nichts anderes als Naturkitsch aus dem zwanzigsten Jahrhundert«, sage ich grinsend, zufrieden, meine Irritation endlich in Worte fassen zu können. Werner wendet etwas gequält den Blick ab, deshalb frage ich ihn, ob er es denn für möglich halte, dass diese Tiere hier eines Tages tatsächlich verwildern.

»Theoretisch natürlich schon!«, ruft er. »Das beweisen Inselverzwergung beziehungsweise Inselgigantismus!« Er erzählt umständlich von Stegodonten, den Vorfahren der heutigen Elefanten, die vor langer Zeit gleich mehrere Inseln erreichten. Sie wurden an den Strand gespült, manchmal kamen sie auch einfach zu Fuß über Landbrücken. Doch sie alle sollten unabhängig voneinander im Lauf der Jahrtausende verzwergen. Auf Inseln, wo es nicht unendlich viel Futter gab, war es eindeutig von Vorteil, einen kleinen Körper zu haben. Als kleiner Stegodon brauchte man weniger Nahrung für Wachstum und Selbsterhalt, außerdem entfiel auf einer Insel der Hauptgrund für Größe: Prädatoren, Fressfeinde. Die mussten auf dem Festland um jeden Preis überragt werden. Denn wer der Größte war, wurde nicht gejagt. Auf Inseln hingegen gab es keine Fressfeinde, ganz einfach weil zu wenig Beute vorhanden war. Dadurch entfiel der Selektionsdruck, riesig zu sein, und in dieser Inselidylle entstanden Zwergstegodonten. Pygmäen-Elefanten. Aber auch das genaue Gegenteil geschah. Denn Ratten, um nur ein Beispiel zu nennen, verändern sich ebenfalls unter dem Einfluss fehlenden Prädatorendrucks. Sich schnell verstecken, fliehen und fortpflanzen zu können, hatte keine oberste Priorität mehr. So wurden sie von Generation zu Generation immer größer und endeten irgendwann als plumpe Riesenratten. Deshalb sind Verzwergung und Gigantismus bekannte Inselphänomene. Es ist der Kontext, der die Form bestimmt.

»Ist dir eigentlich aufgefallen, wie ich vorhin im Besucherzentrum zur ›Frau von‹ mutiert bin?«

»Zur Frau von wem? Das bildest du dir doch bloß ein. Die Leute haben wirklich Besseres zu tun.«

Doch ich weiß genau, was ich gesehen habe. Und es hat sich einfach und bequem angefühlt. Ich verachte mich dafür. Werner kennt es nicht anders, er ist ein Mann, der eine »Frau von« an seiner Seite hat. Was einem vertraut ist, sieht man nicht. Dafür kann er nichts. Es ist diese ständige Selbstverständlichkeit bei ihm, die mich zum ersten Mal begreifen ließ, dass ich mehr wollte, als nur in irgendetwas gut zu sein. Die Leute hatten doch recht: Ich wollte tatsächlich nicht nur gut, sondern besser sein als die anderen. Im Unterschied zu Werner sehnte ich mich nach Bewunderung. Hervorstechen als Überlebensstrategie. Denn nur in sicherer Höhe wäre ich immun dagegen, verstoßen zu werden. Du bist nicht so wie wir, hörte ich sie flüstern, du siehst anders aus und benimmst dich so komisch. Warum willst du nicht so sein wie wir, magst du uns etwa nicht? Dann mögen wir dich eben auch nicht. Dagegen half Bewunderung. Etwas, was ich seltsamerweise nur bekam, wenn ich tatsächlich aus der Reihe tanzte, indem ich besser war. Aber auf eine bescheidene Art. Wenn ich gewann, strahlte ich also lieber nicht zu sehr. Außerdem lernte ich schnell, dass man echte Begabung – etwas Unvermeidliches, das einem dank Gott oder der Vorsehung in den Schoß gefallen ist – eher beiläufig zeigt, um nicht übertrieben geltungsbedürftig zu wirken. Um andere mit weniger Ehrgeiz oder Disziplin nicht vor den Kopf zu stoßen. Begabung als ungebetenes Wunder, so wie die Vision der Bernadette Soubirous.

»Spielst du eigentlich noch manchmal Cello?«

Er schüttelt den Kopf und erklärt verlegen, dass sich das mit einer Familie schlecht vereinbaren lasse. Ich nicke, nicht aus eigener Erfahrung, sondern weil es nachvollziehbar klingt. Zeit ist ein knappes Gut. Evolutionäre Prozesse erfordern Jahrtausende der Ungestörtheit – eine Seltenheit. So etwas ist den großen Pflanzenfressern hier in den Oostvaardersplassen nicht vergönnt. Schon seit Jahren stehen sie im Zentrum emotional geführter Diskussionen. Im Winter gibt es zu wenig Nahrung, dann drängen sie sich ausgemergelt am Zaun und stellen ihr Leid zur Schau. Unter dem Druck der öffentlichen Meinung werden sie inzwischen teilweise abtransportiert oder erschossen. Aber genauso gut kann das Ganze nächstes Jahr zugeschüttet werden, um die Erweiterung des Flughafens Lelystad zu realisieren. Oder aber man lässt das Gebiet nach blutigen Protesten und neuen Erkenntnissen im Rahmen eines Flussraumprojekts versumpfen, um so die Folgen sinkender Grundwasserspiegel und Überschwemmungen auszugleichen. In den Niederlanden ändern sich die Pläne schneller als die Arten. Womit wir der größte Selektionsdruck sein dürften.

»Mir bleibt auch keine Zeit mehr für Ökologie«, sagt Werner. »Viel zu langsam. Die Analyse vergangener evolutionärer Prozesse bringt deutlich mehr Erkenntnisse.« Er klingt resolut und bleibt stehen. Ich drehe mich um.

»Schon mal was von Flores gehört?«

Ich schüttle den Kopf. Das sei ein Teil des indonesischen Archipels, erzählt er mir, und auch dass er gerade dabei sei, eine Forschungsreise dorthin zu planen. Natürlich weil das eine Insel sei, aber auch wegen ihrer besonderen Fauna. Es gebe dort noch Riesenratten und gigantische Komodowarane. Außerdem habe Flores seinen eigenen ausgestorbenen Zwergelefanten. »Doch was, wenn sich die Verzwergung nicht auf Tiere beschränkt? Was, wenn *Gullivers Reisen* gar nicht mal so fantastisch waren?« Vor knapp zwanzig Jahren, so Werner, habe ein Team australischer Forscher Überreste uralter Knochen von Menschenartigen auf Flores gefunden. Aber die Knochen seien seltsam klein, wirklich winzig gewesen. Nachdem man sie untersucht habe, sei man zu dem erstaunlichen Schluss gelangt, dass es sich hierbei um Lebewesen gehandelt haben müsse, die nicht größer als einen Meter gewesen seien. Keine Affenartigen, aber moderne Menschen seien es auch nicht gewesen, dafür sei die Knochenstruktur zu primitiv. Daraus habe man geschlossen, dass es sich um einen neuen Hominiden handele, um ein Mitglied unserer Familie. Obwohl es darüber nach wie vor Kontroversen gebe. Angenommen, die Forscher hätten recht, dann sei das ein Zwergvolk, das bis vor gar nicht so langer Zeit noch auf Flores gelebt habe. Bis wann, will ich wissen. Bis vor mindestens fünfzigtausend Jahren, erwidert er. Was einem zwar lang vorkomme – er sieht mein Erstaunen –, aber im Vergleich zur Evolutionsgeschichte des Menschen sei das gar nichts.

Ich erinnere mich vage an einen Flores-Menschen, vielleicht habe ich damals einen Artikel im *National Geographic* darüber gelesen. Wir folgen den Markierungspfosten mit den gelben Punkten. Zu beiden Seiten des Weges bemüht sich die Natur nach Kräften, wild zu sein. Trotz der Mülleimer in geschickt berechneten Abständen und der ein oder anderen Picknickbank. Tote Bäume wurden bewusst nicht entfernt, daneben stehen brandneue Erklärungstafeln.

»Das ist jemand, mit dem wir eng verwandt sind«, fährt Werner fort, »jemand, mit dem sich unsere direkten Vorfahren vielleicht sogar einmal eine Insel geteilt haben. Aber wie sind sie so klein geworden?« Er skizziert ein Szenario, bei dem ein gemeinsamer, uralter Vorfahre – der *Homo erectus* zum Beispiel, ein durchschnittlich großer Vorfahre – Zehntausende Jahre zuvor auf die Insel kam. Allein das sei schon sensationell, denn das bedeute, dass dieses primitive Wesen es mit dem Meer aufgenommen habe. Flores, umgeben von tiefen Meeresgräben, sei nämlich schon immer eine Insel gewesen, sogar im Pleistozän, als der Meeresspiegel zuweilen tiefer gelegen habe. Einmal auf der Insel, hätten die geheimnisvollen Inselkräfte auf die frischgebackenen Inselbewohner gewirkt, woraufhin diese langsam, aber sicher verzwergt seien. Bis sie schließlich diese neue, unterscheidbare Art gebildet hätten: den *Homo floresiensis*. Verzwergt, gemeinsam mit seiner Beute übrigens: Zwergelefanten, so groß wie eine Kuh. Die andere begehrte Beute, Riesenratten, sei dafür gigantisch groß geworden. »Ein guter Jäger, der Flores-Mensch.« Werner überlegt laut weiter, spricht von Unmengen an Riesenrattenknochen, davon, dass die Riesenstörche fast zwei Meter hoch wurden und das Zwergvolk höchstwahrscheinlich auch Feuer besaß. Dass außerdem erst vor Kurzem die Überreste eines Hominiden auf der philippinischen Insel Luzon gefunden wurden, der mittlerweile *Homo luzonensis* genannt wird. Genauso uralt und verzwergt. Ich frage, warum sie ausgestorben sind, und er zuckt mit den Schultern. Vielleicht infolge der Ansiedlung von Menschen, schlägt er vor, die sich im selben Zeitraum auf der Insel niederließen. »Vielleicht lag es aber auch an einem Vulkanausbruch, daran dass er ein zu erfolgreicher Jäger war, am Klimawandel oder an etwas, woran wir bisher noch gar nicht gedacht haben. Alles, was klein ist, hat Feinde. Ich möchte ein Buch darüber schreiben, ich möchte aufzeigen, dass auch wir Menschen nicht gegen Verzwergung gefeit sind.« Er zupft an seinem Bart. Wie leicht wir doch zu erstaunen sind. Denn genau dabei ertappe ich mich. Dass das möglich ist, ein uralter Zwergmensch, gerade mal einen Meter groß. Und dieses Staunen beweist, wie sehr ich mich an das klammere, was ich kenne, an heutige Formen. So als wären sie unabänderlich und stünden für eine absolute Wahrheit.

Ein Stück weiter befinden sich Schilder mit Abbildungen von Wasservögeln, darunter ihre Namen. Nichts bleibt ungesehen. Wir betreten eine Vogelbeobachtungshütte neben einem See. Im Wasser schwimmen Enten oder Gänse, ich habe keine Lust, Werner danach zu fragen. Er bückt sich zum Sehschlitz und hält nach Vögeln Ausschau. Ich kann die Seeadler gut verstehen, die sich auch heute nicht blicken lassen. Sie verlegten heimlich ihr Nest, genau als die Dokumentarfilmer ihres direkt gegenüber fertiggestellt hatten. Man verändert sich unter fremden Blicken. Die Materie verändert sich, in gewisser Weise für immer. Die Existenz des Flores-Menschen hätte jeden erstaunen dürfen, nur mich nicht. Weil ich schlichtweg daran mitgewirkt habe. Was hier geschieht, was auf Flores geschah, tat ich im Gewächshaus. Ich bestimmte, wer sich fortpflanzen durfte, so wie einst die Gebrüder Heck und heute die Jäger. So wie eine Insel Zwergmenschen hervorbringt, so entstehen auch Pflanzenarten durch Isolation. Meine Kreuzungen brachten stets süßere Kürbisnachkommen hervor. Ich gestaltete. »Genau dasselbe«, murmle ich. Werner schaut von dem See auf. Ich erzähle ihm von dem Kürbis, dass die neue Sorte, an der mein Team und ich sieben Jahre lang gearbeitet haben, zeitgleich von unserem Wettbewerber entwickelt worden ist. Werner fragt erstaunt, was ich denn jetzt machen würde. Ich zucke nur mit den Schultern. Wie erzählt man von einer Urerbse?

»Ich habe gekündigt«, sage ich.

Er sieht mich an, als ob ich vor seinen Augen verzwerge.

6

Du gehst immer nur von dir aus«, sagt er seufzend. Einen Zwergelefanten, eine Kuriosität, denke ich – genau das sieht er in mir. Hintereinander verlassen wir die Hütte. In der Ferne kommt eine Gruppe Koniks ins Bild. Sie stehen etwas verloren in diesem kahl gefressenen Gänseland herum. Die Vorstellung, es könnte auch einen Ausgang geben, ist ihnen nie in den Sinn gekommen.

»Sie hätten hier lieber eine Gruppe Zwergpferde aussetzen sollen«, sage ich. Der Weg endet an einem Wildzaun. Wir verlassen das Oostvaardersplassen-Gebiet. Ein Stück weiter liegt ein umgesägter Baumstamm, und ich setze mich darauf. Werner tut es mir nach. Wir essen ein Brot.

»Hab ich dir von dem Date neulich erzählt?«

Er schüttelt den Kopf, und ich erzähle ihm, dass die betreffende Frau gesagt hat, die Leute nähmen mich auf den ersten Blick als Mann wahr und seien erst auf den zweiten Blick verwirrt. Sie selbst stehe eigentlich nur auf feminine Frauen. Da gab ich an, sehr sensibel zu sein und Autofahren zu hassen. Nur um mich insgeheim zu fragen, warum ich mich eigentlich verteidigte. Sie schüttelte den Kopf und schob noch hinterher, sie falle neben mir unfreiwillig auf. Ich schlug mich auf ihre Seite, ich äußerte Verständnis.

Werner sah mich erstaunt an. »Lächerlich. Wenn du dich

nur nicht so von anderen beeinflussen lassen würdest! Das ist der einzige Unterschied zwischen uns beiden.«

Blindheit ist der einzige Unterschied, denke ich. Als ich mit dieser Frau im Museumsrestaurant saß, war nichts von dem, was bisher geschehen war – durch die Museumssäle zu flanieren, die Kunst und heimlich einander zu betrachten –, noch so wie vorher. Alle hatten sie geschaut, doch ich hatte nicht gesehen, was sie sahen. Ich hatte sie verwirrt.

Ein Stück weiter spielen zwei Hunde. Der Große mit weißem flauschigen Fell rennt ausgelassen herum und buckelt wie ein Kälbchen. Sein kleineres Pendant bewegt sich vorsichtiger. Ein pechschwarzes Tier, nicht größer als eine dicke Katze, mit einer spitzen Schnauze, die auf einen besorgniserregend grauen Punkt zuläuft. Der große Weiße legt eine Vorderpfote auf den Rücken des Kleinen, so als stützte er sich auf einen Beistelltisch. Das kleine Tier schlüpft wild entschlossen darunter hinweg. Auf seinem Rücken bleibt ein schmutziger Streifen zurück. Dann rennt der Weiße mit albernen Sprüngen um den kleinen Hund herum, sodass sich dieser stets mitdrehen muss. Zwischendurch nimmt der Große die typische Vorderkörpertiefstellung ein. Wie ein Aufziehspielzeug springt er wieder auf, und der kleine Hund, der sich überrumpeln lässt, reagiert ebenso. Doch seine Bewegungen sind zurückhaltend. Als er sich wieder aufrichtet, zeigt der Schwanz sofort nach unten. Weiter vorn ertönt Gebell, der weiße Hund dreht den Kopf. Sofort nutzt der Kleine die Gelegenheit, sich aus dem Staub zu machen, sein Herrchen im Schlepptau. Er läuft nicht schnell, aber entschieden. Rennen würde nach Flucht aussehen. Der Große trabt halbherzig hinterher, schnappt spielerisch neben dem Schwanz des Kleinen in die Luft, in sein Hinterbein. Das Ganze war doch ein lustiges Spiel, oder etwa nicht? Der Kleine schaut sich um, verlangsamt immer wieder seine Schritte, bleibt aber nicht stehen.

»Ich könnte spielenden Hunden stundenlang zusehen.« Werner lacht.

Jetzt muss ich etwas sagen. Zu dem neuntausend Jahre alten Stein, ein Phallus mit zwei Brüsten. Zur Mehrheit und zur Minderheit. Zu Macht und zu Spiel, unabhängig von der damit verbundenen Absicht. Zu dem vorherrschenden Paradigma, das eine natürliche Ordnung unterstellt und eben *weil* es vorherrscht, vorgibt, kein Paradigma, sondern natürliche Ordnung zu sein. Und genau das, Natürlichkeit, ist das Höchste überhaupt.

Der kleine Hund läuft weiter, wird noch kleiner, verstrickt sich in Zirkelschlüssen. Er weiß überhaupt nicht, wo er anfangen soll, deshalb behält er sein Unbehagen lieber für sich. Außerdem benötigt er seine gesamte Konzentration, um die Szene nicht mit eingeklemmtem Schwanz zu verlassen. Kleiner Hund ist nicht von gestern, er kennt das Schnalzen der Peitsche. In dieser Welt ist er von der Akzeptanz des großen Hundes abhängig. Und damit beginnt die Ungleichheit. Dass er das weiß, der große Hund aber nicht, erhält die Ungleichheit aufrecht. Er wirkt undankbar, wenn er diese Akzeptanz hinterfragt. Kleiner Hund ist mittlerweile nur noch ein Fleck in der Ferne. Und das ist das Letzte, was er will: undankbar wirken.

Der große weiße Hund schaut dümmlich zu uns her und kommt angaloppiert. Plump drückt er seine feuchte Schnauze gegen meine Hand. Ich streichle ihn, und er wirft mir einen kurzen Blick zu, aber da gilt seine Aufmerksamkeit schon wieder einem neuen Hund. Sein Schwanz klopft gegen Werners Hose. Unter dem warmen Fell spüre ich sein Hecheln. Dann saust er davon.

Wir gehen weiter. Vielleicht ging es ja wirklich nur um spielende Hunde. Dann sagt Werner: »Eigentlich ist das fantastisch, dass du jetzt so viel Zeit hast. Da könntest du doch mitfahren! Zuerst nach Flores, dann nach Luzon.«

»Warum so eilig?«

Sofort hängen seine Schultern. »Ich bin der Mann geworden, der sich nie bewusst für eine Hypothek oder für einen vernünftigen Beruf entschieden hat, Elke. Der Idiot, dem das einfach so passiert ist: Kinder. Der nicht versteht, wann das alles angefangen hat, wie er bloß zu diesem wandelnden Klischee werden konnte.«

Mein Freund, das zahme, wetterresistente Konik-Pony.

Er erzählt, dass er eine neue Kollegin hat, die ihm auch außerhalb der Arbeitszeit Nachrichten schickt. Lustige Sachen, bei denen es schon seit Längerem nicht mehr um die Arbeit geht und auf die er etwas zu begierig wartet. Er fährt sich durchs Haar. »Ich habe mich um ein Reisestipendium beworben. Wenn das klappt, nehme ich ein paar Wochen unbezahlten Urlaub. Fahr doch mit. Dann bin ich eine Weile auch für sie nicht erreichbar.«

Das irritiert mich, sein Eskapismus, dass er lieber mit Zwergen und Riesen zu tun hat, seine Bequemlichkeit. Der Weg führt an der Umzäunung vorbei, dahinter liegt die wilde Seenplatte.

»Was soll ich auf Flores?« Ich suche seinen Blick. »Außerdem: Was hier schiefläuft, hat nichts mit Zeit, sondern mit ökologischer Tragfähigkeit zu tun.« Nach wie vor halte ich nach von Biberzähnen angenagten Baumstämmen Ausschau. »Und die ist überschritten. Zu viele Tiere auf zu engem Raum.« Dieses Reservat, diese »Insel«, wäre ohne menschliche Blicke deutlich besser dran. Ohne menschliches Eingreifen, ohne menschliche Meinungen. Dann könnten die viel zu großen Pflanzenfresser in aller Ruhe aussterben, und das Gebiet würde wieder denen gehören, denen es vermutlich zugedacht ist: kleineren, weniger hungrigen Arten, die zu Fuß, zu Wasser und durch die Luft hergekommen sind. Aussterben ist typisch für Inseln. »Zäune, wer denkt sich denn so was aus«, schicke ich noch hinterher.

Er überlegt laut, warum man in jedem Gespräch mit mir bei der Apokalypse lande, dass ich uns aus der Natur herausnehme, das ewig Andere aus uns mache. Und das Andere sei immer der Buhmann. »Manchmal bist du erstaunlich anthropozentrisch.« Er greift nach seinem Fernglas und richtet es auf einen auffliegenden Vogel. »Wir können Zäune errichten, Arten einführen und wieder andere bejagen, wir können in das natürliche Gleichgewicht eingreifen genau wie diese Pferde. Weil sie hier grasen, wird kein Baum mehr erwachsen. Die Naturgesetze gelten für alle. Es gibt kein Alternativszenario. Nur der Kontext ändert sich.« Genau das sei der Ausweg, den Inseln böten, sagt er. Genauer gesagt: Flores, die verkehrte Welt. Er klingt jetzt ganz aufgeregt: Hier, in unserer Welt, sei der Mensch groß und die Natur klein. Seit der Flutkatastrophe von 1953 werde die Natur der Niederlanden größtenteils kontrolliert. Mit Deichen, Buhnen und Zäunen eingedämmt, er zeigt darauf. Auf Flores von vor fünfzigtausend Jahren seien die Rollen vertauscht, die Menschenartigen klein gewesen, so auch die Stegodonten, aber die Störche, Warane und Ratten riesig. Ich mein ja nur, beschließt er seinen Vortrag, möglich wäre es.

»Ilse und du – habt ihr schon länger Probleme?«, frage ich.

»Das ist ja das Merkwürdige«, erwidert er. »Wir haben keine Probleme. Es ist genau so, wie Esther Perel sagt: Beim anderen findet man einen verlorenen Teil von sich selbst wieder. Deshalb die Euphorie.«

»Euphorie?«

»Nicht, dass ich es nicht wollen würde«, sagt er leise, »ein Alternativszenario.« Auch dass er erwartet hätte, wenigstens ich würde ihn verstehen. Wieder hängen seine Schultern, und er zupft an seinem Bart.

»Aber du *passt* so gut«, ich mache eine weit ausholende Geste. Besser als ich, denke ich sofort. Ich habe keine Lust, um die halbe Welt zu fliegen, nur um ihm dort bei seiner Fluchtgeschichte zu assistieren. Trotzdem bleibt sein Gefasel über Flores nicht ohne Wirkung. Die Saat geht auf.

Es war in den Sommerferien, als ich zum ersten Mal Lesen konnte. Ein Wort wie »Eule« besaß keine Geheimnisse mehr für mich. Dass sich diese beiden Buchstaben, die so unterschiedlich aussahen, in Kombination zu einem neuen Laut, zu einem »eu« verbinden konnten, dafür brauchte man nicht zaubern zu können, man brauchte es bloß zu wissen. Und ich war eingeweiht. Mit derselben geistigen Aufgeschlossenheit ging ich an einem der Ferientage ans Telefon. Bestimmt meine Mitschülerin, die wissen wollte, wo ich blieb. Aber es war Onkel Filip. Ich reichte den Hörer an meine Mutter weiter.

»Hallo Filips«, sagte meine Mutter zunächst noch fröhlich. Dieses »s« am Ende stammte von mir. Als Fünfjährige hatte ich ihn eine Weile so genannt. Bis ich das Gelächter endlich verstand. Ein Spitzname, den er so schnell nicht wieder loswurde.

Meine Mutter sagte nicht viel, nur ab und zu ein Was, Warum, Wo. Erschöpft legte sie auf.

»Er ist auf der Insel«, sagte sie zu meinem Vater, der gerade in einer kurzen Hose die Tür anstrich. »Er hat das Häuschen gekauft.« Mein Vater starrte meine Mutter an und sagte irgendwas von wegen Geld, doch sie zuckte nur mit den Schultern und drehte die Handflächen nach oben.

Meiner Mitschülerin sollte ich später am Nachmittag nichts davon erzählen. Wir streunten durch die Gegend, suchten im Müll, der in Säcken an der Straße stand, nach Schätzen. Denn donnerstags ging es darum, dem Müllwagen zuvorzukommen. Was uns jetzt, wo Ferien waren, nicht weiter schwerfiel. Aber wir fanden bloß Gemüseschalen und Windeln. Stattdessen erzählte ich ihr, dass mein Onkel ein Luftgewehr besaß, woraufhin sie nur mit den Schultern zuckte und vorschlug, Rollschuh zu laufen. Ich nickte enttäuscht, denn das mit dem Luftgewehr stimmte wirklich, und legte nach, indem ich behauptete, ein Eiland, also eine Insel, liege wie ein riesiges Erdei im Meer. Warum sonst schrieb es sich mit dem »ei«-Laut?

Schweigend betreten wir den Parkplatz. Erst letzte Woche hat mich meine Mutter angerufen: Der Baum sei umgefallen, erzählte sie, der Baum im Garten von Onkel Filips Häuschen. Jede Menge Chaos, die Nachbarn hätten sich bereits beschwert. Jemand von uns müsse hinfahren, ob ich das nicht übernehmen könne? Damals stieß ihre Bitte auf taube Ohren. Erst jetzt fällt mir auf, wie sich alles fügt und mir einen Vorwand liefert, der mir in die Hände spielt. Selbstverständlich müssen meine Erbsen und ich auf eine Insel. Aber nicht nach Flores, wir müssen auf die Insel meines Onkels Filip. Mal schauen, wie wir da gedeihen. Werner entriegelt sein Auto.

»Bist du verliebt?«, frage ich.

»Schwer zu sagen.«

Ich seufze.

»Warum bist du genervt?« Er wirkt aufrichtig erstaunt.

»Weil du einfach nichts siehst.«

7

Woher kommst du?, fragte Fern.
Aus der Steppe, antwortete Ra.
Jeder hat eine Mutter, befand Bes.
Die Steppe ist mir Vater und Mutter zugleich, sagte Ra.

Sie beließen es dabei. Schwer beeindruckt, denn normalerweise nahm sich die Steppe, statt zu geben. Von Ferns Vater hatte man nie mehr etwas gehört.

Es hieß, die Steppe sei unendlich. Man könne ewig laufen, so die Alten, über das ewige Gras, ohne jemals irgendwo anzukommen, weil die Steppe nie aufhöre. Es gebe schlichtweg nichts anderes. Und dieser Berg am Rande der Welt, riefen die Kinder, dieser Berg mit der Geburtsgrotte? Der lag tatsächlich jenseits der Steppe, aber angesichts der allumfassenden Unendlichkeit war sie für Normalsterbliche unerreichbar. Mond um Mond, Frühjahr um Frühjahr, immer bloß Steppe, und nach einer gewissen Zeit fiel man aus Erschöpfung oder Altersschwäche einfach tot um. Noch wahrscheinlicher war es, von einem hungrigen Raubtier gefressen zu werden, woraufhin ein Geier die losen Knochen abnagte. Keinerlei Grab, das befreite Innenwesen für immer umhergeisternd, allein. Es war der Steppengott, vor dem sie sich hüten mussten, ein launischer Kerl. Er verführte und ließ einen aufbrechen, doch diejenigen, die aufgebrochen waren, kehrten nie mehr zurück. Selbst wenn man zurück wollte, wusste man schlichtweg nicht wie. Alles sah gleich aus, ab einem gewissen Punkt ging die Sonne nie mehr unter, sodass sich nicht sagen ließ, wo Osten war, auch der Mond war verschwunden, und die Bäume behielten für immer ihr Laub. Überall Steppe.

Vom Stier geküsst – das ist ein Zwitterwesen!, verkündete der Wächter, als er wieder herauskam. Deshalb dürfe Ra bleiben. Er sei wie der Mutterstein. Der Abgesandte dieser Gottheit sozusagen, erklärte er geduldig. Und diese »Erbsenpflanzen«, er fuchtelte mit einer Hand, seien ihre Gaben. Sie würden Glück bringen, sie würden schon sehen. Danach schwieg der Wächter zufrieden, denn noch während er sprach, war er seltsamerweise, wenn auch nicht zum ersten Mal, auf die Wahrheit gestoßen. Die Menschen starrten ihn fasziniert an und nickten, um ihre spirituelle Unzulänglichkeit zu verbergen. So was denkt man sich doch nicht aus, tuschelten sie später, wenn Ra mit Wasser oder Holz vorbeikam.

Die Erbsen, würden sie auch hier wachsen? Bes zeigte auf die Steppe, stellte sich alles Mögliche darunter vor.

Der unterwürfigere Fern starrte auf seine Füße.

Wer ist euer Mutterstein?, fragte Ra.

Das funktionierte. Sie erzählten von ihrer geliebten Steingottheit, der sie Opfer darbrachten, damit die sie und ihre Ernte beschützte. Auch dass die Ersten sie einst aus der Geburtsgrotte mitgenommen hatten, das Volk, von dem sie abstammten. Schau, es ist ganz einfach, sagte Fern und erzählte ihr, was jeder Bauer, vom ersten bis zum letzten, über Erde, Sonne und Wasser weiß. Dass von diesen drei Elementen nur die Erde kein Gegenstück hat. Sonne – Finsternis, Wasser – Feuer. Doch Erde, der Schoß ihrer Nahrung und des Muttersteins, der Schoß ihrer Toten, kenne keine Zweiteilung. Sie sei beides und brauche nichts zum Ausgleich oder zur Fortpflanzung. Genau wie du. Währenddessen schauten sie Ra nicht an, sahen nicht, dass sie nickte. Etwas Seltsames ballte sich in ihr zusammen.

Noch vor gar nicht allzu langer Zeit hatte es in ihrem Dorf dieses Mutterschaf gegeben, das unbeholfen auf seinem Hintern saß. Das Tier hatte zwei Jahre hintereinander nicht gelammt. Ra hatte es von hinten an den Vorderbeinen festgehalten. »Nutzlos«, zischte der Hirte, das Messer zwischen den Zähnen, packte die dick behaarte Kehle und trennte den Kopf mit einer einzigen, schwungvollen Bewegung vom Rumpf. Das Tier erschlaffte und blutete aus. Ra hielt es über eine Schüssel. Dieser Hirte kannte die Routen der Wölfe und wusste, wo das meiste Gras wuchs – oft besser als die Schafe.

»Nutzlos« war eng verwandt mit »überflüssig«, das Wort, das kurz darauf bei der Getreideernte fiel. Alle halfen mit, es war das wichtigste Ereignis des ganzen Jahres, und weil ein Unwetter erwartet wurde, musste es schnell gehen. Mit gewetzten Sicheln zogen sie zu den Feldern und teilten sich nach kurzer Absprache auf. Die Sichler packten ein Ährenbündel und hielten den gebogenen Arm der Sichel, bestehend aus einem Hirschgeweih und darin eingelegten messerscharfen Feuersteinklingen, knapp über den Boden. Ruckartig zogen sie ihn zu sich her und durchtrennten so die Stängel. Die Halme schoben sie beiseite, dann wurde das nächste Bündel gepackt. Hinter ihnen banden andere die Bündel zu Garben, wieder andere trugen sie auf dem Rücken ins Dorf. Es wurde viel gemurrt und auf sie gezeigt. Sie wurden sich einfach nicht einig, mussten immer wieder diskutieren. Ihre Angst vor dem Unwetter war ansteckend. Die Männer urinierten im Stehen, um ja keine Zeit zu verlieren. Ihr Wasser prasselte auf die Stoppeln des bereits abgeernteten Getreides. Schmatzend saugte der Boden die Feuchtigkeit auf. Ra musste auch und grub mit dem Fuß eine Kuhle in den Sand, zog ihr Gewand etwas hoch und ging in die Hocke. Kleine Tropfen spritzten ihr gegen die Beine. Jemand starrte sie an, und sie schaute auf. Es war der Hirte, sein Blick war bohrend und besagte: überflüssig. Er brummte etwas, was sie nicht verstand, und spuckte ihr einen dicken Schleimbatzen vor die Füße. Sein Brummen blieb nicht unbemerkt, wie eine Hornisse piesackte er sie, überflüssig, immer mehr schauten her. Die Menschen wussten nicht, wie sie reagieren sollten, sie schlugen in die Luft, bückten sich noch tiefer, wischten sich Strohstaub aus den Augenwinkeln und schwitzten wie die Tiere. Überflüssig und verwirrt, summte es über den Menschen, war nicht mehr zu verscheuchen, jeder atmete es ein. Welche Esser können wir entbehren? Diese Frage mischte sich in den Rhythmus des Hackens, in das Rascheln des Strohs und in das Rasseln der Körner. Das Gift tat seine Wirkung und sagte den Menschen, dass tief fallen werde, wer sich über die Götter erhebe.

Wenn Ra wirklich ehrlich war, fielen ihr einige Schwächen an Bes' und Ferns Mutterstein-Analogie auf. Aber Ehrlichkeit half hier auch nicht weiter. Sie musste mit diesen Menschen vorliebnehmen. Sie gab nach und ließ ihre Veränderung zu. Hinter dem Haus von Bes, Fern und deren Familie pflanzte sie die sorgsam gehegten Erbsen ein, in einer

Reihe, immer zwei Fingerbreit auseinander. Wobei das im Grunde keine große Rolle spielte. Viele waren es ohnehin nicht, aber innerhalb weniger Tage keimten sie alle.

Im Haus des Wächters war wieder Ruhe eingekehrt. Er war nicht von gestern, wusste, dass es im Norden Dörfer gab. Vor langer Zeit hatte es sogar Handelsbeziehungen gegeben. Gut möglich, dass der Fremdling einfach bloß jemand aus dem Norden war. Aber mit Sicherheit ließ sich das nicht sagen. Ein Abgesandter ihres Muttersteins – das war eine wunderschöne Vision. Damit war allen geholfen. Zwitterwesen, seine Idee! Zufrieden döste er vor dem Feuer, genau wie der Mutterstein, der wieder wohlbehalten im heiligen Schrein lag, versteckt hinter dem Ledervorhang.

Nicht alle, aber einige von uns hegten Groll gegen die Steingottheit, und vielleicht wollten sie es deshalb nicht offen zugeben. Aber im Grunde wussten wir alle, dass der Mutterstein die Situation diesmal gerettet hatte. Wir kannten die Steingottheit schon seit Urzeiten, und genau das war das Problem: Sie glaubte nicht an uns. Ein Unglaube, den sie sehr ernst nahm, er besaß eine Form. Ich bin eine physische Entität, sagte sie mehr als nur einmal. Um mich kommt ihr nicht herum. Dennoch musste sie einräumen, dass sie nicht viel über die Toten wusste, außer – und in diesem Punkt war sie sich ganz sicher –, dass sie nicht mehr da waren. Sie hatten anscheinend Besseres zu tun. Der Kalk ihrer Schädel verging stets schneller als ihr Granit. Die unter euren Häusern begrabenen Vorfahren, die ihr später mit viel Trara wieder ausgraben werdet, erwiderte sie, dieses Hantieren mit Knochen: Staub. Nichts mehr. Ihre Überlegenheit begründete sie mit dem Mythos, den die Menschen um ihren Fundort und ihr Alter geschaffen hatten. Sie erkannte sich darin wieder und ließ praktischerweise unerwähnt, dass Steine eigentlich fast immer alt sind und von Felsen abstammen. Sie waren nun mal vergänglich, und daran konnte sie nichts ändern. Aus Menschensicht machte einen das schnell zum Giganten. Das mit der Geburtsgrotte war Quatsch, sie war nie dort gewesen. Aber wozu die Überbringerin schlechter Nachrichten sein? Die Wirklichkeit war manchmal wilder, als man sich das je hätte träumen lassen. Was wir auf jeden Fall wussten, war, dass sie – und das war kaum einen Atemzug her – von einigen von uns, von direkten Vorfahren dieser Menschen, nackt in der Steppe gefunden worden war. Und davor – also vor zwei Atemzügen – war sie im Weltall herumgeflogen. Ihr Ursprung war wie der des Wassers: außerirdisch. Ein unzulänglicher Begriff und noch dazu nicht fair, sie war so viel länger hier als die Menschen, eine Tatsache, die wir schlecht leugnen konnten. Wie lange blieb man außerirdisch, wann wurde man irdisch?

Wir brauchen nicht eigens zu erwähnen, dass unsere Daseinsberechtigung weder von ihren Überzeugungen noch von ihrer Akzeptanz abhing. Die Sache stellte uns höchstens vor ein Dilemma. Denn wenn man an etwas nicht glaubt, erweckt man es dann nicht erst recht zum Leben? Räumt man ihm dann nicht auch eine Art Existenz ein? Wahrer Unglaube, so dachten wir, besteht aus etwas Namenlosem. Wahrer Unglaube ist nicht eingeräumter Raum.

Aber wir schweifen ab. Was uns mit dem Mutterstein verband, waren die Menschen. Und deren Schicksal ließ auch die Steingottheit nicht kalt. Wir hatten gleichermaßen mit ihnen zu tun, mit den von ihnen erzählten Geschichten, die neue Geschichten hervorbrachten, welche wiederum neue Geschichten rechtfertigten. Und all das nur für ein bisschen Halt im Leben. Wir verstanden die Gottheit besser als einige von uns das jemals zugeben würden. Wir brauchten einander, um eine Bedeutung zu haben. Ohne die Menschen, ohne unsere jeweiligen Geschichten, waren wir ein Niemand. Sie bloß ein Felsbrocken wie tausend andere, wir Luft, bestenfalls Knochen.

Wir glaubten durchaus an sie. (Und an dich, nicht vergessen.)

8

Möwen im Sturzflug wirbeln kreischend durcheinander, sie lassen sich von den Luftströmungen des Schiffes tragen, sperren die Schnäbel auf und stoßen durchdringende Laute aus. Ein Kind wirft Brotstücke hoch. Zu groß, zu tief, die Möwen ärgern sich über so viel Dummheit.

Ich schleppe sie immer mit mir herum, die Frau, die ich nie geworden bin. Manchmal spüre ich ihren vorwurfsvollen Blick. Sie versteht nicht, warum ich ihr keinen Platz eingeräumt habe. Dann wäre alles deutlich leichter gewesen, flüstert sie, dann hätten mich die Leute viel leichter lieben können. Und: Muss ich schon wieder davon anfangen?

Der Wind lässt meine Augen tränen. Ich mache eine Vierteldrehung und stehe in meinem eigenen Windschatten. Jetzt brandet er gegen meinen Rücken, als sähe er nicht, dass ich hier stehe. Ich umklammere die Reling. Wir schaukeln auf und ab. Unter mir schlagen spitze kleine Wellen gegen den Bug. Vom wolkenlosen Himmel knallt mir die Sonne auf den Kopf. Das Schiff ist durch eine immer länger werdende Schaumspur mit dem Festland verbunden, folgte man ihrer sanften Biegung, landete man bei dem friesischen Hafen, von dem aus wir vor einer halben Stunde aufgebrochen sind.

Alles hier ist alt, sagte Onkel Filip und machte eine weit ausholende Geste. Die Leitungen, das Wasser, ist das nicht fantastisch? Er kam uns auf dem Gartenweg entgegen, und wir folgten ihm ins Haus. Auf dem Küchentisch war alles ausgebreitet, ein qualmender Lötkolben, daneben eine Rolle Lötzinn, Platinen, Stecker, Stromkabel mit grün-gelb, blau und braun isolierten Litzen, ein seltsames Gerät mit Messanzeigen und Lämpchen. Was ist die Erdung, Elke? Er hielt mir die drei Farben hin. Nachdem ich zu oft gewarnt worden war, hatte ich eine Todesangst vor Elektrizität, aber die Angst zu enttäuschen war stärker. Braun, flüsterte ich aufs Geratewohl, doch er hatte sich schon umgedreht. Was sagst du dazu?, wollte er von meiner Mutter wissen. Oh mein Gott, erwiderte sie, gestrandet in der Zimmermitte.

Im Garten bauten mein Bruder und meine Schwester gerade ihr Zelt auf. Ich könne natürlich nicht mithelfen, ich sei noch zu klein. Kik schnupperte am Baum. Ich strich ihm über den Kopf. Es war ein schöner Baum mit zierlichen Blättern. Al-les nur ge-lo-gen, flüsterte ich Kik ins Ohr – ich war acht, in zwei Jahren würde ich zehn sein, und dann war man nicht mehr zu klein. Das musste ich dringend aufschreiben, also ging ich ins Haus, um nach Stift und Papier zu suchen. Inzwischen duftete es nach angeschmorten Zwiebeln. Mein Vater stand vor der Anrichte und schnitt Tomaten. Während er eine nach der anderen halbierte, murmelte er etwas in sich hinein. Aus dem Wohnzimmer waren die gedämpften Stimmen von Mutter und Onkel Filip zu hören. Vorsichtig berührte ich den Griff des Lötkolbens. Alles verfault, mein Vater schüttelte den Kopf und gab sämtliche Tomatenhälften in eine Schale. Nicht anfassen,

Elke, ob ich das hier kurz wegwerfen könne? Er reichte mir die Schale.

Ein Stück weiter dreht sich eine zierliche Frau eine Zigarette. Wäre ich der Wind, würde ich mir einbilden, sie im Griff zu haben. Sie trägt einen knallblauen Wollmantel, der schwer an ihr herabhängt. Die Frau schaut mich an und pflückt sich einen Tabakkrümel von der Lippe. Ich schaue weg. Die Möwen über mir sind in ein ernstes Spiel vertieft. Sie lassen sich fallen und steigen wieder empor, tauschen mühelos ihre Positionen. Das Kind mit dem Brot ist verschwunden.

»Bist du aus Russland? Du siehst aus, als kämst du aus Russland.« Sie lehnt an der Reling.

Ja, möchte ich sagen. Ich habe russische Vorfahren. Der unnachgiebige Permafrost ist mein Heimatboden, dort, wo zweihundert Jahre alte Birken wachsen, kaum dicker als ein Besenstiel, wo Menschen ein Stück von ihrem Ohr oder von ihren Zehen fehlt und der Schnee an den Holzlatten der Häuser klebt. Möglich wäre es. »Russland? Nein«, erwidere ich. »Wieso?«

»Ich hatte mal einen russischen Freund«, antwortet sie. »Es liegt in ihrer Natur, Privates und Öffentliches zu trennen. Ohne dass man es merkt, wechseln sie zwischen beidem hin und her.« Sie öffnet eine Hand und zeigt mir einen unsichtbaren Beweis. »Die Schaufel da …«, der imaginäre Beweis verschwindet im Meer, »dieser Freund hat auch ständig mit Gartengeräten hantiert.« Eine Windbö schlägt ihr ins Gesicht, und sie kneift die Augen zusammen.

Erzähl mir, was du siehst, sag mir, wer ich bin, mach einen Russen mit Schaufel aus mir. Das ist übrigens gar keine Schaufel, sondern ein Spaten, und von Russen habe ich nicht die geringste Ahnung. Zur Abwechslung mal was anderes, denkt die Frau, die ich nie geworden bin. Und dieser Granitblock, hast du noch vor, mir den zu erklären?

Ich war zwölf, als Onkel Filip bereits seit einem Jahr tot war. Die Fähigkeit, so etwas Abstraktes wie Steine zu beseelen, hatte ich da schon lange verloren. Ich war zu Kernen übergegangen. Ungeduldig wartete ich in der Küche, um Orangen-, Paprika-, Avocado-, Tomaten- und Apfelkerne aus dem Gemüseabfall zu retten. Ich gab Erde aus dem Garten in Tontöpfe, drückte die Kerne hinein und goss sie. Nicht alles keimte, was die Sache umso geheimnisvoller machte. Die Kerne, die keimten, entfalteten wie aus dem Nichts glänzende Zitrusblätter und stabile Stämme, so selbstbewusst wie fertige Bäume. Früher oder später hörte ich auf zu gießen, und sie reagierten zuverlässig auf meinen Dürrestress, wurden matt, schlaff, verwelkten, verloren Blätter und warteten. Tat ich nichts, was ich meist tat, gingen sie ein.

Nicht diese toten Keimlinge hier, das wäre viel zu simpel. Es sind Onkel Filips Tomaten, es ist das Nach-innen-Wachsen, das erschüttert. Denn in ihren Hälften befanden sich nicht die üblichen gleichförmig-gelben Samen, in eine nierenförmige, gallertartige Masse gehüllt. Etwas war dunkel und bizarr geformt. Verfault, dachte ich erst wie mein Vater, aber aus der Nähe sah ich etwas anderes: im Entstehen begriffene kleine Blätter an einem Stängel, krumm wie ein eingewachsenes Haar. Ohnmächtig bohrte sich die Spitze ins weiche Fruchtfleisch. Eines nach dem anderen pulte ich aus den halbierten Früchten. Die Samen waren gekeimt, dank dem bisschen Licht, das Fruchtfleisch und Schale durchließen. Wie alte Föten, die in der Gebärmutter zahnen, Finger-, Fußnägel und Haare ausbilden, lagen die kleinen Dinger in meiner offenen Hand. Sprießendes Leben, zu früh ausgetrieben. Wollt ihr mal was Ekliges sehen?, fragte ich meine Geschwister. Sei nicht albern, wimmelten sie mich ab.

Die Frau führt die Selbstgedrehte zum Mund und streckt die Zungenspitze heraus. Ein Eisvogel, mit diesem Rot und dem blauen Mantel. In einer anderen Zeit hätte man sie als dürr bezeichnet. Der Wind reißt den von ihr ausgeatmeten Rauch mit sich fort. Mit der Hand fahre ich über den glatten Stiel des Spatens. Sein Blatt ist schwer und zeigt automatisch zum Boden, sein Gewicht hat etwas Tröstliches. Anständiges Gerät wird durch Gebrauch immer besser. Es passt sich den Händen an, poliert sich selbst auf Hochglanz. Der Stein im Rucksack hängt schwer an meinem Rücken, die Träger schneiden mir in die Schultern. Soll sie ruhig raten, die Frau, die ich nie geworden bin. Keine Ahnung, warum ich ihn mitgenommen habe. Es fühlt sich gut an, etwas vor ihr zu verheimlichen.

In der Ferne ist eine Sandbank trockengefallen, auf dem leuchtenden Watt liegen ein paar Seehunde. Einer winkt, die Flosse erstarrt abrupt und zeigt zum Himmel. Ich mache darauf aufmerksam, und die Frau nickt routiniert. Sie dürfte auf der Insel leben. Niemand zieht grundlos auf eine Insel. Das nimmt mich für sie ein: dass sie ein Meer zwischen sich und die zweckmäßigen Straßen auf dem Festland mit seinen Bushaltestellen, Deichen und vermessenen Flächen bringen will.

Das Stampfen der Schiffsmotoren scheint sich zu verändern, es wird schwerer, schneller. Der Stahl unter meinen Füßen vibriert und kündigt etwas an. Das Schiff hat Schluckauf. Ich schaue zu ihr hinüber, doch sie starrt unverwandt geradeaus, raucht, ans Geländer gelehnt, ihre Selbstgedrehte.

Aber möglich wäre es, nichts funktioniert reibungslos. Ich schaue von den Schornsteinen zu den Rettungsbooten, zu den anderen Passagieren. Möglich wäre es, dass die Motoren mit einem letzten lauten Knall den Geist aufgeben, woraufhin plötzlich das gegen den Bug schlagende Wasser, das Möwengeschrei hörbar wird. Das Schiff fährt noch eine Weile weiter und bleibt dann stehen. Hektisch herumrennende Besatzung, die von irgendwoher zum Vorschein kommt, Besorgnis im Blick. Der Kapitän, der irgendwas von einer technischen Störung erzählt, kein Grund zur Panik. Leute, die ins Freie strömen und anschließend brav wieder hinein. Die Eisvogelfrau, die gelassen ihre Selbstgedrehte ins Wasser wirft, dem Meer den Rücken zukehrt und mir anvertraut, dass das noch eine Weile dauern könne. Der Mantel, der aufweht und einen Blick auf das Matroschka-Innenleben freigibt. Ihre Gelassenheit wird mich noch beschämen. Wir werden stundenlang festsitzen, und irgendwann wird mir völlig egal sein, ob wir weiterfahren oder nicht, der Wunsch, irgendwo anzukommen, etwas zu erreichen, wird mir abhandenkommen. Das Watt falle trocken, aber nicht die Fahrrinne, erklärt sie mir, die sei tief genug und bleibe stets offen. Die Sonne sinkt wie ein Eidotter, das Watt färbt sich rosa-golden, und die Seehunde sind für eine Weile gefangen. Ab und zu winken sie, bis auch sie gelangweilt mit dem letzten Rest Meerwasser verschwinden. Die Möwen sind dann längst fort. In einem unbeobachteten

Moment wird sie über das Geländer klettern und mir bedeuten mitzukommen. Ihre Strumpfhose schimmert in der Sonne, während sie die Stahlleiter als Erste hinunterklettert. Ich folge ihr, wobei ich den Spaten, den Rucksack mit dem Stein und die Reisetasche mit den Erbsen zurücklasse. Allein hätte ich das nie gewagt, das weiß die Sonne, trotzdem bescheint sie gutmütig meine Jeans und Windjacke, sieht zu, wie ich ab und zu nach unten schaue. Geschickt klettert die Frau hinunter. Das Wattenmeer und die Salzwiesen leuchten. Er entfaltet einen ganz schönen Sog, dieser Sand, er zieht einen in die Tiefe. Wir sinken wie die Sonne. Die Eisvogelfrau hat die letzte Sprosse erreicht. Sie überlegt. Sich einfach fallen zu lassen, dürfte nicht klappen, denn dann landet sie im Wasser, das es eilig hat wegzukommen. Das Land will trockenfallen, schüttelt sich nervös wie ein nasser Hund. Sie springt, verliert aber das Gleichgewicht. Der Boden saugt an ihr. Sofort steht sie wieder auf, klopft sich der Form halber die Kleidung ab und schaut dann zu mir hoch. Auch ich springe, komme auf wie sie. Wir sind genau am Rand gelandet.

Die Sonne scheint nicht recht zu wollen, aber die Anziehungskraft ist zu stark: Sie sinkt. Hin zum nackten Watt, das anfängt zu zittern, hin zu den Frauen, die loslaufen, als wüssten sie, warum.

Natürlich erreichen wir wie geplant den Inselhafen. In den Ritzen der Granitfelsen wächst Kompass-Lattich, Wilde Möhre und Kohl. Trübes Wasser schlägt gegen den Kai. Das Meer ist ein Magen, dem schlecht ist. Die Ladeklappe öffnet sich, und wir strömen an Land. Dort begegne ich ihr wieder, wir nicken uns zu. Um die hundert Personen und vier

Hunde ziehen an mir vorbei. Diese Menschen sind kein Querschnitt der niederländischen Gesellschaft, die Hunde erst recht nicht. Zum Beispiel sitzt niemand im Rollstuhl, niemand hat rotes Haar, und alle sind weiß. Kurzum, wir Inselgäste, unsere Gene, sind die Ausnahme. Insgeheim führe ich ein unethisches Experiment durch und lasse das Festland unter einer riesigen Flutwelle verschwinden, wodurch echte Isolation entsteht. Von nun an können wir uns nur noch untereinander fortpflanzen. Durch unsere außergewöhnliche Zusammensetzung wird sich relativ bald eine neue Rasse entwickeln. Dauert das Ganze lange genug, irgendwann sogar eine neue Art. Aber Isolation ist was von gestern, etwas, was sich heute nur noch mit Gewalt erzwingen lässt.

Der Mann vom Fahrradverleih hat bloß ein Tandem für mich. Er mustert mich von Kopf bis Fuß. Ich schaue zu Boden. Vielleicht schaut er alle so an.

Ich nehme das Rad, besser als nichts.

Die Augen des leeren Sattels brennen in meinem Rücken. Die ganze Insel sieht uns vorbeifahren. Über das Kopfsteinpflaster, weshalb die Reisetasche gegen den Gepäckträger schlägt, sich der Spatenstiel aufbäumt und den Lenker vermöbelt. Über die Hauptstraße, die ich so gut kenne. Auch die Touristen sind noch genau die gleichen wie vor zwanzig Jahren. Schaufenster mit Fischernetzen, Strandlatschen und Badebekleidung ziehen vorbei, ein Stück weiter die Pommesbude auf Rädern. Ich beuge mich tiefer über den Lenker des Zweipersonenrads. Der Rucksack scheuert an meinem Rücken. Das Dorf verschwindet.

So wie der Mann gerade geschaut hat, schauen sie oft. Der Grundtenor ändert sich nie. Die Frau, die ich nie geworden bin, schüttelt den Kopf. Sie hat auf dem Sattel hinter mir Platz genommen und die Füße auf den Rahmen gestellt, die leeren Pedale kreisen. Was ich denn erwartet hätte, flüstert sie. Und dass sie froh sei, dass es kein Herrenrad geworden ist. Ob sie wirklich alles noch mal wiederholen müsse? Lächle öfter. Wenn du lächelst, lächeln die Leute zurück. So erreichst du was. Menschen schauen nun mal lieber in ein freundliches Gesicht. Und du siehst ungepflegt aus. Hast du überhaupt genug Selbstliebe? Verstecke! Haare an bestimmten Stellen gehören sich nicht. Eliminiere. Investiere Zeit und Geld in solche Dinge. Das tut weh? Das war doch noch nie ein Grund. Lass Scham für dich statt gegen dich arbeiten. Helft euch gegenseitig: Mach Komplimente oder wirf missbilligende Blicke. Das ist sehr wichtig. Stell das nie infrage. Trag einen Bügel-BH. Gib vor, jeden Mann charmant zu finden. Trotz allem, erst recht, wenn er ein Vorgesetzter ist. Er soll sich doch nicht unbehaglich fühlen. Aber geh dabei geschickt vor, denn wenn er anbeißt, musst du die Konsequenzen tragen. Du musst das natürlich selbst wissen, aber diese Wanderschuhe sehen wirklich sehr lesbisch aus. Schäm dich! Raspelkurze Haare? Und das in deinem Alter! Natürlich muss sich nicht jede Frau schminken. Ich sag ja nur, dass solche Frauen meist unglaublich schön sind. Hab was gegen Regen, Schweiß, Schlamm, dicke Muskeln. Liebe auf gar keinen Fall deinen Körper, denn er gehört einem anderen. Dein Körper ist ein sündiges Tier, schon morgen beginnt sein Verfall. Sorg dafür, dass die Leute nicht raten müssen. Vermeide Unisex-Kleidung. Treibst du Sport, dann trag Schuhe mit rosa Details. Das ist weiblich. Sei lieb! Frag interessiert nach, wenn sich der Nachbar die Mühe macht, dir die Düngeverordnung zu erklären. Das ist natürlich bloß ein Beispiel, denn es geht selbstverständlich überhaupt nicht um die Düngeverordnung oder darum, dass du dich besser damit auskennst. Es geht darum, dass du nett bist. Ich werde dich nicht trösten, wenn die Leute dich mit »Herr« ansprechen. Krokodilstränen. Warum Frauenunterwäsche oft so eine aufgenähte Lolita-Schleife hat? Deine Sorgen möchte ich haben! Jetzt geh halt mal ans Telefon! Natürlich musst du immer frieren. Dicke Jacken und Pullis sind nicht sexy, und Mützen drücken dir die Frisur platt. Sieh es doch mal so: Wenn du frierst, verbrennst du mehr Kalorien. Kälte macht schlank, und übers Schlanksein brauchen wir ja wohl nicht zu reden. Wenn andere Frauen zu laut sprechen oder sich behaupten, verdrehst du die Augen. Noch mal: *Helft euch gegenseitig.* Ich bin die Einzige, die dich nicht im Stich lässt. Wir sind uns ähnlicher, als du denkst. Ich werde dich niemals aufgeben. Sag nie unverhohlen, was du willst. Fühl vor, weich aus, verschleiere. Kauf enge Hosen. Das ist zwar weder schön noch bequem, aber so verbündest du dich mit anderen Frauen, und das ist auch was wert. Schweig! Diskutieren ist erlaubt, aber werd nicht immer so persönlich. Oder wirst du gerne rot? Mäßige dich. Trägst du schon wieder diesen blauen Pulli? Ruf deine Oma an, such keinen Streit, geh gerade (aber versteck deine Brüste), lenke ein, leb dich ein, halte das Gespräch in Gang, merk dir Geburtstage, schau weg, mach Platz, halt dich bereit, hör aufrichtig zu, kauf ein Geschenk und schick eine Karte, sag Entschuldigung, sag danke, Beine schön übereinanderschlagen. Hör auf zu schwitzen! Mit einem Wort: Männer haben Pimmel, Frauen nicht, mir kannst du nichts vormachen. Mit Logik kommt man bei Frauenkörpern nicht weiter. Oder willst du etwa ein Mann sein? Geht es darum?

9

Wie alle Bauern wussten wir, dass nicht der Winter, sondern der Frühling am tückischsten war. Die Vorräte waren geschrumpft, während die Pflanzen noch unreif auf dem Feld standen. Die Getreideähren streckten sich der Sonne entgegen, wurden wogend zum Sprachrohr des Windes und gaben ihm ihren Blütenstaub mit. Die Luft erwärmte sich, und es sah gut aus. Aber die Erde besaß ein hartnäckigeres Gedächtnis. Sie hielt die Winterkälte am längsten fest. Trotzdem lag es nicht an der Kälte, die waren die Menschen gewohnt. Es lag am Regen, der auch dieses Jahr ausblieb.

In einem feuchten Land streicht der Wind leise über die nachgiebigen Blätter, poliert das Gras glänzend geil. Trockenheit hört man, sie knistert. Die Blätter sind so verdorrt, dass sie rascheln, die Stängel starr, jede Bewegung steif. Sand und Samen lösen sich von der Erde, stauben und prasseln herum. Die Trockenheit kam gleich von mehreren Seiten, von oben, aus dem Süden, aber vor allem aus der Steppe. Unterwegs saugte sie die Feuchtigkeit aus schwach belaubten Kronen, fegte sterile Baumsamen zu raschelnden Haufen zusammen, jagte den Fluss zurück in sein Haus wie eine Schnecke. Trockenes Land wartet.

Diese Menschen lebten von wiederkehrenden Abläufen. Unglaublich, wie gut doch alles aufeinander abgestimmt ist in der Welt, sagten sie. Ihre Rituale markierten die Jahreszeiten, die wiederum ihre Arbeit rechtfertigten, wodurch alles einem höheren Plan folgte. Die Welt war ein Wasserstrudel, sie selbst das Auge. Alles griff so perfekt ineinander, dass dieses Gefüge sich selbst bestätigte. Da soll mal einer von abweichen!

Routinen leben von Erinnerungsvermögen, und damit waren sie ihrer Meinung nach reich gesegnet. Mehrere aufeinander folgende Jahre von Frühlingstrockenheit waren noch nie vorgekommen. Niemand hatte je so etwas überliefert, was bedeuten musste, dass das, was ihnen gerade zustieß, diese Trockenheit, nicht existierte. Das Dorf litt unter einer ausweglosen Situation.

Währenddessen gediehen die Erbsenpflanzen, weil Ra sie goss und mit Reisig stützte. Viele waren es nicht, aber wenn man in die Hocke ging, sah man das Zittern ihrer Stängel, das Graugrün der schmetterlingsartigen kleinen Blättchen, die winzigen Ärmchen, die sie umeinander und den Reisig schlangen. Sie zogen sich aneinander hoch und drängten sich wie ein Haufen Knirpse.

Inzwischen reichten sie ihr schon bis zum Knie, die Blätter wurden größer, die Stängel verzweigten sich. Unten verdickten sich die ersten Blütenknospen. Ra jätete routiniert das Unkraut zwischen den Pflanzreihen, legte es daneben, wo es vertrocknete. Mit einer Steinhacke lockerte sie das Erdreich, vertiefte die Furche und stabilisierte die schlaffen Stängel mit der gelockerten Erde. Kurz darauf blühten die ersten Pflanzen mit festlich violetten Fähnchen.

Dass das kollektive Gedächtnis die Menschen nicht immer im Stich ließ, bewies ihre allerälteste Geschichte, die von der Geburtsgrotte. Sie war ihr Fundament. Wir kannten sie alle, es war die Geschichte, die sich zwar im Lauf der Zeit über Generationen und Kontinente hinweg in einzelnen Details unterschied, aber im Grunde gleich blieb.

Diese Menschen glaubten sich an einen Pfad zu erinnern, der tief in die Erde hinabführte, an eine Grotte im Untergrund, wo die ersten von ihnen aus weichem Lehm und rotem Ocker geknetet worden waren. Ihr Leib eine weiche Wurst, aus deren Mitte zwei Arme sprossen. Dann noch zwei Beine, die dem Hauptlauf entsprangen wie eine Flussgabelung. Die Grotte hatte Durst, es kam Wasser. Die Grotte hatte Hunger, Feuer loderte auf. Die Puppen schwollen an und barsten, aber nichts brannte oder ertrank. Enttäuscht zogen sich Wasser und Feuer zurück, Stein und Lehm waren kein ebenbürtiger Gegner. Dennoch war ein Funke übergesprungen. Nachdem der Lehm getrocknet und abgekühlt war, kamen Menschen daraus zum Vorschein, drei insgesamt, die Gesichtszüge noch weich von Staub und Schatten. Sie klopften sich gegenseitig ab, spürten das Tote und darunter das Weiche. Sie wussten nicht, was sie jetzt machen sollten. Bis einer von ihnen einen Stein bemerkte. Der hatte sich während des ganzen Spektakels von der Wand gelöst. Und dieser Stein zeigte ihnen das Licht. Auf dünnen Beinen liefen sie nach oben, atmeten Luft.

Bis zu diesem Punkt glaubten wir das alle durchaus, aber was danach kam, war typisch für sie: Erst als sie die Grotte hinter sich gelassen hatten, dachten sie daran, sich umzuschauen. Weshalb sie nie erfahren sollten, wer sie aus Lehm geformt hatte, wessen Fingerabdrücke sie trugen.

Wir sind pragmatisch. Wir spinnen weiter, was die Menschen uns geben. Und diese Menschen glaubten an ihre Schöpferin: die Erde. Sie sahen, dass sie sich kaum von den Tieren unterschieden. Sie wussten, wie raffiniert Wölfe im Rudel jagten, wie geschickt Schakale ihnen die Lämmer raubten, sie fühlten sich kaum intelligenter. Selbst in Gazellen, die sich wie sie von Pflanzen ernährten und Fressfeinden zum Opfer fielen, erkannten sie sich wieder. Sie waren zutiefst von ihrer dienenden Rolle überzeugt. Mit dem einzigen Unterschied, dass sie dem Abgesandten der Erde, ihrem Mutterstein, dienten. Ihre Entstehungsgeschichte enthielt nämlich noch den Epilog, dass der Mutterstein ihnen eine Handvoll Getreidekörner schenkte, nachdem sie aus der Grotte geklettert waren.

Die Natufier, die eigenhändig das Gras zähmten, vergaßen ihre direkten Vorfahren. Sie waren viel intelligenter, als sie es in Erinnerung hatten. Aber wen interessierte schon Intelligenz, wenn man auch auserwählt sein konnte?

Die Trockenheit zog sich hin, die Sonne näherte sich von Tag zu Tag immer mehr ihrem höchsten Punkt. Alle, auch die Pflanzen und Bäume, warteten stur auf Regen. Sie streckten schon mal die üppigen Blätter, in der festen Überzeugung, dass ihnen Wasser zustand, dass es schon noch kommen würde. Denn so war es bisher immer gewesen. Ihr Glaube wurde streng bestraft. Sie vertrockneten, während sie knospten, und von den Blättern blieben fast nur noch die Adern. Die geschrumpften Blatthände waren nicht mehr in der Lage, die schlimmste Sonne abzuschirmen, und ihre dünnen Wurzeln hielten die Erde nicht mehr fest. Der Wind zerstob sie zu wirbelndem Staub. Schwarz klebte er in den

Nasen der Menschen, sie rieben ihn sich aus den Augen und husteten ihn ab. Für das junge Getreide auf den Feldern mussten die Menschen nun jeden Tag Wasser holen. Ihre klug angelegten Bewässerungskanäle waren schon viel zu lange ausgetrocknet. Hinter ihren gebeugten Rücken dörrte die triumphierende Sonne das Land aus. Sie wurden dünn wie Spinnen.

Bes begann Ra zu helfen. Mittags liefen sie mit Wasserbeuteln aus Gazellenmägen los, zum Wadi außerhalb des Dorfes. Der Wasserpegel war gesunken, sie mussten das steile Ufer hinabklettern. Ihre Füße versanken in der spröden obersten Erdschicht, darunter war die Erde noch immer weich wie Teig. Dort spielten Kinder mit schwarz mumifizierten Salamandern. Ra ging in die Mitte, stand bis zu den Waden im lauwarmen Schlammwasser, hielt die Öffnung des Beutels unter die Oberfläche und reichte ihn an Bes weiter.

Auf dem Rückweg erzählte Bes von der letzten Gazellenjagd vor einigen Monaten. Es waren nur ein paar ausgemergelte Böcke und Jungtiere gefangen worden. Die Herden wurden von Jahr zu Jahr kleiner und verschwanden stets weiter gen Horizont. Der letzte Winter war zwar mild, aber unergiebig gewesen. Die Hunde fraßen Ratten, die Menschen ebenfalls. Da hatte Miel, ihre Stammesmutter, die Nahrungsaufnahme eingestellt, um ihren Anteil den Kleinsten zu geben. Das Mutterhaus, in dem die Stammesmutter mit ihren Töchtern und deren Kindern lebte, darunter auch sie und Fern, wurde zu einem Sterbehaus. Sich hin und her wiegend, murmelnd und irgendwann verstummend, war Miel hinübergegangen. Es hatte nicht lange gedauert. Trotz allem starb mit ihr auch ein Kind. Aber das sei nicht weiter schlimm, versicherte Bes, denn verlorene Kinder, große wie kleine, gingen ins nächstgeborene Kind über. Mit einem einzigen Innenwesen im Körper sei man wie ein Sämling. Schon ein Seufzer genüge, um einen umzupusten. Je mehr Innenwesen von Brüdern, Schwestern und anderen Vorfahren sich in einem vereinten, desto hartnäckiger wurzele man im Leben. Jetzt gelte es auf ein Neugeborenes zu warten. Bes starrte in die Ferne, ihre Stimme verhallte.

Sie schütteten das Wasser in die Ackerfurche. Erleichtert sahen sie zu, wie sich das Nass einen Weg bahnte. Ra hackte einen Klumpen Lehm weg. Anschließend floss es über ihre verstaubten Füße, die sich dunkel färbten. Der Wasserverlauf trog nicht, zuverlässig verriet er jede Unebenheit. Ra zeigte auf die Pflanzen, und Bes war entzückt, denn unten bildeten sich bereits die ersten Schoten. Die jüngsten flach und durchsichtig wie Lammohren, eine schon dick und fest.

Immer öfter hütete Fern die Schafe inzwischen allein.

Einige von uns gelangten zu der Überzeugung, dass diese Menschen – wie Schafe – etwas zu gutmütig auf ihren Untergang warteten, unfähig, die Falle zu erkennen, geschweige denn sich daraus zu befreien. Sie zweifelten an unserer Herangehensweise. Ferns direkte Vorfahren, und davon gab es viele, sahen voraus, dass er aufs Abstellgleis geschoben werden würde, und forderten Genugtuung, und das bitte schön noch zu seinen Lebzeiten. Bes' direkte Vorfahren befürchteten ein Entgleisen der Situation, stellten die Führung infrage. Auch wir konnten nicht leugnen, dass die Geschichte eine ungute Wendung nahm, eine, die wir nicht wirklich kontrollieren konnten. Dieses Getue mit dem Stier, das exzentrische Zwitterwesen, die Metamorphose. Aber das war kein Grund zur Panik. Wie gesagt, mit Pragmatismus war uns am besten gedient. Sollten wir etwa Ras tote Dorfgenossen ansprechen? Darüber reden, wo die jetzt waren? Das ließ die Skeptiker kurz verstummen. Wir, Ras direkte Vorfahren, sahen gelassen zu. Das Einzige, was diese Menschen retten konnte, war das sogenannte Zwitterwesen mit den Erbsen. Wir mussten diese Frau – oder sollten wir bereits »Mann« sagen? – nur noch ein wenig zurechtstutzen, damit sie sich nahtlos in die herrschende Routine einfügte. Sie brauchte dringend eine Daseinsberechtigung. Das klang vielleicht etwas theoretisch, aber wir wussten, was wir taten. Es ging nicht um Details oder um den Einzelnen. Wir baten um Zeit.

Man kann nicht für immer ein Fremdling bleiben, beschlossen die Menschen. Ra musste initiiert werden. Also traf man sich abends im Gemeinschaftshaus. Dort loderte ein großes Feuer, Männer speisten es mit Holz und Luft. Es wurde gesummt und getrommelt, die Menschen hockten auf mitgebrachten Fellen und wiegten sich vor und zurück.

Das war ein Bild, das zur Geburtsgrotte passte, es war wiedererkennbar, also war es stimmig.

Jemand spielte auf einer Knochenflöte immer wieder dieselben zwei schrillen Töne: einen für die Lebenden und einen für die Toten. Andere klopften mit der flachen Hand auf die Erde, um uns, ihre Vorfahren, zu grüßen. Die letzten Sonnenstrahlen verschwanden, und es bildeten sich Worte heraus, langsam bekam das Summen Konturen, kristallisierte sich zu einem Lied in einer uralten Sprache.

Die Innenwesen lösten sich und rüttelten am Knochenkäfig, an der Hülle aus Fleisch, sie wollten sich vereinen. Die Menschen rückten zusammen, suchten nach Armen und Händen. Sie bildeten eine große Masse. Ra wurde mühelos gefunden, fest umklammerten sie ihre Taille, legten ihr die Hände auf den Rücken. Der Flötenspieler gab nun Triller von sich. Ra ließ sich aus ihrer Mitte verstoßen.

Auf dem Boden vor dem Wächter lagen drei üppige Puppen. Sie bekam die erste, spürte den kühlen, noch nicht ausgehärteten Lehm in ihrer Hand und holte zum Wurf aus. Die Puppe fiel ins Feuer. Der Wächter tauchte einen Zeigefinger in einen ausgehöhlten, mit fettigem Ocker gefüllten Stein. Er tupfte ihr einen Punkt zwischen die Augen und einen zweiten in die Schlüsselbeingrube – dafür gab es Gründe, die alle kannten. Die Innenwesen zitterten immer stärker und legten endlich ihre Hüllen ab. Sie stiegen empor, ballten sich knapp unterm Dach, schauten zufrieden auf das Menschenknäuel hinunter. Durch ihr Aufsteigen loderte das Feuer noch höher, es wurde brüllend heiß. Unten schwitzten die Menschen und jaulten wie Tiere. Sie waren die Erde, ihre Vorfahren, sie selbst. Dann barst mit einem lauten Knall der Puppenkopf, und Ra war eine von ihnen.

Vielversprechend, sagte der Wächter anschließend. Eindeutig ein gutes Omen: Gleich die erste Puppe war geborsten.

Das Wasserschleppen lohnte sich: Die Getreidehalme wurden befruchtet und reiften in der Sonne. Zwischen kräftigen Zähnen bissen die Bauern die Körner entzwei. Sie mussten steinhart sein, waren aber noch weich und milchig. Die Ernte musste warten. Das Getreide war heilig und stand an erster Stelle. Deshalb war ihnen jede andere Nahrungsquelle mit Ausnahme von Fleisch suspekt. Die Zeit bis zur Ernte musste irgendwie überbrückt werden, und man sah sich gezwungen, Wildpflanzen zu sammeln, ohne zu begreifen, was da tatsächlich geschah, nämlich dass sie mit ihren tiefen Pfahlwurzeln Wasser zogen und deshalb Kraftreserven hatten. Behutsam gab man das Grün und die Wurzeln in dünne Suppen. Auch Bes und Ra suchten nach Wurzeln, und als ihre Grabstöcke sich fanden, ließen sie halb gebückt neckisch die Hüften zusammenprallen. Bis Bes es nicht mehr aushielt und Ra zu Boden drückte. Schwer atmend ließ Ra sich überwältigen, um das vogelleichte Gewicht zu spüren, zu sehen, wie Bes sich vorbeugte, ein ausgestreckter Flügel, eine Hand, die eine entblößte Brust streichelte.

Nachts wimmelte es nur so von Schlangen, als lebten diese ausschließlich von Hitze und Wind. Mäandernd waren sie aus der Steppe gekommen, bissen auf ihrem Streifzug Unmengen von Ratten und Mäusen tot, manchmal auch den ein oder anderen Hund. Oder sie spritzten ihr Gift in ein bemitleidenswertes Lamm oder in das Bein eines ebensolchen Kindes. Tagsüber hielten sie in dunklen Knäueln Wache an der Dorfmauer. Sie hatten dieselbe Farbe wie die Schatten, genau wie die Kakerlaken, die glücklich und zufrieden über die fest gestampften Böden huschten. Die Schlangen waren die wahren Sieger.

10

Rechts vom Deich liegt das Wattenmeer, das Wasser geht unmerklich in den Himmel über, links eintöniges Gras. Ein Stück weiter, im Schutz des Deiches, beginnen die Schrebergärten. Ich erinnere mich an Sommer mit bläulichen Kohlköpfen in starren Reihen, daneben Bambus-Wigwams, um die sich Stangenbohnen wanden. Ihre zarten Spitzen versuchten vergeblich, über den Bambus hinauszuschießen. An den Rändern Sträucher mit Zweigen, an denen rot-durchsichtige Johannisbeeren hingen wie reife Ohrringe.

Ich drehe mich um. Verständlich, dass sie nicht mit in die Pedale tritt: mit diesen Schuhen. Sie hat schöne Haare und einen frischen Teint, ist eine Frau, in die ich mich nie verlieben würde. Aber den Tod wünsche ich ihr auch nicht.

Ein Tandem, seufzt sie, wo du dir doch locker ein Auto leisten könntest. Was ich nicht alles für dich tue! Du reißt übrigens alles aus dem Zusammenhang. Wir hatten eine Vereinbarung: Das sollte unter uns bleiben. Glaub mir, die Leute stellen *dich* infrage, nicht das System. Ist das ein Statement? Lesbe. Mannweib! Trag Kontaktlinsen und wax deinen Damenbart. Besser, ich sag dir das als irgendeine Wildfremde. Ich bin hier, um dir zu helfen. Wir alle. Das scheinst du nur nicht zu kapieren. Du klingst einfach ziemlich verbittert. Gib ruhig mir die Schuld an allem, was in deinem Leben schiefgeht. Du bist in der Minderheit. Niemand leidet darunter. Denn Weiblichkeit muss man feiern, es ist eine wunderbare Urkraft. Werde nie wütend. Weinen ist erlaubt. Sei geheimnisvoll. Gefahr! Erhalte dieses System aufrecht. Du bist naiver, als ich dachte. Natürliche Ordnung, deshalb. Wo ist nur dein Sinn für Humor geblieben? Sei launisch. Verwirre. Lächle!

Ich bin sie nie geworden. Dennoch ist sie immer da, und sie meint es gut, behauptet sie zumindest. Sie will, dass ich Erfolg habe. Manchmal gebe ich ihr recht, und die Grenzen verschwimmen, dann weiß ich wieder nicht, ob ich ihrer Meinung bin oder es einfach nur zu oft gehört habe. Dann werden wir zur jeweils anderen, und sie setzt sich durch. Dabei bin ich mir nicht mal sicher, ob sie das überhaupt will. Sie herrscht durch Angst und betrachtet mich als Terroristin. Mache ich sie lächerlich, riskiere ich ihre Wut. Komme ich ihr zu nahe, schweigt sie: ihre stärkste Waffe. Sie hat mir nie eine Chance gegeben.

Dann sind wir ja quitt, ergänzt sie zufrieden.

So früh im Jahr sind die Schrebergärten noch überwiegend kahl. Über einem kleinen Feld mit sprießenden Schnittbohnen ragt ein Stock auf, ein Stück weiter sind es zwei. Daran hängt ein schlaffes Etwas. Ich bremse. Das ist kein Etwas, das sind Flügel. Auch einen Schnabel sehe ich. Ein wie aus schwarzem Karton schlampig ausgeschnittener Vogel ist an einem Bein festgebunden. Mit dem Kopf nach unten, gekreuzigt wie Petrus. Zwei Dohlen und eine Elster, ein Vogel-Golgotha. Das Weiß der Elster wird bereits grau. Ihr zur Schau gestellter Tod soll andere Vögel abschrecken. Niemand versündigt sich hier ungestraft an süßen Bohnen. Die Pflanzen, Königskinder, sind nicht selbst in der Lage, sich zu wehren, das ist die Aufgabe des Gärtners. Es funktioniert, nicht einmal Möwen hört man hier. Die Pflanzen werden nach besonderen Eigenschaften selektiert. Während des Züchtungsprozesses werden Pilzkrankheiten, Insekten und andere Pflanzenfresser von ihnen ferngehalten, wodurch ihre Widerstandskraft überflüssig wird und letztlich verkümmert. Wir glauben, die Pflanze dadurch zu entlasten, machen sie aber stattdessen abhängig, regeln die Temperatur und das Nährstoffangebot, damit sie ihre ganze Energie in ein üppiges, saftiges Wachstum stecken kann. Wir züchten Kulturpflanzen in einer Welt ohne Gefahren – Gefahren, die wir später auf dem Feld oder im Gewächshaus einfach totspritzen. Die Anfälligkeit, der Schrei nach Aufmerksamkeit und Zuwendung, das Nervengift und die toten Vögel: Das ist einfach zu viel.

Der Dohlenflügel bewegt sich im Wind. Ich bilde mir ein, Verwesung zu riechen, wende mich ab und sehe etwas Blaues zwischen meinen Füßen: Ehrenpreis, die blaue Blüte wie ein niedliches tränendes Auge, zwei frische Staubblätter und ein weißes Herz, in dem man verschwinden möchte. Ich pflücke die kleine Pflanze, stecke sie in meine Jackentasche und steige wieder aufs Rad.

Ungebetene Hilfe lähmt. Sie sagt einem, dass man es zwar selbst noch nicht weiß, aber es einfach nicht kann, und dass es ohne fremde Hilfe nie was wird. Kleider, die beim Spielen die Unterhose entblößten, die keine Taschen hatten, in denen man Steine hätte sammeln können. In einem Kleid bin ich kein Mensch, sondern ein Mädchen, niedliche Beute. Ich verstand nicht, warum das so sein musste. Jungen brauchte man nicht zu helfen. Meine Unfähigkeit, mit Puppen zu spielen, mit ihren großen, störrischen rosa Köpfen und Polyesterwimpern, mit ihren seltsam verrenkten Gliedmaßen und starren Gesichtszügen, war da schon leichter zu akzeptieren. Auch die Kleiderphase war nicht von langer Dauer, mein grimmiger Blick ließ sich nicht weglächeln. Dennoch war die Botschaft eindeutig: Ich war die andere. Es war zu spät, auch die Jungen hatten gesehen, dass ich ein Mädchen war. Wir trennten uns in fest und flüssig wie sauer gewordene Milch.

Die Frau, die ich nie geworden bin, meint es gut, so wie es auch damals niemand schlecht mit mir gemeint hat. Ich wurde geliebt, meine Macken wurden toleriert. Was hast du dann zu jammern?, sagt die Frau, die ich nie geworden bin. Ich möchte etwas aufdecken, und um etwas sehen zu können, muss man es erst mal wahrnehmen. Und damit beginnen die Probleme. Blind vertrauen wir auf das, was wir bereits wissen. Wir helfen den Hilflosen.

In meinem ersten Studienjahr sprachen wir über den berühmten Begriff der *erlernten Hilflosigkeit*. Die Abbildungen schienen aus einem gruseligen Kinderbuch zu stammen: Da war ein Hund, der lernte, dass er die Stärke eines ihm verabreichten Stromschlags durch einen Knopfdruck reduzieren konnte. Und da war noch ein Hund, der diesen Knopf nicht zur Verfügung hatte und den Stromschlag einfach aushalten musste. Im zweiten Teil des Experiments konnten beide Hunde über eine niedrige Absperrung springen, um einem erneuten Stromschlag zu entgehen. Der erste Hund lernte das schnell, der zweite nie. Der hatte nämlich gelernt, dass sein Verhalten keinerlei Einfluss auf seine

Umgebung hat. Mit gesenktem Kopf lag er in einer Ecke der Abbildung herum. Irgendwann entschied ich mich dann für das Fach Botanik.

Die Zeit verging, wider Erwarten wurde ich groß. Einmal half mir meine Schwester, neue Schuhe auszusuchen. Ich selbst war irgendwie stecken geblieben, keine Ahnung. Die Schuhe, die sie mir zeigte, waren »lustig«, nicht mädchenmäßig-hübsch. Für mich wurde eine Ausnahme gemacht. Dabei wünschte ich mir nichts sehnlicher, als so zu sein wie sie, darin waren das Mädchen, das ich nie geworden bin, und ich uns absolut einig. Aber den Snoopy-Pullis, die wir einst beide trugen, waren wir längst entwachsen. Mit Clownsschuhen an den Füßen wurden meine Probleme nicht weniger. Meine besorgte Mutter fütterte mich zwischen den Schluchzern mit Bananenstückchen.

In Ermangelung eines Besseren orientierte ich mich von da an lieber an Männern. Nicht an echten, vor denen hatte ich Angst, sondern an Romanfiguren. Die waren in sicherer Entfernung, intelligent und mehrdimensional. Trotz aller Hindernisse wollten sie etwas erreichen in der Welt, und das wollte ich auch. Aber die Frauen, die sie anschmachteten, waren seltsam unergründliche Wesen. Ich hatte nichts als Verachtung für diese Männer übrig, so seltsame Frauen kannte ich nicht. Ich empfand auch Verachtung, weil ich sie verstand, denn ich verliebte mich in Mädchen, die tatsächlich unerreichbar blieben. Inzwischen ließ die Pubertät nicht auf sich warten, sie machte Riesenfortschritte. Als Sechzehnjährige ging ich nicht zum ersten Mal mit einem Mädchen ins Kino. Ich setzte eine erste Liebe aufs Spiel, dann noch eine. Meine *Fänger im Roggen*-Jahre vergingen damit, dass ich im Abseits stand und zusah, wie andere rebellierten, etwas erreichten und nach und nach erwachsen wurden.

Eine Pflanze atmet durch ihre vielen Hautmünder, durch Zellstrukturen an der Unterseite eines jeden Blattes, vergleichbar mit einem Schnappverschluss-Geldbeutel. Werden sie mit Trockenheit konfrontiert, schließen sie sich. Dadurch wird die Verdunstung gestoppt und letztlich alle wassergetriebenen Prozesse. Was drinnen ist, bleibt drinnen. Straffe Zellen, gefüllt mit Wasser, bilden sozusagen das Skelett der Pflanze, deshalb erschlafft sie bei Wassermangel und kann so eine Weile durch relativen Stillstand überleben. Sobald es regnet, öffnen sich die Münder, und die Wurzeln saugen sich voll. Dann atmet die Pflanze Wasserdampf ein und sieht wieder genauso stabil aus wie vorher. Aber ihre Physiologie hat sich unumkehrbar verändert, ohne dass man das von außen sehen könnte. Das Wachstum kommt nun nur noch sehr langsam in Gang. Statt mehr Blätter, Stängel und Wurzeln zu entwickeln, wird die Pflanze alles daran setzen zu blühen. Neue Triebe bilden keine Blätter, sondern Blüten aus, selbst wenn die Pflanze noch unreif ist. Sie ist der Naivität der ewigen Jugend für immer entwachsen. Bevor sie stirbt, muss sie sich fortpflanzen – die Notblüte einer Teenagerbraut.

Geht das schon wieder los!, sagt die Frau, die ich nie geworden bin. Warum mir das eigentlich so wichtig sei? Aber *ich* bin schließlich nicht diejenige, die die Blicke wirft, ich stelle keine Fragen. Alle glotzen, der Bäcker, der Nachbar, der Kellner, die Frauen, die sich auf der Toilette die Brauen nachziehen und laut fragen, ob sie hier auf der richtigen Toilette sind, manchmal entschuldigen sie sich anschließend mit ansteckendem Unbehagen. Und manchmal bleiben sie wie der Bäcker trotz ihrer Verwirrung stur dabei und reden mich mit »Herr« an, auch wenn es sprachlich unnötig ist. Sie suchen meinen Blick und sorgen dafür, dass sie weithin zu hören sind. Ich rede mir dann ein, dazustehen wie ein Fels in der Brandung, weder den Blick zu senken, noch rot zu werden. Aber ich bin eine Salzsäule, völlig erstarrt, beschämt. Ich müsste bloß sagen, dass ich kein Herr, sondern eine Frau bin, weiß aber nicht, ob das stimmt. Im Supermarkt spekuliert eine Mutter lauthals mit ihrer Tochter darüber, *was* ich wohl bin, bei einem Umtrunk fragt ein Fremder eine Bekannte arglos, ob ich ihr Sohn sei. Die andere Bekannte, die ich schon seit Jahren nicht mehr gesehen habe, fragt umstandslos, ob ich in Transition sei. Mit zeitlicher Verzögerung höre ich mich einen Witz machen, um die Situation zu retten: Ich hätte letzte Woche gekündigt, insofern sei ich tatsächlich mal wieder in Transition. Wie ein Clown werfe ich die Arme in die Luft. Sich selbst zu verleugnen fällt nicht schwer. Grinsend blecke ich die Zähne, das Angstlachen eines Affen. Ich bin eine schlechte Schauspielerin. Es gibt immer irgendwelche wohlmeinenden Menschen, denen auffällt, dass ich androgyn bin, und die mir dann – offenbar um mich zu trösten – sagen, dass das gerade modern ist. Dann höre ich wieder zwischen den Zeilen heraus, dass man mich verwirrend findet, oder aber man schenkt mir seelenruhig – Überlegenheit entspannt – Mitgefühl, homöopathische Kügelchen oder wünscht mir mehr Kontakt zu meiner Gebärmutter. Mit Verwirrten stimmt was nicht. Wir müssen ihnen helfen. Die Frau, die ich nie geworden bin, sagt: Du willst ja nicht auf mich hören, und deshalb geht es schief. Genau, denke ich. Wie war das noch gleich? Männer haben Pimmel, Frauen nicht. Im Grunde habe ich nichts gegen anatomische Eindeutigkeit, trotzdem sträubt sich irgendetwas in mir.

Blicke prägen, so wie anhaltender Wind Kiefern schief wachsen lässt. Wir modellieren einander, aber irgendwann auch uns selbst, und zwar so, dass wir die gewünschte Form annehmen. Mittelmaß ist am sichersten. Aber ist der Lehm erst mal ausgehärtet, lässt sich nichts mehr modellieren. Die Leute schauen mich Zwitterwesen an, und ich verstehe, was sie meinen. Sie meinen es gut, meistens zumindest, diese Leute mit ihren Verbesserungsvorschlägen in Form von Worten, Blicken, manchmal auch Taten. Und dann habe ich die Wahl, die keine ist: Ich passe mich an, trage ein Kleid und schäme mich vor mir selbst. Oder ich passe mich nicht an, trage eine Latzhose und schäme mich für das Unbehagen Fremder.

Früher, beim Murmelspielen, wenn es gefährlich wurde und man den ganzen Murmelsack zu verlieren drohte, rief man seinem Gegner zu: Mit ohne allem! Damit waren sofort sämtliche, im Vorfeld sorgfältig abgewogenen und abgesprochenen Spielregeln obsolet. Genau das will ich: Sämtliche Regeln aufheben, während wir spielen.

Der Zweifel ist gesät, und die Welt ist indifferent, sagt die Frau, die ich nie geworden bin. Deshalb habe ich längst gewonnen. Und das weißt du ganz genau.

II

Um die Erbsenpflanzen hatten sich Menschen geschart. Das Ganze sah ziemlich gut aus, fanden sie, alles schön in einer Reihe und dazu dieser Reisig. Wie hoch die Pflanzen kletterten! Fachmännisch betasteten sie ein Blatt, schnupperten an ihren Fingerkuppen und zeigten sich gegenseitig Blüten und Schoten, nickten eifrig. Einige hatten die Pflanzen nur das eine Mal gesehen, als Ra sie unter ihrem Gewand hervorgeholt hatte. Und das war gar nichts gewesen im Vergleich zu dem hier. Ja, sie mussten zugeben, dass es eine wuchsfreudige Pflanze war.

Ra erklärte, dass man im Grunde nur die Samen esse. Das sind die Erbsen, ergänzte sie, und die befinden sich in den Schoten. Sie zeigte darauf.

Die Menschen überschlugen die Menge und schauten sich stirnrunzelnd an.

Es reichte nicht. Ihr Sprecher erhob sich, die Hand neben dem Körper geballt. Um die Feuerstelle des Gemeinschaftshauses saßen der Wächter und die Ältesten, dahinter der Rest. Es war windstill, der Rauch drang nach innen. Es nagte an den Menschen, natürlich wussten sie, worum es hier ging. Von Jahr zu Jahr ernteten sie weniger Getreide, und sie hatten sich viel von diesen mickrigen Erbsen erhofft, wie sie sich jetzt beschämt eingestehen mussten.

Es sei das Meer, das näher rücke, schlug jemand vor. Die Meermenschen hätten ihre Dörfer verlassen und zögen umher, würden als Landlose für Unruhe sorgen. Nein, rief ein anderer, das Land selbst sei unfruchtbar geworden. Es sei die Sonne, die zu stark scheine, oder der Regen, der ausbleibe. Es sei das Getreide, das nicht mehr keime. Das Getreide keime sehr wohl. Sie! Sie selbst würden etwas falsch machen. Der Mutterstein sei erzürnt. Der innerste Kreis schwieg ergeben, während es weiter hinten unruhig wurde. Menschen rutschten hin und her. Es waren die Vorfahren, die nicht mehr halfen. Wann hatte das eigentlich aufgehört, und wann hatten sie das letzte Opfer dargebracht? Vor drei Monden, eine Schale mit Wurzeln und etwas Getreide. Jemand von hinten rief, was ein Opfer bringe, das gar kein richtiges Opfer sei, was die Vorfahren nur von ihnen denken sollten. Aber im Frühling opferte man nicht. Sie hatten nichts oder konnten nichts entbehren, genau das war ja der Punkt, wie sollte man da etwas opfern? Sie müssten Gazellen jagen wie das Volk der Keinländer. Ihre verdorrten Felder verlassen. Fern hatte das Wort ergriffen, er wurde rot. Keinländer, wurde gespottet. Stromer, die ihre Vorfahren nicht ehrten. Immer unterwegs und schmutzig, sich in einem Zelt oder einer Grotte versteckend: Das sei doch kein Leben. Unlängst sei ein Schaf verschwunden, genau in dem Moment, als diese Kerle ihr Lager in Dorfnähe aufgeschlagen hatten. Eine Frau höhnte: Wer dem Jungen überhaupt das Wort erteilt habe? Es galt zu ehren, was sie hatten, so wie es die Vorfahren verfügt hätten. Denn ihnen seien die Felder einst zugewiesen worden. Sie seien Auserwählte, keine Wilden.

Fern hatte wieder zwischen Bes und Ra Platz genommen.

Er schaute stur geradeaus, seine Kiefer mahlten. Die Luft war zum Schneiden, die Atmosphäre bedrohlich.

Wann wir eingreifen? Das Ganze wird vielleicht etwas zu rosig gesehen. Tatsächlich sind unsere Möglichkeiten begrenzt, unser Handeln ist daher alles andere als unumstritten. Etwas, worunter unser Status zum Glück nicht leidet. Aber das war auch schon mal anders.

Die Menschen haben es vergessen, aber wir können uns noch sehr gut an die Zeit erinnern, als niemand unser gedachte. Landlos zogen wir umher, und wenn wir starben, wurden wir einfach auf irgendeinem Stück Wiese, unter einem Baum oder in einer Grotte zurückgelassen. Aus Großeltern, Kindern, Partnern oder Jägern wurde Nahrung für die Geringsten unter uns, für die Aufräumer: Aasfresser, Knochennager und Fäulnisbakterien. In Erde umgewandelt, bedeutungslos, da unsere Nachfahren längst fort waren. Sie beteten lieber heilige Tiere an, etwas Sichtbares mit Fell. Wir hatten nichts zu melden. Nicht, dass sie nie mehr an uns gedacht hätten, manchmal wurden wir sogar vermisst. Aber offen gestanden, half das auch niemandem weiter. Wir gingen, wie wir kamen: unbemerkt.

Die große Wende kam mit dem Besitz. Unsere Nachfahren beschlossen, an einem einzigen Ort zu bleiben, bauten Häuser und wurden Bauern. Zu Lebzeiten arbeiteten sie hart, wenn alles gut lief, sammelten sie Nahrung, die sie gegen Dinge eintauschten, mit denen sie noch größere Häuser bauten. Sie hielten sie instand und schmückten sie aus, bewahrten noch mehr Nahrung darin auf und häuften neue Dinge an. All unsere Nachfahren wurden dort geboren, alle hängten ihr Herz daran. Durch die Dinge entstanden Unterschiede, denn manche hatten mehr als andere. Weil sie härter arbeiteten, geschicktere Bauern waren oder einfach Glück hatten. Vorher hatte alles allen gehört, hatte jeder bei allem gleich viel mitzureden gehabt. Aber jetzt, wo der Besitz seinen Eigentümer überlebte, war man zum Erhalt gezwungen. Wie behielt man so was wie ein Haus? Wurde es von seinen Erbauern bewohnt, waren die Eigentumsverhältnisse eindeutig. War man aber tot, blieb davon wenig übrig, und Innenwesen galten als zu flüchtig, man fand sie diskutabel. Es gab nur *eine* Lösung. Um unser Eigentumsrecht für immer festzuschreiben, begruben sie uns unter unseren eigenen Häusern. Gab es Zweifel, grub man uns triumphierend wieder aus. An Knochen zweifelte niemand. So stiegen wir im Ansehen.

Ein Mann stand auf und sagte: Ich spreche bloß aus, was alle denken. Erstaunt drehte man sich zu ihm um.

Man bedenke, dass hier kollektiv ein Gefühl formuliert wurde. Und Gefühle nahmen diese Menschen äußerst ernst – erst recht, wenn sie weithin geteilt wurden. Sie hatten eine Bedeutung, die man nur auslegen musste.

Die Erbsen sind der blanke Hohn! Und dieses Zwitterwesen? Er zeigte darauf. Ist der Fremdling nicht einfach bloß eine Frau?

Die Menschen tuschelten verlegen, es ließ sie nicht ungerührt, dass er angeblich im Namen aller sprach. Aber soweit sie wussten, wurden Frauen nicht von Stieren geküsst, waren Frauen kein Ebenbild ihres Muttersteins. So etwas war in der gesamten Geschichte noch nicht vorgekommen. Ein Fremdling war Ra außerdem auch nicht mehr, nicht nach der Initiation neulich. Ob er das etwa in Zweifel ziehe? Doch andere nickten vorsichtig. Der Mann war ein respektiertes

Mitglied ihrer Gemeinschaft, und es stand auch schlicht viel zu viel auf dem Spiel. Es gab kein neues Land mehr, es drohte Hunger. Vielleicht ließen sie sich deshalb nicht so leicht von der doch recht esoterischen Geschichte des Wächters erweichen, der Ra einen Abgesandten ihres Muttersteins nannte. Vielleicht wollten sie mehr sehen. Etwas Konkretes.

Was wir jetzt tun müssen, fuhr der Mann fort, ist, ein Opfer darbringen. Etwas Großes und Wichtiges. Die Menschen dachten darüber nach, allerdings nicht allzu lang. Eine gemeinsame Erkenntnis setzte sich durch: Er hatte recht. Der Mutterstein verlangte so ein Opfer.

An diesem Punkt machten wir uns ziemliche Sorgen. Saatgutvermehrung braucht Zeit. Das hätten unsere Nachfahren inzwischen eigentlich wissen müssen. Dass aus zehn Samen zehn Pflanzen wachsen, die ihrerseits ein Vielfaches an Nachfahren hervorbringen, sodass man im nächsten Jahr hundert Samen aussäen kann und im Jahr darauf noch viel mehr und immer so weiter. Sie kannten das wundersame Prinzip der Vermehrung, hatten sogar Erinnerungen an Überfluss, und trotzdem gaben sie sich jetzt ahnungslos. Angst verengte ihren Blick und lenkte ihre Aufmerksamkeit auf das Individuum, auf diesen Körper von Ra, der tatsächlich nie aufgehört hatte, umstritten zu sein. Jeder hatte etwas dazu zu sagen: zunächst einmal, dass er abweichend war, dass er sich seltsam verhielt. Sie wollten wissen, warum er nicht mehr so war wie der ihre. Das alles hatten sie so oft festgestellt, dass inzwischen sogar die Hälfte von uns dasselbe dachte. Einschließlich des Körpers selbst, der sich misslungen fand. Wenn das doch von so vielen behauptet wurde? Die andere Hälfte von uns ließ sich nicht einschüchtern. Mittlerweile wurde eines offenbar: Was abweicht, stört. Was, wenn sie sich nicht mehr auf das verlassen konnten, was sie wussten, nämlich dass Schafe ohne Böcke niemals werfen, dass ihr Getreide im Herbst keimte, dass irgendwann die Gazellen kamen?

Wir gingen davon aus, dass Gefahr im Verzug war: Sie würden sie mit der Steppe vermählen, ihr das Fleisch von den Knochen schaben, die alte Ordnung wiederherstellen. Das klingt wenigstens noch nach was, hörten wir sie schon denken.

Ich bitte nur um eines! Der Mann erhob seine Stimme, das verlieh Nachdruck. Er muss es beweisen.

Schweig!, rief der Wächter. Dass ihr an mir zweifelt, lasse ich ja noch gelten. Aber am Mutterstein?

Es wurde still. Der Alte umklammerte seinen Stock, der zitterte wie sein Arm.

Nur ein paar mehr Beweise, brummte der Mann im Stillen, ist das etwa zu viel verlangt?

Kurz darauf verließ der Wächter das Dorf. Am Tor schlug er mit der Spitze seines Stockes eine Schlange weg. Mistviecher! Dann eilte er weiter. Der Weg endete bei den Feldern. Das Getreide hatte kaum ausgetrieben, es sah jämmerlich aus. Der Wind fuhr mühelos zwischen den Halmen hindurch, um dann plötzlich heftig an den unreifen, grünen Knospen zu reißen. Die Pflanzen bogen sich und federten zurück, wenn die Bö nachließ. Das Land stieg an. Die Last, unter der er gebückt ging, wog schwer. Diese anhaltenden Rückschläge verunsicherten ihn. Staub wehte auf, er hielt sich den Schal vor den Mund, rammte den Stock bei jedem Schritt fest in den Boden, trotzte dem Wind.

Der Berg bot Ausblick über kleine Flecken, gebildet von Feldern und Dorf. Ein Stück weiter glitzerte eine Flussbiegung im Abendlicht, der Rest war Steppe: offenes Land, ab und zu ein paar Gehölze. Seine Wimpern zitterten, sein Bart streifte raschelnd den Schal. Er setzte sich und holte den Mutterstein aus dem Beutel auf seinem Rücken, wischte der Gottheit geistesabwesend etwas von den Brüsten. Seine Finger glitten von dem kleinen Schaft, der genau in seine Hand passte, zum breiten Rücken.

Irgendwann einmal hatte er ein Bienennest auf dem Boden gefunden. Das Volk hatte sich vermutlich einen zu dünnen Zweig ausgesucht, um sein Nest daran zu befestigen. Bestimmt hatte es Wochen daran gearbeitet, und kaum war es mit Honig und Brut gefüllt, bog sich der Zweig und brach. Er hatte mit dem Fuß gegen das Nest geklopft, aber die Bienen waren längst fort, hatten ihren Honig zurücklassen müssen. Sie hatten sich damals daran gelabt. Und dann die blinde Panik der Gazellen: Im Herbst ließen sie sich in die von den Dörflern gebauten Pferche treiben, jedes Jahr aufs Neue. Eine Herde, sei sie nun zahm oder wild, kontrollierte man, indem man sich am richtigen Ort postierte, sich entsprechend zum Herdenkörper bewegte. Was nicht weiter schwer war, wenn man wusste, was man tat. Und waren sie dann erst einmal im Pferch, konnte man die Tiere nacheinander schlachten. Es war die Herde, die sie fingen, nur einzelne Tiere entkamen.

Er schloss die Augen und wiegte sich vor und zurück, murmelte immer wieder dieselben Worte in der Sprache der Toten. Er rief die Steingottheit an. Sie hatte die Ersten auserwählt, anschließend hatte Vorfahre um Vorfahre sie bei sich getragen und angebetet. Sie hatte sie stets geführt, und sie war es auch, die ihre Felder zum Blühen brachte. Weil sie in sich vereinte, was die Menschen trennte.

So schaukelte und murmelte der Wächter eine Zeit lang vor sich hin, doch der Mutterstein blieb stumm. Währenddessen wurde der Wind brutaler, zerrte an seinem Gewand, peitschte es ihm heftig ins Gesicht. Der Wächter rieb sich verstimmt die Augen und unterbrach sein Gebet. Das machte alles nur noch schlimmer, er schämte sich für seine Schwäche. Unschlüssig schaute er ins Tal, wo inzwischen die Dämmerung den Sieg davontrug. Ab und zu nahm ihm der Wind den Atem. Um ihn herum ächzten die Äste. Fiele ihm jetzt einer auf den Kopf, dann sollte es wohl so sein. Aber das meinte er nicht aufrichtig. Beschämt über den dummen Gedanken, spürte er, wie er zu einem Flugsamen schrumpfte. Gleich würde er fortgeweht werden und ins Tal hinabschweben. Auch das sollte dann wohl so sein. Dort würde er sich mit dem Staub vermischen und sich aufwirbeln lassen. So wie es gerade direkt vor seinen Augen geschah. Der Staub vor ihm fügte sich zu einem vielgestaltigen Ganzen. Er schaute dem Spiel zu: Wind, der zu Staub wurde, und umgekehrt. Die Wolke wirbelte umher und nahm immer wieder neue Formen an. Erst entstand etwas, was an einen Kopf erinnerte. Dann blies der Wind ein Loch in den Bauch, und das Wesen jaulte. Der Bauch setzte sich neu zusammen, diesmal zu einer dicken Schlange. Der Schal des Mannes rutschte von seinem offen stehenden Mund. Denn aus dem Maul der Schlange wurde etwas hervorgewürgt. Zwei Arme mit fuchtelnden Händen. Das Wesen wuchs, ein Leib entstand, und die Schlange löste sich auf. Es streckte die Zunge heraus, die nach unten rollte, sie schien kein Ende zu nehmen, mit der Spitze berührte sie beinahe das Tal. Und in diesem Moment hörte das Innenwesen des Wächters den Staubgeist sprechen: Ich bin ganz. Der Wind heulte, ließ den Satz abreißen und blies die Wörter auseinander wie ein albernes Häuflein Blätter. Wie ganz?, fragte sich der Wächter, aber sein Innenwesen wiederholte ungerührt: Ich bin ganz. Warte! Ganz? Im Sinne von ohne Dellen oder irgendwelche Mängel? Doch dem Wächter blieb keine Zeit, diesem Gedanken nachzuhängen, denn schon erklangen wieder die drei hypnotisierenden Wörter: Ich bin ganz. Na dann, dachte der Mann und murmelte sie mit. Ich bin ganz. Gemeinsam wiederholten er und der Staubgeist den Satz immer wieder, und da begann der Mann zu glauben, was er sagte, und bekam ein seltsames Gefühl. Der Wind blies Schneisen in den Staubgeist, immer breitere Schneisen, doch der Geist fiel kein einziges Mal in sich zusammen, blieb vor dem Mann in der Luft stehen. Ich bin ganz. Er sprach es jetzt laut und mit Nachdruck. Der Wind toste, er brüllte zurück: Ich bin ganz! Der Schal wehte ihm vom Kopf. Noch fester umklammerte er den Mutterstein. Und der Staubgeist sprach: Geh. Bestürzt hielt der Mann mitten im Satz inne. Lauschte, ob da noch mehr kam, ein neuer Satz, spitzte die Ohren, aber der Wind hatte endgültig den Sieg davongetragen, der Staubgeist verlor jede Form und löste sich auf. Geh? Was sollte das heißen? Das Ächzen der Äste war in ein leises Knacken übergegangen.

Der Mutterstein hatte die ganze Zeit geschwiegen, aber das hatten wir auch nicht anders erwartet. Selbstgefällig wartete die Steingottheit, was wir wohl tun würden. Uns blieb keine Zeit mehr, die Verantwortung abzuwälzen oder uns zu beschweren, wir dachten so gründlich wie möglich nach: *Geh mit Ra.*

Der Wächter zweifelte. Oder hatte er sich verhört und es hieß nur: Geh, ha!? Ra, der Name des Fremdlings, der Grund, warum er hier saß. Geh mit Ra, war das gemeint? Eine kryptische Botschaft, aber das kannte er schon. Sie auszulegen war seine Gabe.

Wie immer war der Alte überzeugter als wir von dem, was sich hier abgespielt hatte. Sei's drum. Wir waren schließlich nicht für den Inhalt der Geschichte zuständig, sondern fürs Geschichtenerzählen an sich. Außerdem: Unser Interesse galt Ra, und das schien vorerst noch ausreichend gewahrt zu sein.

Vergeblich tastete der Wächter nach seinem Schal, griff dann zu seinem Beutel und legte den Mutterstein vorsichtig hinein. Mit halb zugekniffenen Augen, um sich vor dem auf ihn einprasselnden Sand zu schützen, begann er mit dem Abstieg.

12

Da liegt der Baum. Ungeschickt schiebe ich das Tandem auf dem Gartenweg neben mir her. Wie schlaflose Augen liegen die Pflastersteine tief in ihren Höhlen. Hier schiebt sich die Erde nicht nach oben, sie senkt sich und zieht alles begierig in die Tiefe. Das viele Licht ist dem Baum zum Verhängnis geworden. Seine riesige Krone, eine ganze Welt aus raschelndem Laub, liegt in einem seltsamen Winkel im Gras. Tausende Lebewesen, Insekten, Vögel, Ameisen, Moose, haben ihr Zuhause verloren. Auch wir. Ich sehe meine Geschwister wieder in den Ästen hängen, Drachen und Fußbälle holte er mühelos aus der Luft, immer waren wir hier *eins, zwei, drei, ich komme-frei*. Wäre der Baum in die andere Richtung gefallen, wäre Onkel Filips Ferienhaus wie ein nasses Zelt unter ihm eingestürzt – der Dachfirst gebrochen, das Einsteinmauerwerk zertrümmert.

Ich lehne das Rad gegen den Schuppen und laufe die Krone entlang zum schuppigen weißen Stamm, der an einigen Stellen warzig erhaben ist. Ringsum struppiges Gras, dazwischen ragt Holunder mit seinen grellgrünen Stängeln hervor. Der Baum liegt schon eine ganze Weile hier. Aus den Beeten quillt nicht näher zu benennendes Grün. Der Fuß des Baumes ist teilweise mit aus der Erde gekommen und hat sie aufgebrochen. Wurzeln ragen wie verkohlte Finger aus dem Boden, steif zeigen sie nach oben. Dort, wo sie gerissen sind, ist ihr bleistifthelles Inneres zu sehen. Mein Blick huscht von dem chaotischen Haufen zum Erdloch: eine klaffende, trockene Wunde. Ein flacher Krater, als hätte sich der Baum nie richtig bemüht, sich hier dauerhaft anzusiedeln.

Wenn ich hier säen will, muss ich Erde zurückgewinnen. Ich bücke mich und nehme eine Handvoll. Sie riecht gut, lebendig.

Von Birkenlaub ungefiltert, badet das ganze Haus in Licht. Auf der Kokosfasermatte unter meinen Füßen sehe ich Haare des längst gestorbenen Kik. Ich hole den Stein aus meinem Rucksack und lege ihn auf den Tisch, direkt ins Licht. Dann ziehe ich Jacke und Schuhe aus, streife die Außenwelt ab. Strumpfsockig gehe ich zu den Küchenschränken und öffne sie. Ich schiebe klebrige Pfannen beiseite, abgelaufene Konserven, Weihnachtsservietten und Tupperware ohne Deckel. Die Erbsen müssen erst eingeweicht werden, bevor ich sie morgen vorsäen kann. Ein paar Gefäße stelle ich auf den Küchentisch. Hinter der Keksdose finde ich ein Jugendrelikt: die Dose mit Starke-Tiere-Butter, darauf die Abbildung von zwei Dackeln, die wie Popeye ihre Muskeln zeigen. Onkel Filip hatte sich eine passende Geschichte dazu ausgedacht. Wenn wir diese Butter äßen – und erst Jahre später kamen wir dahinter, dass eine stinknormale Packung Margarine exakt in diese Dose passte –, würden wir unglaublich stark werden. Aber nicht nur das, wir würden auch den Zwerghirsch zu Gesicht bekommen.

Einst habe es eine ganze Herde dieser kleinen Hirsche auf der Insel gegeben, als Kind habe er sie selbst noch erlebt. Detailliert beschrieb er, dass sie nicht größer seien als drei hochkant gestapelte Butterbrote – seine Hand zeigte die Höhe an –, dass ihr Fell die Farbe eines herbstlichen Buchenblatts habe, dieses geäderte Rotbraun, das das Licht einfärbe, als stünde der ganze Baum in Flammen, und dass sie lange dünne Hälse und große dunkle Augen hätten. Versuche man, sich ihnen zu nähern, seien sie ratzfatz weg.

Bis zu diesem Moment war es mein sehnsüchtigster Wunsch gewesen, einen Kobold im Käfig zu besitzen. Ein Verlangen, das ab sofort einem Zwerghirsch galt, und das nicht nur, weil mir das realistischer vorkam.

Onkel Filip erzählte auch, dass kein Hirsch jemals in die falsche Richtung laufe. Und niemand habe je einen Kadaver gefunden, nicht einmal einen Kieferknochen oder auch nur einen Zahn. Die Inselbewohner hätten nach Erklärungen gesucht, wie das Menschen nun mal so tun. Vielleicht waren die kleinen Hirsche ja als Gottesgeschöpfe über ihren Tod hinausgewachsen? Oder aber es gab irgendwo im Wald einen heiligen Ort, an den sie sich zum Sterben zurückzogen, eine Art Elefantenfriedhof, für Menschen unzugänglich. Dort waren ihre kleinen entseelten Gebeine wie in einem irdischen Walhalla übereinandergeschichtet, geschützt vor neugierigen Blicken. Vielleicht seien sie ja die nie ausgetragenen Inselkinder, schlug jemand vor. Die Menschen schnaubten. Darüber sprach man nicht, über diese ungelebten Leben. Stattdessen erzählten sie sich, dass der Huf eines solchen Zwerghirschs Glück bringe. An diesem Punkt der Geschichte blitzten die Augen meines Onkels empört auf, und ich begann aufgeregt auf meinem Stuhl hin und her zu rutschen. Ich wusste genau, was jetzt kam. Weil sie es sich immer wieder erzählten, glaubten sie fest daran. Sie brachten ihren margarineessenden Kindern bei, winzige Fallen zu stellen, und fingen einen kleinen Hirsch nach dem anderen. Um den Hals trugen sie den Beweis ihres grausamen Aberglaubens: einen kleinen Huf und einen Streifen Fell, einen Zahn und das Schwanzbüschel. Er senkte den Blick. Inzwischen seien die Zwerghirsche offiziell ausgestorben, aber er sei fest davon überzeugt, dass da irgendwo noch einer herumlaufe. Der letzte Zwerghirsch.

Ich schmierte mir dick gebutterte Brote und merkte an meinen Augen, dass ich Fortschritte machte. Jeden Tag sah ich mehr.

Es stimmt, älter werden macht blind. Nachdem die Jugend vorbei ist, nachdem auch die letzten Lücken geschlossen, alle Fragen beantwortet oder für kindisch befunden wurden, verschwindet lautlos jedes Geheimnis und damit jede Möglichkeit. Wir wollen viel zu gern verstehen, deshalb weichen und wachsen wir so schnell wie möglich. Füllen den frei gewordenen Raum mit uns selbst wie der Wurm seinen Gang. Außerhalb davon existiert nichts. Wie unser Denken weist auch die Weltkarte schon lange keine weißen Flecken mehr auf. Jetzt, wo jede bislang noch unentdeckte Insel besucht und der Äquator bestimmt wurde und jeder Fels und jede Sandbank irgendwem gehört, jetzt, wo jeder Fluss benannt und jeder Gipfel bezwungen wurde, jetzt stirbt auch langsam die Fantasie einen unrühmlichen Tod. An Gott glaubt man nur noch im Stillen, erfundene Geschichten sind suspekt. Wir merken das gar nicht, aber die Fähigkeit, uns etwas anderes vorzustellen, nimmt schon seit Langem immer mehr ab. Wir wissen nämlich so gut wie alles, und alles andere ist erwiesenermaßen ausgeschlossen. Unglücklich sind wir übrigens trotzdem.

Die Atmosphäre im Zimmer ändert sich. Ich spüre, wie Onkel Filip mich ansieht, stelle mir vor, wie er dort steht mit seinem langen Schattenkörper, in der grellen Sonne auf dem Fußabtreter. Ich drehe mich nicht um.

In jeden Behälter, in jedes Einmachglas schütte ich Erbsen, um sie dann unter Wasser zu setzen. Die feste Samenhaut wird aufweichen, die Feuchtigkeit wird den schlafenden Keimling wecken. Ich ziehe mir wieder Jacke und Schuhe an und gehe nach draußen.

Es muss so einiges passieren. Mit dem Spaten gehe ich zum Wurzelloch des Baumes. Ich stoße ihn mit aller Kraft in den Boden. Die verbliebenen Wurzeln leisten Widerstand. Ich zerre ihn wieder heraus, betrachte das helle Wurzelholz und lasse den Spaten noch heftiger an derselben Stelle landen. Das Blatt dringt kaum tiefer ein als die kleine Bresche, die ich soeben geschlagen habe. Der Rückstoß lässt meine Arme, meine Schultern erzittern. Ich atme die feine Meeresluft: Es ist einfach mehr Luft in dieser Luft. Vögel kabbeln sich. Ich befreie den Spaten vom Wurzelholz. Die Hauptwurzeln des Baumes liegen wie dicke, schwarze Krampfadern auf der Erde im Gras. Als wäre nicht das Geringste passiert. Nach einem dritten Hieb beschließe ich, daneben zu graben. Denn die Wurzeln müssen weg. Ein Baum ist nicht nur das, was man sieht, ein Baum ist vor allem auch sein unsichtbares Wurzelwerk, das sich in der Erde festhält und dort Raum einnimmt. Das ist zum Großteil noch intakt und braucht Jahre, um zu zerfallen. So viel Zeit habe ich nicht. Wenn unter der Erde kein Platz ist, können meine Erbsen nicht gedeihen. Ich muss ihnen schon ein wenig den Weg ebnen. Alles muss weg, auch die dünnen Wurzeln, der klaffende Krater muss geschlossen, der Stamm nach und nach fortgeschafft werden. Dafür habe ich etwa drei Wochen Zeit. Morgen säe ich die Samen im Haus vor.

Der Spaten zerteilt erstaunlich wurzellose Erde. Wie aus einem lecken Sandsack quellen Erinnerungen hervor. Erst als Zwanzigjährige halbierte ich wieder eine Tomate, die wie die von Onkel Filip von innen heraus zu leben begann, die Samen im Schoß gekeimt. Viel zu lange hatte ich mir eingebildet, Onkel Filip hätte neben der Renovierung seines Ferienhäuschens und neben seinen Plänen für einen Synthesizer, der sämtliche Frequenzen hervorbringen kann, wie ein moderner Alchemist auch die Tomaten elektrisiert. Winzige Leitungen, dünn wie Nadeln, in die Tomatenhaut gesteckt, um den Samen, die bis dahin im Fruchtwasser treibend den Götterschlaf schliefen, Elektroschocks zu verpassen. Dadurch stimuliert, erwachten sie. Nachdem ihre innere Uhr so in Gang gesetzt worden war, begannen sie folgsam, Kohlenhydrate zu verbrennen, die wiederum die Energie dafür lieferten, DNA auszulesen, Aminosäuren zu Eiweißen zu verknüpfen, zu endlos langen Zellulosemolekülen, die Zellwände, Haarwurzeln und kleine Stängel bildeten. Ein Wachstum, das die Samenhaut zum Platzen brachte. Bald darauf sollten sie an die Grenzen ihrer Existenz stoßen. So eine Frucht hatte da nichts mitzureden. Ein Bild, das sich bei mir lächerlich lang gehalten hatte, denn natürlich wusste ich es besser. Trotzdem brauchte ich die überreife Tomate, um zu dieser Erkenntnis zu gelangen. Iiiiihh, gruselte sich meine Mitbewohnerin, die neben mir den Abwasch machte. Sie studierte Pädagogik oder irgendwas mit Kommunikation. Die kann man noch gut essen, sagte ich und entfernte den Stielansatz, pulte die Keimlinge heraus und würfelte das verbliebene Fruchtfleisch.

Ich schaufle große Brocken sandiger Erde weg, grabe mich bis zu den Wurzeln vor. Dass Tomatensamen so etwas Plumpes wie einen Elektrizitätsimpuls zum Keimen gar nicht brauchen, macht den Prozess umso bewundernswerter. Letztlich hat der Mensch nur begrenzten Einfluss darauf, und dass Onkel Filip den trotzdem gehabt haben könnte, war reines Wunschdenken. Weil er mir so näher war.

Wahrheitssucher werden nicht gewürdigt, ich denke da an die Hauptfiguren von Tschechows Erzählungen, die sich entweder mit einer bürgerlichen Existenz abfinden oder aber eingesperrt werden. Dem fatalen Ende geht zwangsläufig Hilfe voraus. Denn die Leute haben eine Meinung dazu. Ich bin also vorgewarnt, ich werde es heimlich tun, alles Stück für Stück umgraben. Bevor sie kommen, um mir zu helfen. Hochheben, wenden und mit der bewachsenen Seite nach unten in die Spatenfurche legen. Was vorher unten war, kommt nach oben, was oben war, nach unten. Meine Rückenmuskeln protestieren. Aber ich richte mich nicht auf, ich mache weiter, hacke und halbiere dünne Wurzeln, Würmer und Erdraupen mit Tarnmuster. Auf haarfeinen Beinen rennt eine Spinne davon. Nur wenn ich beweisen kann, dass ich nicht verwirrt bin, sondern mit dem System etwas nicht stimmt, nur dann habe ich eine Daseinsberechtigung.

Spontanes Leugnen: Suspekt, sagt die Frau, die ich nie geworden bin, und schickt noch hinterher, dass zwischen Wahnsinn und Genie nur ein schmaler Grat liege. Ich würde übrigens unzusammenhängendes Zeug reden, mehr sage sie nicht dazu.

Mein aus viel zu weichem Lehm gekneteter Körper ist

mit deutlichen Fingerabdrücken übersät. Sie müssen nicht entfernt werden, das sind meine Beweise. Wir haben die Wirklichkeit gezüchtet wie ein Heckrind, um den Prozess anschließend kollektiv zu vergessen.

Du leidest am Messias-Syndrom, du Seherin einer Geisterwelt! Aber wo sind deine Apostel? Dreh bloß nicht durch, Mädel. Ich habe dich gewarnt, der Grat ...

Ein dumpfer Schlag, der Spaten ist auf etwas Hartes gestoßen, ich schleudere ihn von mir. Wenn man wütend ist, will man, dass Dinge scharfe Geschosse sind, in hohem Bogen landen, um dann gnadenlos zu zerfetzen. Das Ding landet scheppernd-plump in nachgiebigem Unkraut. Ich taumle einen Schritt zurück. Die Erde schweigt. Sie lässt sich auf der Nase herumtanzen, zeigt mir ungerührt ihr Innerstes. Tropfen, die an meiner Nase hängen, fallen zu Boden. Jetzt sind wir miteinander verbunden, Erde. Meine Feuchtigkeit vermengt sich mit deiner. Schwer und genügsam ruht sie in ihrer neuen Konstellation, lässt sich nicht aus der Ruhe bringen. Meine Umgebung ist das reinste Minenfeld, überall Löcher und aufgewühlter Boden. Ich gehe in die Hocke und erwarte einen Stein, aber ich bin nur auf eine seilartige Wurzel gestoßen, nichts Besonderes. Mein mitgebrachter Stein wartet im Haus tatenlos auf dem Tisch. Mit einem Ärmel fahre ich mir über die Nase. Ich hole den Spaten aus dem nassen Unkraut, ein unschuldiges Ding. Ich muss die Sache anders angehen, das hohe Unkraut erst mal mähen, bevor ich umgraben kann, und der umgestürzte Baum, das größte Hindernis, muss in Stücke gesägt werden.

Die Tomaten – das war natürlich reiner Zufall. Onkel Filip hatte nach etwas anderem gesucht.

Während ich mit dem Rad ins Dorf fahre, denke ich an den letzten Zwerghirsch. Ich wollte ihn fangen und anschließend trösten, die Hände tief in seinem Fell vergraben, beweisen, dass es auch gute Menschen gibt und dass ich einer davon war. Wir würden Geschwisterbande knüpfen, niemanden sonst brauchen. Dazu sollte es zwar nie kommen, aber es half, dass ich dem Tier täglich begegnen konnte.

Der letzte seiner Art ... Wie unfassbar einsam es sein muss, nie wieder einer verwandten Seele zu begegnen. Zu wissen, dass mit einem selbst eine ganze Art ausstirbt. Und noch dazu auf einer Insel gefangen zu sein. Denn nach Jahrmillionen der Evolution auf einer idyllischen Insel erleiden die Körper der dortigen Tiere Verluste. Flügel verlieren ihre Funktion, und die Körper sind viel zu groß und plump geworden oder – wie im Fall der Zwerghirsche – viel zu zerbrechlich, um fortzuschwimmen. Und was vielleicht noch wichtiger ist: Die Tiere verlieren den Wunsch abzuhauen, entwickeln stattdessen Reiseangst. Das kann ich sehr gut nachvollziehen.

Den letzten Zwerghirsch, seinen Huf, habe ich gar nicht nötig. Ich spüre seinen Blick im Rücken. Schaue ich mich um, ist er gerade erst verschwunden. Manchmal gelangen unsere Geschichten wie zwei Negative zur Deckung, und ich sehe mich, drei Butterbrote hoch, mit einem Bein in der Falle landen, mein ganzes Fell zittert, während ich darauf warte, von jemandem gefunden zu werden, der an die falsche Geschichte glaubt.

13

Der Wächter glaubte an die richtige Geschichte, wie sich bei seiner Rückkehr herausstellte. Auf dem Berg habe der Mutterstein zu ihm gesprochen, verkündete er überzeugt. Ra und er müssten eine Reise unternehmen und mit einer Antwort zurückkehren, so die Kurzfassung. Das klang logisch, die Menschen nickten – erleichtert, dass von ihnen nichts erwartet wurde.

Es stimmt, dass wir drauf und dran waren, die Kontrolle zu verlieren. Nicht erst jetzt, höhnten einige von uns und erhoben die Stimme, schon seit Längerem! Woraufhin sie schwiegen wie schmollende Geliebte. Unsere Nachfahren würden einfach machen, was sie wollen, sagten andere, Kontrolle sei seit jeher eine Illusion. Sie klangen äußerst selbstgefällig in ihrer Resignation. Was auch nicht half, war, dass wir Ra schon lange nicht mehr für uns allein hatten. In diesem Dorf tat niemand etwas allein. Gemeinsam holte man Wasser, mahlte das letzte bisschen Getreide oder hütete Schafe, und am Ende des Tages flochten Bes und Ra einander endlos die Haare. Wir schauten zu, ohnmächtiger denn je.

Am nächsten Tag wurde Ra verabschiedet. Der Wächter führte sie in den halbdunklen Raum und bedeutete ihr, in die Hocke zu gehen. Zwischen ihnen döste der Mutterstein.

Vor ihrem Fuß funkelte ein Lichtstein. Die flache Mulde war mit Schafsfett gefüllt, in der Mitte brannte ein Docht. Neben dem Wächter und dem Mutterstein erkannte Ra noch drei weitere Schemen. Sie konzentrierte sich, sah, dass es Schädel waren, deren Zähne in den Staub bissen. Jetzt war sie sich sicher, es sollte eine Reise nach innen werden. Der Wächter fuchtelte ungeduldig und machte eine auffordernde Geste. Ra verstand und küsste die Schädel, bat um Weisheit, Geleit und eine sichere Rückkehr. Anschließend küsste sie den Boden, verbeugte sich tief vor den Gebeinen der Vorfahren, die sie nicht für die ihren hielt. Sie war sichtlich nervös. Es war ein ungewohntes Leben in der fremden Gestalt, zu der sie geworden war, für die neue Regeln und Erwartungen galten.

Der Wächter murmelte etwas in melodiösen Zungen und holte einen kleinen Lederbeutel unter seinem Gewand hervor. Ein Häuflein einer pudrigen Substanz kam auf die linke Brust des Muttersteins. Wir kannten das Zeug, es war fein gemahlenes schwarzes Mehl, Mutterkorn. Ein Pilz, der das Getreide verdarb. Nahm man zu viel davon ein, landete man mit Schaum vor dem Mund direkt bei uns. Wir, Ras jüngere Vorfahren, konnten tatsächlich nicht mehr zu Lebzeiten davon erzählen. Schuldgefühle sind eine starke Motivation. Wir hatten begründete Zweifel, was diese Aktion anging. Andere von uns fanden sie weniger problematisch. Sie schauten sich das sogar gerne an, schüttelten ihre Müdigkeit ab, genau wie der Mutterstein, und fühlten sich bestens. Man konnte das so oder so sehen, und auch wenn sie es nur vom Hörensagen kannten: Das Mutterkorn öffnete die Menschen, machte sie erst durchlässig und löschte sie dann aus. Anschließend ließ sich leicht von ihnen Besitz ergreifen. Wir befanden jedenfalls: Dieses Menschenkind würde nicht allein gehen. Wir würden Ra begleiten.

Der Wächter leckte das Pulver ab und berührte die heilige Mitte seiner Stirn mit zwei Fingern. Noch etwas Pulver auf die rechte Brust für Ra, die zögerte. Sie dachte an den Mann, an den Schaum in seinem Bart und die brennende Scheune. Wir beschlossen mit knapper Mehrheit, dass das kein geeigneter Moment für Streit miteinander oder mit dem Stein war. Komm!, bedeutete der Wächter. Los!, dachten wir. Und Ra leckte.

Das Zwitterwesen, wie sie von ihm genannt wurde, brauchte uns mehr denn je. Sie musste irgendwohin aufbrechen und dann mit einer Antwort zurückkehren. Das erprobte Narrativ für Jungen, wohlgemerkt, denn sie waren es, die als Männer zurückkehrten.

Ra seufzte und artikulierte ihre Gedanken: Angst, die Vorfahren könnten sie nicht mögen. Angst, den Mutterstein zu enttäuschen.

Wir hörten, wie der Felsbrocken murmelte: Welche Vorfahren? Ein gehässiges Lachen, aber vielleicht bildeten wir uns das auch bloß ein. Eine Wirkung blieb übrigens aus, Ra war noch viel zu sehr bei Sinnen. Sie sprach weiter: Angst, sie hätte lieber etwas anderes erzählen sollen. Ob das tatsächlich passiert sei, hätten die Menschen gefragt. Und da hätte sie ihnen von dem Stier mit dem Insekt in der Wange erzählen müssen, von ihrer Metamorphose, von Bes und ihren Händen, davon, wie sie sie ansah. Wenig beeindruckt, weil wir das alles längst wussten, sahen wir Ra endlich gehen, sahen, wie sie in unseren Schoß fiel.

Der Raum bekam eine Delle, als legte sich eine Hand darauf. Ecken lösten sich und kamen näher. Das Licht, oder dessen Abwesenheit, tanzte. Ra ließ sich mitreißen, das ganze Spektakel hatte etwas Tröstliches. Das Dach verschwand, und sie schaute in den hohlbäuchigen Himmel mit Sternen, die leuchteten wie reife Getreidekörner. In der Ferne sangen Frauen.

Ra drehte sich auf den Bauch, schmiegte die Wange an die Erde, packte sie wie ein Schaf, die Finger tief im Staub, liebkoste sie wie Bes. Die Erde umarmte sie, und Ra tauchte ein. Sie öffnete die Augen und sah nur den Mutterstein.

Vergiss nicht, was du fragen musst, Ra. Der Mutterstein wuchs, Ra erschrak. Die Gottheit war riesig, ihre Brüste ein Felsband, das einen erschlagen konnte, die Spitze ihres Phalluskopfs zeigte zu den Sternen.

Nein, das darf ich nicht vergessen, stammelte Ra, hatte jedoch nicht die leiseste Ahnung, was sie hier sollte. Sie schüttelte den Kopf. Ihr kamen Tränen – als ob das etwas nützen würde!

Auf einmal stand sie am Ufer des Flusses. Der trübe rote Flusskörper lockte sie, und auf einmal waren da auch die Frauen, sie sangen und liefen hinter ihr ins Wasser, das nach irgendwas roch. Es war viel tiefer als beim letzten Mal, ihre Füße reichten nicht mehr bis zum Boden, aber das körperwarme Wasser trug sie. Nicht vergessen, rief ihr der Mutterstein nach. Nein, nein, sie drehte sich zu dem Gestein um, das eine regelrechte Felswand bildete. Keine Sorge, sie wisse Bescheid, sagte sie mit zittriger Stimme. Das Wasser umspielte sie zähflüssig, und sie schaute nach oben, der Himmel war auffallend schön. Sie beugte sich weiter nach hinten, um mehr davon zu sehen, nur das Blau, sonst nichts. Schau, sagte sie zu ihrer Mutter, die ihr den Kopf hielt, schau nur, wie schön, und ihre Mutter nickte und sagte, sie werde sie immer lieben. Ra zuckte zusammen und weinte, denn sie wusste, dass ihre Mutter bereits fort war, dass sie sie hier zurücklassen würde, und wie sollte es da jetzt um Himmels willen weitergehen? Sie ließ sich auf dem Rücken treiben, gehalten von den Händen ihrer Mutter. Bis sie verschwanden. Nein, schluchzte sie. Vielleicht war es einfach bloß ein Stier, ein echter, meine ich, und ich war einfach bloß verwirrt. Was hatten sie Ra gleich wieder gesagt? Wir machen das zusammen. Alles nur gelogen. Sie erstickte fast vor Wut, wusste nicht mehr, wie man flieht, wie man schwimmt. Sie drosch auf das grausame Wasser ein, wandte sich wieder der himmlischen Unendlichkeit zu, die ihr mit ihrer ehrenpreisblauen, einäugigen Iris zuzwinkerte. Sie wischte sich die Tränen ab und ließ sich vom tosenden Fluss mitreißen. Er machte eine Biegung, fächerte sich anschließend weit auf und wurde langsamer. Ra streckte die Beine nach unten. Es klappte, hier konnte sie stehen. Sie machte einen Schritt Richtung Ufer, überlegte, was sie vergaß, die Antwort und die Frage. Noch ein Schritt, aber das Ufer kam einfach nicht näher. Sie steckte fest, in einem Wasserstrudel. Am Ufersaum sah sie die singenden Frauen, sie winkten. Ihr Lied handelte von kürzer werdenden Tagen, von einem stolzen Schafbock, der mit einem anderen kämpfte und glorreich gewann, von glücklichen Mutterschafen, von den Lämmern im Frühjahr – das war die erste Strophe. Der Refrain handelte von goldgelbem Getreide und dreschenden Männerarmen. Ra kämpfte mit dem Strudel und schaute auf, als das Singen plötzlich verstummte. Die Frauen schrien und zeigten hinter sie, Ra drehte sich um. Da war er wieder. Wie ein haariges Floß trieb der Koloss in ihre Richtung. Mit seinen unergründlichen Stieraugen schaute er sie an. Auch diesmal hatte er nichts Bedrohliches, also streckte Ra erneut die Hand nach ihm aus. Aber der Stier muhte laut und zornig, drehte den riesigen Kopf und kam wassertretend näher. Seine starre Mimik war das Einzige, was ihr Angst machte. Ra, die in dem Strudel feststeckte, blieb nichts anderes übrig, als auf ihn zu warten, seine Schnauze drückte bereits gegen ihr Innenwesen. Er senkte die faustdicken Hörner, und Ra wappnete sich gegen einen heftigen Stoß, der jedoch ausblieb. Sein Kopf, größer als ein Mahlstein, ging einfach durch sie hindurch, sie spürte lediglich ein Kribbeln auf Höhe ihres Halses, ihre Wangen stülpten sich aus, ihr Körper drehte sich und wuchs. Von einer heißen Flutwelle überspült, schob sie etwas nach oben, anschließend ragte alles oberhalb ihres Bauchnabels über die Wasseroberfläche. Nur ihr Unterleib befand sich noch darunter, und vage spürten ihre Füße so etwas wie Steine und Kiesel. Sie schaute an sich herunter, wusste es im Grunde aber auch so: starke schwarz behaarte Schultern und Flanken. Sie hob ein Bein, und tatsächlich, das war ein Huf. Unter ihrem Po kitzelte etwas, sie schaute sich noch weiter um als normalerweise: ein zweites Paar muskulöser Beine. Zu ihrer großen Freude sogar ein Schwanz mit einer nassen Quaste, sie peitschte damit, als hätte sie nie etwas anderes getan. Sie probierte die Beine aus. Es lief sich fantastisch mit ihnen, auf vier Beinen war man stets im Gleichgewicht. Was für eine Wohltat, es war, als schwebte sie. Ihre Arme mussten nicht fuchteln, gelassen faltete sie die Hände.

Es war doch tatsächlich passiert. Sie hatte es bloß vergessen.

Inzwischen kam das Ufer kein bisschen näher. Deshalb trampelte Ra auf vier Beinen mit der Strömung mit. Es sah kompliziert aus, denn der Fluss strömte aufwärts, doch das Wasser schob sie weiter. Alles war leichter mit vier Beinen. Jetzt verstand sie auch, warum die Menschen sie so ansahen. Warum alles anders war, als sie geglaubt hatte, weil sie geglaubt hatte, sie wäre so wie die anderen, aber das war sie nicht. Erst jetzt, wo alles einen Sinn ergab, sah sie, dass ihr dafür jeder Bezugsrahmen gefehlt hatte. Und zwar nicht nur der Bezugsrahmen, selbst sein Fehlen hatte sie übersehen. Wie töricht von ihr! Aber es war eine angenehme Erkenntnis, sie konnte sich das erlauben – jetzt, wo sie so stimmig zum Vorschein gekommen war. Das machte Durst. Sie bückte sich und streckte die Zunge heraus, schaufelte sich einen Schluck Wasser in den Mund und kostete zu spät. Es war dick und zähflüssig. Sie erschrak. Bei näherer Betrachtung war der Fluss gar nicht ockerfarben, sondern vielleicht aus Blut. Ihr Innenwesen schrumpfte, löste sich von ihrem Körper. Irgendwas lief hier vollkommen schief. Weil sie es so eilig hatte wegzukommen, rutschte sie mit mehreren Beinen auf den Kieseln aus und verlor erneut die Bodenhaftung.

Sie wusste genug, schaute, auf dem Rücken liegend, zum makellos blauen Himmel empor und rief: Ich will zurück! Sie spannte all ihre Muskeln an, und für einen Augenblick glaubte sie, in einem Himmelhohlraum den Wächter zu sehen, sie fuchtelte, aber das Wasser bot keinen Widerstand, sie sank nur noch tiefer, und schon wurde der Wächter kleiner und verschwand. Sie schrie, lautlos, aus reinem Frust, bis sie auch damit wieder aufhörte.

Ein Stück weiter bildeten sich Stromschnellen. Ra wandte den Kopf ab, um das Unvermeidliche nicht mitansehen zu müssen, denn niemand würde ihr helfen, soviel wusste sie inzwischen. Der Himmel über ihr war nun so rot wie das Wasser, Geier kreisten. Träge drehten sie ihre endlosen Runden. Ein jeder für sich allein, dachte sie, und in diesem Moment spuckte der Fluss sie aus, über die Stromschnellen hinweg, ihr Kopf verschwand unter Wasser, sie schluckte Blut, kam würgend wieder hoch und schlug die Augen auf. Das Wasser wurde langsamer, und sie erkannte den Ort, wo sie vor Kurzem schwimmen gewesen waren. Sie suchte das Ufer ab, sah dort Bes bis zu den Knöcheln im Wasser stehen, nackt. Ihre Hüfte war vorgeschoben, der Rücken leicht durchgebogen. Bes, flüsterte sie glücklich. Bes mit dem weichen Haar. Die Hände befanden sich auf Höhe ihres Geschlechts. Ra schaute genauer hin und sah, dass die Hände es auffalteten, dass sie dort im Stehen pinkelte, einen festen Strahl. Anschließend drehte sie sich um und ging dorthin, wo Fern lag. Bes hockte sich hin und nahm sein Geschlecht, als hätte ihre Hand nie etwas anderes getan. Nicht!, dachte Ra, aber Bes tat es trotzdem. Rittlings setzte sie sich auf seinen Schoß. Wieder bekam das Wasser Ra zu fassen, sie trieb weiter, schaute sich noch einmal um. Die beiden liebten sich mit stoßenden Bewegungen wie Tiere, verschwanden aber rasch hinter der Biegung, der Fluss hatte noch nie auf irgendwas gewartet. Das Wasser floss nun schneller. Nicht vergessen, dachte sie. Der Fluss wurde breiter, die Ufer zogen sich zurück. Der Fluss schien sich nicht länger um sie zu kümmern, es war auch nie die Rede von Absicht gewesen. Noch einmal tauchte sie mit dem Kopf unter. Der Fluss war müde nach dieser langen Reise, strömte ins Uferlose, ins Meer. Ra leckte sich das trübe Nass von den Lippen, wusch sich mit klarem Wasser. Sie schaute in die Ferne. Ein Ende war nicht zu erkennen, aber ein Streifen.

14

Ob ich schon mal eine Kettensäge benutzt hätte, fragt der Mann im Eisenwarenladen. Er verkauft auch Gartenmöbel, Pfannensets, Becher mit Seehunden drauf und Kühlschrankmagneten. Er mustert mich forschend, fängt dann an, mir was von Zweitaktmotoren, Starterkabeln, Choke, dem Schärfen der Sägekette und Ölsorten zu erzählen. Kalkül vermutlich, ich unterbreche ihn und schildere kurz die Situation: den Umfang des Baumes. Er nickt und verschwindet nach hinten. Ich gehe zu einem Regal mit Arbeitskleidung und schiebe ein paar dunkelblaue Pullis beiseite. Alles Männergrößen. Ich ziehe die kleinste Latzhose heraus und gehe zurück zur Kasse. Auf halbem Weg bleibe ich vor dem Regal mit Gemüsesamen stehen. Die Erbsen sind eine bekannte Sorte. Ich nehme ein Tütchen und befühle die runden Körner durchs Papier.

Der Bauer hilft der Erbse und spritzt die Blattläuse tot. Wird sie sich selbst überlassen, ist sie hoffnungslos verloren. Bestimmte Eigenschaften wie Faserigkeit oder Bitterkeit, die sie und andere Gemüsesorten als Wildpflanzen einst besaßen, wurden von Generationen von Bauern im Lauf der Jahrhunderte ausselektiert. Und wir heutigen Züchter setzen diese Entwicklung fort. Wir machen sie noch süßer, saftiger, praller, wodurch sie nicht nur für uns, sondern auch für Blattläuse, Erdflöhe, Raupen und Schnecken unwiderstehlich werden. Genau diese Wehrlosigkeit haben Erbsen mit Inselarten gemeinsam. Es fehlt ihnen an scharfen Klauen oder Zähnen, an Tarnfarben, einem sehnigen, wendigen Körper, vor allem aber an Wachsamkeit. Wie dem Dodo, der sich seelenruhig auffressen ließ, ein Vogel nach dem anderen. Vielleicht ist der Flores-Mensch auch so ausgestorben und hat sich aus fehlender Menschenscheu mit derselben Ergebenheit abschlachten oder vertreiben lassen.

Das Fehlen von Wehrhaftigkeit ähnelt Zahmheit. Aber zahm wird man nicht geboren, das wird man erst durch einen Zähmungsprozess. Ein wildes Tier, einen Elefanten etwa, kann man zähmen. Aber erst wenn man gezielt selektiert und den Fortpflanzungsprozess steuert, verändert man das Tier genetisch. Erst nach einem langwierigen Züchtungsprozess ist das Tier oder die Pflanze domestiziert.

Die Meerechse, noch so eine Inselbewohnerin, entwickelte einen Riesenkörper. Damit ist sie besser gegen Temperaturschwankungen gewappnet. Eine geschickte Anpassung für ein wechselwarmes Tier, dessen Körperwärme von der Außentemperatur abhängt. Sie kann sich ihren trägen Riesenleib erlauben, weil sie von niemandem gejagt wird – die anderen werden sich schon in Acht nehmen. Die Meerechse gibt es tatsächlich. Sie lässt sich problemlos einfangen und wird ihre Insel nie verlassen. Sie schabt Algen vom Meeresboden – wehrlos, aber ungezähmt. Man sollte sie nicht als naiv bezeichnen.

Der Mann kehrt mit einem Schubkarren voller Zeug zurück: obenauf die Kettensäge, darunter eine Schnittschutzhose, Sicherheitsstiefel, Handschuhe, ein Werkzeugsatz und ein

Kraftstoffkanister. Ich hänge die Tüte mit den Erbsensamen zurück. Wir einigen uns darauf, dass die Sachen samt vier Säcken Blumenerde morgen früh geliefert werden, denn das krieg ich unmöglich alles aufs Rad. Er notiert sich meine Adresse.

»Einen Kubikmeter Kompost, wo krieg ich den?«

»Einen Kubikmeter?«

»Schlechte Pflege.«

Der Mann nickt langsam, wenig überzeugt, und schreibt mir die Telefonnummer des Grünflächenamts auf.

Ich steige aufs Tandem. Es tut gut, das Dorf erneut hinter mir zu lassen. Ich kann diesem Mann nicht erklären, was ich mit der Erbse und ihrer verlorenen Autonomie vorhabe. Es beginnt schon bei der Landwirtschaft, und die ist am Ende. Sie besteht aus einer besonders destruktiven Form von Hilfe. Großflächiges Töten, zum Beispiel von Blattläusen, hat weitreichende Konsequenzen. Es bringt die gesamte Nahrungskette durcheinander. Florfliegen, Marienkäfer und Ohrwürmer, die sich von Blattläusen ernähren, verhungern oder ziehen fort, genauso wie Spinnen, Fledermäuse und Vögel, die sich wiederum von Blattläusefressern ernähren. Und das ist erst der Anfang. Auch Kunstdünger macht das elegante, komplexe Zusammenspiel von chemischen Verbindungen und lebenden sowie toten Organismen kaputt – in der Erde, aber auch darüber. Die grüne Revolution verwandelt den Boden in ein lebloses Substrat. Generationen von Bauern und Wissenschaftlern haben an sie geglaubt. Die biologische Landwirtschaft hingegen verehrt die Erde wie einen Götzen: Alles Heil kommt von unten. Der Biobauer versorgt nicht nur seine Pflanzen, sondern auch den Boden, als wäre er sein behindertes Kind: beregnen, belüften, bemisten, hegen, nähren und anschließend so wenig wie möglich befahren. Kunstdünger und Pestizide sind tabu. Deshalb mussten die von mir entwickelten Sorten widerstandsfähiger sein als die konventionellen. Aber auch die biologische Landwirtschaft ist nicht frei von Schuld, sie hängt am Tropf fossiler Brennstoffe. Dieselschluckende Traktoren sind nötig, um den Boden zu pflügen, ihn wieder einzuebnen und die Pflanzen später mit Eggen, Schaufeln oder Fingerhacken von aufdringlichem Unkraut zu befreien. Ein unablässiger Hilfeschrei ertönt – von Pflanzen, die mit Insektengaze zugedeckt werden wollen, die Stützen brauchen, um Halt zu finden, und Schutzvlies gegen den Nachtfrost. Das Unkraut wuchert immer mehr, und Wasser kommt nie im richtigen Moment. Ein Brokkoli könnte in der Wildnis nicht überleben. Vermutlich geht sein Same nicht mal auf.

Exotische Organismen wie Japanischer Staudenknöterich, Roter Sumpfkrebs und Nilgans sind Arten, die sich laut fanatischen Naturschützern hier bei uns invasiv verhalten. Sie sind keine Wahrheitssucher, sondern Wahrheitsfinder. Sie brauchen uns nicht, stören in dem Ökosystem, in das sie einwandern, die genauestens aufeinander abgestimmten Beziehungen anderer Arten von ganz allein. Sie sind *zu* erfolgreich, stellen den Rest locker in den Schatten. Dass unser eigenes invasives Verhalten völlig ausgeblendet wird, entgeht ironischerweise vielen. Alle drei sind übrigens Wildarten, ganz im Gegensatz zu australischen Eseln. Die wurden im neunzehnten Jahrhundert als Lasttiere genutzt, entliefen aber oder wurden freigelassen, als der motorisierte Verkehr aufkam. Sie überlebten im Busch, bildeten

Familienverbände und brauchten weder Ställe noch Futter noch Arbeit. Sie konnten problemlos selbst bestimmen, was sie fraßen, wo, wann und mit wem sie schliefen. Sie verwilderten. Weil die Behörden behaupten, die Tiere würden Schäden verursachen, werden sie getötet. Die dabei verwendete Judastechnik macht ihrem grausamen Namen alle Ehre: Eine Eselin wird mit einem Peilsender ausgestattet und dann ausgesetzt. Sie macht sich auf die Suche nach einer Herde, denn Esel sind nicht gern allein. So trottet sie tage- oder wochenlang durch die unwirtliche Landschaft, die nur selten Schutz bietet. Aber das macht ihr nichts aus. Sie löscht ihren Durst, knabbert geduldig an trockenen Zweigen, nutzt Staub gegen die Parasiten und wird von der Hitze auf Trab gehalten, sprich, sie besitzt das störrische Gemüt, das zu ihrer Umgebung passt. Eines Tages wittert sie endlich Artgenossen. Sie trabt näher, und was für ein Glück, die Tiere akzeptieren sie. Dann ertönt lautes Donnern über der Herde, das immer mehr anschwillt. Kurz darauf fallen Schüsse, ein Esel nach dem anderen verendet. Alle, bis auf die Eselin. Sie schaut sich um. Viel zu schnell ist sie wieder allein. Der Lärm verstummt. Sie iaht, um die Stille zu füllen. Zeit zum Nachdenken hat sie nicht. Was soll sie schon tun, sich eine neue Herde suchen natürlich, woraufhin sich die Geschichte wiederholt. Weder Wahrheitsfinder noch Verwilderte werden vorgewarnt.

Ich muss daran denken, was Werner zu Heckrindern und Koniks gesagt hat, nämlich dass der letzte Schritt fehlt: sie wirklich freizulassen. Ich habe vor, zum letzten Bauern zu werden, ich werde die Erbse verwildern.

Das Tandem ist schwer. Genervt ducke ich mich vor dem Wind. Er fühlt sich ziemlich echt an, aber Widerstand – das habe ich mal in einem von vielen Selbstverwirklichungskursen gelernt – soll man nicht allzu ernst nehmen. Das macht einen bloß klein, engt ein, beschneidet das innere Wachstum. Ich denke an die Partnerübungen, die Meditationskreise, bei denen wir auf Buchweizenkissen saßen und unsere plumpen, westlichen Körper zusammenfalteten, als könnten wir so die Erleuchtung erzwingen, als wäre diese nachgeäffte Haltung der Schlüssel zu aus dem Osten importiertem Erfolg. Brav starrten wir in die Flammen dicker Kerzen, schräg beäugt von kupferfarbenen Buddhas. Wir visualisierten uns als Kind, legten den Arm um das Kind, wir spendeten ihm den Trost, der ihm offensichtlich gefehlt hatte. Es gab Männer, deren Schultern sich immer mehr krümmten, bis sie nach ein paar Tagen endlich weinten, was mich trotzdem rührte. Und jeder glaubte, nicht zu genügen. Die Frauen mit ihren Fleecepullis und bunten Schals, die devoten Unter-Zwanzigjährigen mit ihren kahlrasierten Köpfen und Haremshosen und auch die Geschäftsmänner, ungewohnt strumpfsockig: Ein jeder fühlte sich nicht liebenswert, hässlich oder unzureichend. Ich war wie sie. Natürlich war ich das. Wir waren nicht autonom, ein Kohlfeld ohne Bauer, wir waren bedürftig, brauchten jemanden, der uns sagte, wie es läuft.

Ich bin Quelle. Das war die letzte mehrerer Affirmationen, die ich in so einem Kurs aufsagen musste. Mir gegenüber saß ein Mann, der den Kurs bereits erfolgreich absolviert hatte und daher qualifiziert war zu spüren, ob ich auch meinte, was ich sagte. Meine Gedanken schweiften ab, hin zu den Fernsehsendungen von Jerry Springer mit dem Lügendetektor. Gruseliger konnte es kaum werden: Gedanken haben und jemanden, der sie liest.

Diese Sätze schienen wortwörtlich aus dem Englischen übersetzt worden zu sein. Ich versuchte das zu ignorieren, denn ich ahnte schon, dass es darum nicht ging, solche Haarspaltereien verrieten nur meine Vorurteile. Schaden konnten die Affirmationen auch nicht, und tatsächlich: Im Nu war jeglicher Widerstand verpufft, ich sagte sie auf. Der Mann, der mir gegenübersaß, war nicht überzeugt: Ich würde nicht meinen, was ich da sagte. Deshalb müsse ich übertreiben, mich über mich selbst lustig machen. So lange, bis ich es ernst meine. Und dann noch mal alles von vorn, bis die gesamte Abfolge stimme. Auf diese Weise würde ich mich neu programmieren und für neue, bessere Gehirnbahnen sorgen. Schnell stellte sich heraus, dass ich es so gut wie nie ernst meinte. Die Zeit verging. Ich bekam mit, wie sich die anderen Kursteilnehmer abmühten. Alle deklamierten dieselben Sätze und zwangen sich zu übertreiben. Der Hotelsaal füllte sich mit ihrem Angstschweiß und ihren exaltierten Rufen. An den Wänden hingen Luftballons und Poster von Raubtieren in fotogenen Posen, sie badeten in buntem Licht. Ich bemühte mich wirklich, und sei es nur aus Gewohnheit beziehungsweise um es endlich hinter mich zu bringen. Trotzdem meinte ich nach wie vor erstaunlich selten, was ich sagte. Ich war nicht ausschließlich froh, ich zu sein, ich glaubte nicht, dass ich das wirklich war, fand weder, dass ich Fortschritte machte, noch hielt ich mich für Quelle. Die Quelle, sagte ich aus Versehen. Nein, »Quelle«, sagte der Mann, der mir gegenübersaß. Ich bin Quelle, wiederholte ich brav. Er schüttelte den Kopf. Noch einmal, übertreiben. Da meinte ich dann doch spöttisch, was für ein seltsamer Satz das sei. Dass ich das deshalb nicht könne. Es fehle der Artikel, wieso fehle der eigentlich? Wieder schüttelte er den Kopf. Es gehe hier nicht um Grammatik, sondern darum, dass ich schlichtweg nicht glauben würde, Quelle zu sein. Dass ich mich dagegen wehren würde. Obwohl ich das durchaus sei, Quelle – vorausgesetzt ich würde es wirklich ernst meinen. Es sei mein innerer Widerstand, der da spreche, schlussfolgerte er, warum ich den so ernst nehme? Dagegen ließ sich wenig sagen. Ich blieb die Antwort schuldig und tat, was er von mir verlangte. Gehorsam kam offensichtlich noch vor Erleuchtung. Nach anderthalb Tagen lernte ich, dass ich einiges Talent für Gehirnwäsche besaß. Dem ging ein Durchbruch voraus, bei dem ich in einem seltenen, selbstbewussten Moment versuchte, wütend aus dem Hotelsaal zu stürmen. Diese Kurzschlussreaktion war ich wirklich. Aber der Obertrainer verstellte mir den Weg, woraufhin ich mich geschlagen gab und wieder setzte, unter heißen Tränen weitermachte. Prompt sagte ich die ganze Litanei auf. Im Ernst. Sowohl erniedrigt als auch getröstet, war auch ich jemand wie aus dem Lehrbuch. Ich war Quelle.

Eine Überzeugung, die durchaus einige Wochen anhielt. Deutlich kürzer als die rund zehn Jahre, die ich immer wieder an eine Ex denken musste. Sämtliche Liebesbeziehungen, die danach kamen, nahmen weniger Raum in meiner Erinnerung ein. So viel zur Glaubwürdigkeit von Überzeugungen. Bedeutet, viel an jemanden zu denken automatisch, dass man denjenigen auch sehr liebt? Als ich das einmal Werner gegenüber ansprach, tat er meine wiederkehrenden Gedanken und Träume als Neurose ab, mehr stecke nicht dahinter. Eine spirituelle Freundin bezeichnete sie als in diesem Leben noch nicht abgeschlossene Energie. Aber wer weiß das schon?

Schon zum zweiten Mal heute schiebe ich das Rad über den Gartenweg, zwinge mich, wieder an mein Erbsenexperiment zu denken. Es dürfte nicht funktionieren, sie einfach so ins Freie zu setzen. Selbst alte Erbsen haben viel zu viel domestizierte Eigenschaften. Samenretention, um nur eine davon zu nennen. Ein Merkmal stark domestizierter Pflanzen ist, dass sie ihre Samen nach dem Heranreifen zurückhalten, damit der Bauer sie ernten kann. Die Samenkapsel einer Wildpflanze hingegen wird nach dem Reifen so schnell wie möglich platzen. Die Pflanze sät sich ohne fremde Hilfe aus. Solche Eigenschaften muss ich wegzüchten. Erst dann kann ich loslassen. Aber eine Erbse ist kein Kürbis, der sich fortpflanzungstechnisch viel leichter manipulieren lässt. Kürbisse haben Blüten, die ausschließlich männlich oder weiblich sind. Sie lassen sich also leicht isolieren. Erbsen haben gemischte Blüten, Stempel und Staubgefäße befinden sich dicht nebeneinander. Sie sind zweigeschlechtlich. Deshalb befruchten sich Erbsen in der Regel selbst. Wünscht man sich eine neue Sorte mit neuen Eigenschaften, muss das verhindert werden. Ich habe bisher noch nie mit Selbstbefruchtern gearbeitet, kann mich nur vage an ein Fortbildungsseminar vor langer Zeit erinnern. Deshalb rufe ich Vincent an.

Er wundert sich nicht. Wir Züchter verfolgen in unserer Freizeit alle irgendwelche Privatprojekte. Einige züchten in ihrem Schrebergarten Lauchstangen, so groß wie ein Kleinkind, Kürbisse, in denen man wohnen könnte, spezielle

Zwiebelsorten, die ausschließlich von irgendwelchen Adligen aus früheren Jahrhunderten gegessen wurden, oder Bohnen in allen möglichen Farben und Mustern. Sogar in unserer Freizeit loten wir die Grenzen von Pflanzen aus. Im Urlaub gehen wir nicht in den botanischen Garten oder in den akkuraten Kloster-Kräutergarten, sondern fahren an den Stadtrand zu den chaotischen Schrebergartensiedlungen, bewirtschaftet von knorrigen Kleingärtnern, die Landsorten erhalten und neue züchten.

»Wer hätte gedacht, dass du dich noch mal für Erbsen interessierst!« Vincents Begeisterung ist größer als seine Neugier, schon platzt er damit heraus, dass Erbsen tatsächlich viel schwieriger seien. Dafür reife der Stempel schneller als der Pollen, und diese Phase müsse ich nutzen. Im Prinzip entwickle sich der Fruchtknoten so, dass der empfängliche Stempel, noch vor Entfaltung der Blüte, zwischen den Staubblättern heranwachse. Faktisch sei die Erbsenblüte also schon befruchtet, bevor sie sich öffne. Um das zu verhindern, müsse man die Blüte kastrieren. In einem frühen Stadium, wenn sich der Fruchtknoten gerade erst bilde, entfalte man die Fruchtblätter. Timing sei alles, denn handle man zu spät, sei der Stempel schon mit eigenem Pollen befruchtet. Mit einer Pinzette entferne man die unten zusammengewachsenen Staubblätter. Davon gebe es insgesamt zehn. Zähl sie, fordert er mich nachdrücklich auf, sonst ist das Experiment misslungen, vermutlich ohne dass du es überhaupt merkst. Der Rest versteht sich von selbst: Reifen Pollen von der Pflanze sammeln, mit der du die kastrierte Pflanze kreuzen willst, oder einfach eine reife Blüte im Ganzen pflücken und diese wie ein Hütchen auf den Stempel der kastrierten Blüte setzen.

Ich habe mir hastig ein paar Stichworte notiert und bedanke mich, frage, wie es seinen Mini-Schoten geht. Junge Schoten sind nicht so faserig und deshalb wohlschmeckender, und junge Schoten sind klein. Das weiß auch der Verbraucher, der am liebsten kleine Schoten kauft – in der Annahme, sie wären jung. Die Züchtung von Zwergerbsenschoten ist deshalb lukrative Volksverdummung. Die Pflanzen bringen zwar unterm Strich einen geringeren Kiloertrag, aber dennoch mehr Geld, weil schlichtweg höhere Qualität unterstellt wird. Sowas wie sich unabhängig von ihrem Reifegrad rot färbende Erdbeeren, Schulterpolster in Sakkos für schmächtige Männer oder enthaarte Frauenkörper.

»Nicht so gut«, erwidert er. »Wir bekommen den Rapskrebs im Gewächshaus einfach nicht in den Griff. Vieles ist verwelkt. Aber das Ausgangsmaterial ist in Sicherheit. Morgen ist ein neuer Tag.« Er klingt so unverdrossen wie eh und je.

Wir legen auf, und ich starre nach draußen. Bei Riesenlauch oder Zwergschoten sagt niemand: Das ist unnatürlich. Wir freuen uns über die verschiedenen Varianten. Wir fragen nicht nach. Dabei müssten wir Riesenlauch nicht akzeptieren. Mehrere Kohlmeisen lassen sich in der auf dem Boden liegenden Birkenkrone nieder. Sie diskutieren keckernd, gelangen zu einer Entscheidung und fliegen davon.

Ohne Kettensäge kann ich heute nichts mehr ausrichten. Ich wühle in meiner Reisetasche und suche nach Duschgel, finde aber keins und gehe deshalb in den Keller. Könnte ich doch nur auch so in mich hinabsteigen! Dann würde ich dort eine Probe nehmen und alles, Schicht um Schicht, sezieren, um einen Blick auf das Ungeformte zu werfen. Aber die Zeit ist wie eine Rotorkopfegge, die alles zu einem Einheitsbrei vermengt. Wir sind nichts als Leberwurst, alle miteinander. Auf halber Treppe werde ich von fernen Kinderängsten überfallen. Hier ist es kellerklamm. Die Spinnen haben Hauthunger, haben es auf meine nackten Füße abgesehen. Genau wie die Dunkelheit, die zwischen den Treppenstufen lauert. Auf Zehenspitzen gehe ich weiter, ganz vorsichtig, auch wenn ich nicht die geringste Ahnung habe, wen ich da nicht aufscheuchen will. Unten in den Regalen befinden sich verrostete Tee- und Kaffeedosen, eine Packung Spaghetti, daneben ein Glas mit Soße sowie Braune Bohnen. Ein seltsamer Vorrat. Es dürfte lange her sein, dass einer von uns das letzte Mal hier war. Ganz hinten liegen ein Beutel mit Teelichtern, Shampoo und ein Stück Seife. Daneben ist ein großes, kreisrundes Loch in der Wand. Endlose Schwärze. Meines Wissens führt das Loch in den Kriechschacht. Ich schnappe mir die Sachen und mache rasch wieder kehrt. Ich fühle mich von dem Loch beobachtet, schleiche zurück zur Treppe. Dunkelheit quillt wabernd aus den Mauern. Links steht eine Kiste. Ich hebe den Deckel an, es ist der Metallbaukasten meines Bruders.

Auf dem Wohnzimmerfußboden wühle ich in der Kiste, betaste die kühlen roten und grünen Metallteile mit den vorgestanzten Löchern. Ganz unten liegen Miniaturschrauben und -muttern. Millionen Staubpartikel flirren im Bann des Sonnenlichts. Ich strecke meine kalten Füße in den Sonnenfleck auf dem Fußboden. Mein Bruder hat nie gern mit dem Metallbaukasten gespielt. Es fühlt sich an, als würde ich etwas Heiliges entweihen, ich habe mich nie getraut, damit zu spielen. Er hat ihn von Onkel Filip geschenkt bekommen, der selbst keinen Sohn hatte. Mein Bruder war der einzige Junge. An so etwas rührt man nicht.

Ich drehe die scheppernde Kiste auf den Kopf, weitere Staubpartikel wirbeln auf. Oben auf dem Metallhaufen liegt ein kleines schwarzes Kästchen, eine Kassette. »Elke und Filip, 1992« steht auf dem Etikett, in der selbstbewussten Handschrift meines Vaters. Die Kassette ist bis zur Hälfte abgespielt. Ich nehme sie mit in die Küche und starre auf die Lücke im Küchenbüfett, wo einst ein Radio mit Kassettendeck stand. Wer sich die Kassette zuletzt angehört hat, und warum sie nach der Hälfte angehalten wurde, ob sie versteckt oder einfach nur schlecht aufgeräumt wurde, wo das Abspielgerät geblieben ist und ob das was mit der Kassette zu tun hat – ich weiß es nicht.

15

Weißt du noch? Das geht auch dich etwas an.

Zur Sicherheit haben wir eine kurze Umfrage gemacht. Wir hatten da so einen Verdacht, der sich bestätigt hat: Ausnahmslos jeder von uns hatte das Gefühl, anders zu sein. Jeder fand, er gehöre nicht richtig dazu, und glaubte nie wirklich zu verstehen, was andere *von Anfang an* offenbar einfach waren. Und niemand hat das je erwähnt. Kommt dir das irgendwie bekannt vor? Das Paradox, dass dieser universelle Riesenirrtum euch überhaupt erst vereinheitlicht, dürfte auch dir nicht entgangen sein. Und ja, da erzählen wir dir bestimmt nichts Neues. Nicht, dass wir darüber hinaus noch was sagen wollten. Mach mit der Information, was du willst. Wir sind daran gewöhnt, wir werden öfter übergangen. Ihr redet viel über uns, hört aber schlecht zu. Weißt du noch? Nur ein Körper hat hier was zu sagen, und sei es ein Körper aus Stein. Aber ein Körper ohne Bewusstsein zählt nicht.

Er glüht, er brennt wie ein Opferlamm, sagten die Frauen und fielen sich flüsternd ins Wort, stießen einander weg und legten die Hände auf Ras Stirn, tupften ihr den Schaum vom Mund und hoben schon mal Löffel mit Brei. Ras Augen blieben geschlossen.

Wie holen wir ihn zurück? Wir werden singen – und gemeinsam legten sie los. Andere schwiegen und schauten nervös auf das Zwitterwesen, das schwer atmend mit etwas Unsichtbarem rang. Der Rumpf zuckte und zitterte unabhängig von den Gliedmaßen, die steif und reglos, ja wie tot wirkten.

Wenn Ra zu den Toten hinüberging, hatten sie gar nichts mehr, kein Opfer und keine Antwort. Etwas, was schon tot war, konnte man nicht opfern, das war Gotteslästerung. Ein Opfer darbringen, das bedeutete, etwas so Kostbares wie ein Lamm zu schlachten, das einem fehlte, nachdem man es hergegeben hatte. Kein Schritt in dieser chronologischen Reihenfolge (Kostbares – Hergeben – Fehlen) durfte ausgelassen werden. Da dämmerte es ihnen: Sie hatten viel aufs Spiel gesetzt. Zu viel vielleicht.

Ra hat so viele Vorfahren, die zeigen ihm schon wieder den Weg zu uns, sagte der Wächter, der bereits nach einem Tag zurückgekehrt war. Er tat sein Bestes, um überzeugend zu klingen.

Dass wir viele waren, stimmte. Der Rest war reine Spekulation.

Doch auf einmal hob sich, ganz langsam, Ras Hand. Ohne hinzuschauen, fing sie der Alte wie eine müde Fliege aus der Luft und legte sie auf Ras Brust. Komm zurück!, dachte er zum x-ten Mal.

Was, wenn zu viele Vorfahren von ihm Besitz ergriffen haben?, dachten die Frauen einhellig. Die halten ihn jetzt dort fest, denn auch das gibt es. Das ist schon vorgekommen. Sie erschraken über diese plötzliche Erkenntnis, darüber wie rasch sie sich dem Wächter gefügt hatten.

Uns fragt niemand, dachten wir. Manchmal ist das, vorsichtig ausgedrückt, eine echte Herausforderung. Wie soll man sein eigen Fleisch und Blut lieben? Kinder, die von Generation zu Generation immer wieder dieselben Fehler machen, tapfer und frohgemut immer wieder in dieselbe Falle gehen. Kinder, die keinerlei Rat annehmen und von denen übrigens auch gar nicht erwartet wird, dass sie Rat annehmen, weil das Gehirn, dieses hoffnungslose Organ, besser lernt, wenn es eigene Fehler macht – und nicht einmal dann gibt es eine Garantie. Angeber!, hören wir dich denken, was soll uns all das Wissen schon bringen, aber – und das bleibt jetzt bitte unter uns – Zugriff ist uns tatsächlich nicht vergönnt. Wir haben einen Preis für dieses unglaubliche Wissen bezahlt, wir haben mit unserem Körper dafür bezahlt, sind für immer handlungsunfähig, unser federleichter Sammelkörper bleibt ewig außen vor. Deshalb nimm es uns bitte nicht übel, wenn wir das Reden manchmal irgendwann leid sind. Nichts Menschliches ist uns fremd.

Kurzum: Sie hatten Ra zu viel von dem Pulver gegeben, ihren Wunsch, hier zu sein, vollkommen vernichtet.

Inzwischen war der Wächter mit dem Stein unterm Arm davongeschlichen. Er trug ihn zum Wasser. Nicht, weil er das für eine sonderlich gute Idee gehalten hätte, aber etwas Besseres fiel ihm einfach nicht ein. Hauptsache handeln! Eine feige Flucht, wie wir fanden. Zu seiner großen Erleichterung hatte ihn niemand nach seiner Reise gefragt, denn er hatte nichts davon behalten, kein bisschen. Die Schmach brannte hinter seinen Augen, es war nur eine Frage der Zeit, bis sie es wahrnehmen würden. Nachdenken ließ sich mit so einem vernebelten Kopf nicht. Er schüttelte ihn. Vielleicht wurde er auch einfach zu alt.

Wir konnten uns durchaus vorstellen, dass es im Mutterstein brodelte. Das Wasser, das der Wächter darübergoss, brachte natürlich keine Linderung. Die Steingöttin kämpfte genau wie wir, noch nie zuvor hatte ihr statischer Status sie so fertiggemacht. Wenn überhaupt, wurde sie lauwarm. Nicht heiß genug, um das Wasser zu verdampfen, geschweige denn ihm das Fleisch von den Händen zu brennen. Es war nicht ihre Schuld, dass sich der Mann an nichts erinnerte. Sie hatte wahrhaftig genug um die Ohren.

Endlich schien der Wächter mit dem Geplansche fertig zu sein. Er trat den Rückweg an und machte kurz bei dem Hirten und seinen jungen Männern Halt. Sie untersuchten gerade die jungen Böcke. Tage zuvor hatte man ihnen die Hoden mit dünnen Lederstreifen abgebunden. In Kürze würden sie abfallen wie abgestorbene, haarige Blätter. Er lauschte auf das nervöse Blöken und spürte in Lendenhöhe ein Zucken, einen stechenden Schmerz, bei dem er sich krümmte. Zum Glück konnte er sich nicht daran erinnern, wie sie ihn vor langer Zeit davon befreit hatten.

Der Hirte nickte ihm zu und legte respektvoll zwei Finger an die Stirn. Er wurde ausreichend dafür entlohnt. Zuallererst mit seinem Leben. Nicht jeder junge Mann überlebte die Kastration. Es wurde gut für ihn gesorgt, er hatte immer etwas zu essen und das Wichtigste: Er entwickelte ein überdurchschnittlich scharfes Gehör für die Innenwelt. Vor allem dafür war er dankbar. Er presste den Stein gegen seinen Bauch und sah zu, wie sich der Hirte, dem überflüssiges Haar sogar noch aus den Schultern spross, erneut über seine Schafe beugte. Bis gestern hatte er sie klar gehört, und zwar ohne jedes Rauschen, sie wussten ihn stets zu finden. Aber jetzt war es still, er schien vergessen worden zu sein. Der stechende Schmerz hielt an, er legte sich die

Hand auf die Lende. Zum ersten Mal fühlte er sich wie ein Krüppel.

Das war's dann wohl mit unserem Wortführer. Wir wollen nicht undankbar klingen, aber was sollte man dazu noch sagen? Die meisten von uns wollten nicht ganz so weit gehen, aber einige unterstellten ihm sogar Absicht, ein selektives Gehör. Die Menschen seien ausnahmslos Opportunisten, hieß es von zahlreichen Seiten, auch dass man das über sein eigen Fleisch und Blut ja wohl noch sagen dürfe. Außerdem: Wer wisse das besser als wir, wir seien schließlich alle auch mal Menschen gewesen. Wir schwiegen, fanden Zynismus etwas zu einfach und hörten, wie der Mutterstein, der sich endlich ausgetobt hatte, dachte: Der Körper ist unzuverlässig, der Körper erstarrt, das ist ja das Schlimme. Schaut mich an. Aber lass ich mich dadurch aufhalten?

Aus alter Gewohnheit – denn wirklich verstanden hatte er immer noch nichts – nickte der Wächter kaum merklich vor sich hin.

Neue Lichtsteine brannten, Schatten flackerten. Alle hockten um Ra herum, die so den Blicken entzogen wurde. An der Wand sah der Wächter eine Lücke, wo eigentlich der Stierschädel hätte hängen müssen. Er schob ein paar Frauen aus dem Weg. Bes und Fern befanden sich auf verschiedenen Seiten. Jemand hatte den Schädel auf Ras Bauch gelegt und ihre Hände obendrauf.

Er hätte nicht fortgehen dürfen. Der Granit des Muttersteins drückte gegen seine schmerzende Lende, und Ra lag inzwischen völlig reglos da wie tot, das Gesicht klatschnass, der Alte wusste nicht recht, ob es Schweiß oder Wasser war. Er kam zu spät: Das Zwitterwesen würde für immer dort festgehalten werden. Wenn er sich doch nur an irgendetwas erinnern könnte!

In diesem Moment beugte sich Bes über Ra und sagte: Komm bitte zurück! Ich muss dir etwas erzählen, ich erwarte ein Kind.

An dieser Stelle sollten wir etwas erklären: Im Gegensatz zum Wächter wissen wir sehr wohl, was schiefgelaufen ist. Ra vergaß im Nu, was sie da sollte, vergaß die Frage, ja vergaß sogar, dass man sie nie explizit um irgendwas gebeten hatte – wenn du gut aufgepasst hast, dürfte dir das auch schon aufgefallen sein. Vor lauter Angst gab sie auf halber Strecke kurz den Löffel ab und sah durch ihre halb geschlossenen Lider den Wächter vor sich: einen Kopf aus Wasser mit einer triefenden Nase, sein Mund löste sich von seinem Gesicht, und seine Augen dümpelten dahin wie Froschbiss-Blättchen. Dahinter vage Wasserwesen, die jammerten und klagten, die wollten, dass sie zurückkehrte. Zum Glück tat sie es nicht. Denn eine ergebnislose Reise musste zwangsläufig zu Flucht oder Opferung führen, und allein in der Steppe ist ein junger Mensch rettungslos verloren. Ein zweites Mal würden wir das selbst mit vereinten Kräften nicht hinkriegen. Sie brauchte also eine gute Geschichte, und das kostet Zeit. Außerdem: Dass die Reise so lange dauerte, machte das Ergebnis nur umso glaubwürdiger. Je größer das Drama, desto beeindruckter waren die Menschen. Deshalb ließ sie sich ein zweites Mal einatmen und hörte auf, sich zu wehren. Wieder befand sie sich in dem lauwarmen Mündungsgebiet und sah einen Streifen. Viel war das nicht, aber wir würden uns damit zufriedengeben. Sie durfte wieder aufwachen. Aber was nun folgte, hatten wir nicht vorhergesehen.

Sie glaubten, Bes hätte sie geweckt. Wir ließen die Sache auf sich beruhen. Später behaupteten sie, Bes' ungeborenes Kind wäre von ihr. Viel zu viele Väter hätten sie besessen, und so sei das Kind entstanden. Wenn das nicht der Beweis sei, nach dem sie suchten, was dann?

Unbestreitbar eine gute Geschichte, wir hätten sie uns nicht besser ausdenken können. Der Wächter, der kurz zuvor hereingekommen war, hatte immer noch nichts von der Reise erzählt. Aus Respekt vor Ra begegnete er ihr mit Demut. Erzähl du ruhig, Ra, flüsterte er. Erzähl, was du auf deiner Reise gesehen hast.

Ra war kaum bei Bewusstsein. Darauf hatten wir gewartet, diese Gelegenheit galt es zu nutzen. Wir fassten zusammen und kauten ihr vor: Du hast einen Streifen gesehen, eine Insel. Verstanden sie das etwa nicht? Du hast sie angesehen, einen nach dem anderen. Und zwar zum ersten Mal. Du hast verkündet: Wir befinden uns hier am Rand, aber wir müssen in die Mitte. In die Mitte des Meeres, da ist die Insel. Dort werden wir säen, und ihre fruchtbare Erde wird uns belohnen. Wir werden so einiges zurücklassen müssen: Besitz, Häuser und Vieh. Um Inselbewohner zu werden, Mittelmenschen. Auf dieses Opfer vertrauen wir.

16

Unter der Dusche spüle ich Staub und Schweiß ab. Die Delle in der Duschwanne ist mir vertraut. Meine Füße befinden sich an ihren Rändern, Seifenschaum gleitet an meinem Bauch nach unten und verschwindet im Abfluss.

Ich hab da nichts, sagte ich einst einem Kindergartenfreund. Kurz davor hatte er mir, als die Erzieherin gerade nicht hinschaute, unterm Tisch stolz seinen kleinen Pimmel gezeigt. Das mache nichts, tröstete er mich, er wolle es trotzdem sehen. Ich gab nach, erstaunt, dass er sich mit so wenig zufriedengab.

Niemand findet die Kastration von Blüten seltsam, und bis vor Kurzem war das auch für mich Alltag. Zehn Staubblätter, hat Vincent gesagt. Immer und überall genau zehn – ich kann gut verstehen, was daran so attraktiv ist. Ganz so als gäbe es *doch* einen Plan, man braucht ihn nur zu entschlüsseln. Die Sehnsucht danach ist so groß, dass die geschlechtliche Identität des Menschen als etwas Unantastbares, fast schon Sakrales, von Natur aus Angeborenes betrachtet wird. Wer daran zweifelt, ist ein Fall fürs DSM und bekommt Hilfe. Hilfe, die übrigens bis vor Kurzem noch aus unfreiwilliger Sterilisation bestand. Sozialarbeiter und Beamte haben keinen Sinn für Ironie.

Muss das sein?, sagt die Frau, die ich nie geworden bin, musst du immer so extrem sein?

Damit kriegt sie mich, mit ihrem »extrem«. Wir kategorisieren, bezeichnen Augen als blau oder braun – eine grobe Unterteilung, weil wir ja eigentlich wissen, dass die Farbe eines jeden Augenpaars einzigartig ist. »Blau« ist eine bloße Annäherung, so wie »Frau« das auch sein müsste. Dieses rigide Kategorisieren, das keine Fragen und keine Nuancen zulässt: Das ist erst extrem! Und wahrhaftig keine Kleinigkeit. Das ist ein Denken, das lediglich in Geschichten überlebt – Geschichten, die einst oder in anderen Weltgegenden nachweislich anders waren. Einer uralten Legende nach wurde beispielsweise Attis, der bildschöne Gott der Fruchtbarkeit, Kybeles Geliebter. Sie war Mutter- und Fruchtbarkeitsgöttin. Der arme Attis war von wilden Schafen aufgezogen worden – nicht gerade die monogamsten Tiere. Vielleicht wusste er es deshalb nicht besser, jedenfalls hatte er auch ein Auge auf eine andere geworfen. Kybele zog sich wütend zurück. Vor lauter Zerknirschung entmannte sich Attis und verblutete. Es entstand ein Kult um die beiden, bei dem sich männliche Adepten selbst kastrierten und wie Frauen kleideten. Nicht umsonst wurden diese heftigen Bräuche ausgerechnet im Frühjahr gefeiert. Denn Attis starb nicht einfach nur, er starb jedes Jahr aufs Neue, um dann nach drei Tagen wiederaufzuerstehen. Wie die einjährigen Pflanzen, die die Menschen aßen.

Die Frau, die ich nie geworden bin, schweigt. Zufrieden trockne ich mich ab und nehme saubere Kleidung aus der Reisetasche. Ein Paar Socken fällt zu Boden. Ich bücke mich, kneife behutsam hinein und lege es auf einen Hocker. Ich ziehe die Hose an und knöpfe sie zu. Wenn ich will, kann ich mich mit Frauenkleidern und Frauengesten verkleiden, mit Frauen-Make-up und Frauenmusik, mit Frauenhobbys, Frauenzeitschriften und einem passenden Mann. Damit würde ich allen einen Gefallen tun. Irgendwer meinte mal, ich litte an »Femmephobie«. Unaufgefordert schickte mir diese Frau amerikanische Aufsätze. So gerät man von einer Kategorie in die andere. Ganz so als müsste ich erklärt werden, bevor es mich überhaupt geben darf.

Der Sockenball ist vom vielen Waschen verfilzt. Fest liegt er in meiner Hand. Ich drücke ihn noch mal behutsam zusammen, dann knöpfe ich mir die Hose auf und stecke ihn hinein. Wo ich schon mal dabei bin, wische ich Kondenswasser vom Spiegel und sehe nur meinen Kopf samt Oberkörper. Ich mache ein paar Schritte rückwärts, gehe in die Knie und springe in die Luft, stelle mich irgendwann auf den Hocker, damit mein Schritt sichtbar wird. Zärtlich streiche ich über die Wölbung. Werners kleiner Flores-Mensch dürfte sein Spiegelbild kaum gekannt haben. Ich fände das echt verlockend – so ein Leben in einer spiegellosen Epoche, in einer Zeit, bevor wir uns angewöhnt haben, die Innenwände unserer Häuser mit Spiegeln zu behängen, in die wir immer bloß bestätigungsheischende, gequälte, ertrunkene Blicke werfen. Vollkommen besessen von uns selbst, davon, wie andere uns sehen, davon, wie wir uns selbst sehen. Um uns entsprechend zu verhalten. Hinzu kommen die sozialen Medien, mit deren Hilfe wir dieses Selbstbild minutiös gestalten und immer weiter verfeinern. Ich würde liebend gern darauf verzichten, die anderen ständig als Spiegel zu benutzen, mir von ihnen sagen zu lassen, wer ich wirklich bin. Ich wäre froh, keine Angst mehr davor haben zu müssen, interpretiert, mit meinem zweidimensionalen Spiegelbild zur Deckung gebracht zu werden. Ja, keine Angst mehr davor haben zu müssen, als Letzte zu begreifen, wer ich wirklich bin. Eine spiegellose Epoche, in der wir uns nur inwendig kannten. Damals dürften wir uns besser zugehört haben.

Auf dem Rad spüre ich bei jeder Bewegung einen beruhigenden Druck gegen mein Schambein. Ich lege die Hand darauf, ein Gefühl, das ich schon so oft wahrgenommen habe, dass es zu mir zu gehören scheint. Vor der Kneipe steige ich ab und lehne das Tandem gegen die Hauswand. In den Ritzen gedeihen samtige Moosbänder. Moos, das die Erde bereits seit Jahrmillionen bedeckt – ohne Leitbündelsystem, ohne nennenswerte Wurzeln oder Blüten. Im Grunde ein lebendes Fossil. Auf den ersten Blick simpel, aber man muss bloß mal versuchen, Moos zu zeichnen, das ist so, wie einen Stein zu zeichnen: Man muss schon danach suchen, was ihn ausmacht, viele charakteristische Merkmale gibt es nicht. Moos hat schon vor sehr langer Zeit seine endgültige Form gefunden.

Über das Fahrradschloss gebeugt, bilde ich mir ein, dass mich die Leute auf der Terrasse anstarren, aber ich weiß nicht, ob sie eine Wölbung erkennen. Es ist einfach nur ein Körperteil. Einfach nur eine Vereinbarung.

Drinnen ist es ruhig und dunkel. Die Leute sind froh, endlich draußen sitzen zu können. Umso mehr Platz habe ich. Ich schlage die Speisekarte auf, überlege es mir anders, hole mein Handy hervor und tippe:

Deine Kollegin, was genau hast du durch sie wiedergefunden?

Werner ist online, er schreibt zurück.

Nichts Konkretes.

Er tippt wieder etwas, ich warte.

Sie ist ein Biber. Ohne Biber fließt Wasser immer geradeaus.

Aber indem er nagt, sorgt er für umgestürzte Bäume, wodurch sich das Wasser staut. Es entstehen Tümpel, und der Flusslauf mäandert mehr. Eine variationsreichere Landschaft zieht auch eine größere Vielfalt an Pflanzen und Tieren an.

Ein Biber???

Was ich damit meine, ist, dass sie einen interessanteren Menschen aus mir machen könnte. Aber hast du noch mal über Flores nachgedacht? Können wir am Freitag telefonieren?

Nein, ich bin für eine Weile auf der Insel, im Ferienhaus meiner Familie, um

Ein Schatten fällt auf mein Display. Die Eisvogelfrau steht vor mir.

»Der Russe!« Grinsend gibt sie mir die Hand, stellt sich als Wanda vor und fragt, ob sie störe.

Natürlich stört sie, aber ich schüttle den Kopf, schiebe die Speisekarte beiseite und mache eine auffordernde Geste. Doch sie hat sich schon gesetzt. Unter dem Tisch streiche ich zärtlich über meinen Schritt, lasse die Hand anschließend auf meinem Oberschenkel ruhen. Ich nehme eine andere Sitzposition ein und spüre den Druck in meiner Hose. Sie greift zu ihrem Tabak und bestellt einen Chardonnay. Zwei, sage ich zum Kellner und bestelle Senfsuppe.

»Was für ein Zufall«, durchbreche ich die Stille. Sie zuckt mit den Schultern, sagt, dafür sei die Insel nicht groß genug. Ob sie hier lebe, frage ich aufs Geratewohl. Ja, sagt sie, aber nur vorübergehend. Sie ersetzt den Pfarrer, der sich auf dem Festland von einer Operation erholt. Keine Insulanerin also, denke ich, aber eine Pfarrerin. Hüterin einer Herde und eines Dogmas. Ich sage ihr, dass sie vom Aussterben bedroht ist, und starre auf ihre knallrosa Zungenspitze, die sichtlich geübt ihre Selbstgedrehte zuklebt. Als Pfarrerin, ergänze ich, weil sie die Stirn runzelt. Sie erwidert, dass sie diese Diskussion leid sei. Die Menschen würden lieber an Tiny Houses oder an Buddha glauben, ihre Kinder oder die Natur vergöttern, sich als Sünder fühlen, wenn sie trinken oder fliegen. Eine Frage des Zeitgeists. Doch Jesus sei geduldig, genau wie sie. Und apropos, was sei eigentlich meine Mission?

Sie klingt nicht übertrieben freundlich, deshalb erzähle ich ihr die ungefährliche Variante, die von dem umgestürzten Baum. Der Kellner kommt an unseren Tisch und bringt den Wein und meine Suppe.

»Du bist wegen eines Baumes hier?« Mit dem Daumen wischt sie Kondenswasser vom Weinglas und nimmt einen ordentlichen Schluck.

»Wegen eines umgestürzten Baums.« Ich nehme ebenfalls einen Schluck. Der Wein ist kühl und sanft wie die Meeresbrise.

Sie legt die Selbstgedrehte vor sich hin wie einen Stift. Ich spreize die Beine ein wenig, und der Druck in meinem Schritt lässt nach. Nicht nur Geistliche, sondern auch Birken sind vom Aussterben bedroht. Sie lieben die Kälte, wegen der Erderwärmung werden sie nach Norden fliehen, wo sie sich sammeln wie aufgescheuchtes Wild, bis die uralten, sich als Sträucher ausgebenden Bäume auch dort von der Hitze eingeholt werden. Die Taiga wird tauen und dann, wenn sie in einem jahrhundertealten Sumpf stehen, können sie nirgendwo mehr hin.

Ihr Schweigen ist zermürbend. Deshalb erzähle ich ihr von der Kassette, die ich heute Nachmittag gefunden habe. Offenbar ein Mitschnitt von einem Auftritt von mir als

Kind, zusammen mit meinem Onkel, ich könne mich nicht mehr daran erinnern. Aber ich könne es kaum erwarten, ihn mir anzuhören. Ich puste in meine Suppe und koste davon.

Sie schaut mich belustigt an. »Und, was glaubst du, wirst du zu hören bekommen?«

Ich zucke mit den Schultern. »Etwas, was ich verloren oder vergessen habe.«

Etwas vor meiner Domestizierung, denke ich gleich darauf. Einen unverstellten Klang. Plötzlich frage ich mich, ob sie gekommen ist, um mich zu bekehren. Nichts ist gefährlicher als jemand mit einer Mission. Ich nehme einen Schluck Wein, stelle das Glas wieder ab und sehe erst jetzt, dass sich ihr Gesichtsausdruck verändert hat.

»Entschuldige mich bitte.« Energisch wischt sie sich etwas aus dem Augenwinkel, steht auf und geht zu den Toiletten. Erstaunt überlege ich, was ich gesagt habe, was genau sie verletzt haben könnte.

Siehst du!, seufzt die Frau, die ich nie geworden bin, schon ist sie weg. Wärst du doch bloß etwas mehr wie sie! Jetzt hör mir mal gut zu, du wirst jetzt nicht von dieser Erbse anfangen. Darauf hat ganz bestimmt niemand gewartet, und das weißt du auch. Kämm dich!

Ich greife zum Handy. Werner hat mehrere Fragezeichen geschickt, meine letzte Nachricht muss erst noch rausgehen. Ich drücke auf Senden und schicke eine zweite hinterher: Es gehe um ein Verwilderungsprojekt. Ich würde es ihm irgendwann erklären. Mir gefällt, wie leicht sich Werner mit Aufmerksamkeit oder einem Lachen bezirzen lässt, mir gefallen seine Anhänglichkeit, sein absolut unbegründeter Idealismus und sein Wirbel über der Stirn, ein Wirbel aus kurzen Haarstoppeln. Mir gefällt, dass ich sie anschauen kann, ohne sie jemals anfassen zu müssen. Dann schreibe ich: *Wie geht es dir?* Menschen in Krisensituationen machen die seltsamsten Sachen.

Wanda kommt zurück, und ich fahre mir durchs Haar.

»Tut mir leid«, sagt sie. »Meine Partnerin und ich, wir haben uns vor noch nicht allzu langer Zeit getrennt.«

Sie greift nach meiner unbenutzten Serviette und zerknittert sie. Als der Kellner vorbeikommt, bestellt sie noch zwei Gläser Wein.

In der Stille hallen ihre Worte nach, niemand mag sein eigenes Echo und schon gar nicht so eines. Um einfach irgendetwas zu sagen, merke ich an, dass sie in diesem Fall nirgends besser aufgehoben sei als auf einer Insel. Warum? Sie atmet hörbar aus. Weil auf Inseln merkwürdige Dinge passieren, erwidere ich, dort gelten andere Gesetze. Ich frage, ob sie je etwas von Fosters Regel gehört hat. Sie schüttelt den Kopf, scheint aber erleichtert über meinen seltsamen Themenwechsel zu sein. Sie nimmt einen Schluck und sinkt ein wenig in sich zusammen. Ich löffle meine Suppe und erzähle, dass er als Erster eine Regel formuliert hat, die die Größenveränderung von Inseltieren erklärt, Inselverzwergung und Inselgigantismus. Ich erzähle von der Rolle der Isolation, von der Wehrlosigkeit der Meerechse und von meinem Freund Werner, der nach Flores will, um dort in die Fußstapfen des ausgestorbenen Flores-Zwergs zu treten. Ich rede ohne Punkt und Komma, über die Ausnahme, die auf Inseln die Regel ist, genau wie das Aussterben. Und über die Tragik, dass die eigenen Nachfahren, nachdem sie erst mal dort sind, im Lauf der Zeit die Fähigkeit verlieren, die Insel wieder zu verlassen.

Wanda mustert mich forschend. Dass sie meine Seele retten will, scheint kein Thema zu sein, trotzdem kann sie immer noch evangelikal sein. Sie beugt sich zu mir und hat so theoretisch die Möglichkeit, einen Blick auf meinen Schritt zu werfen. Ich rutsche näher zum Tisch.

»Diese Ausnahme«, sie macht eine weit ausholende Geste, »gilt die auch für eine Wattinsel?« Ich lasse meine Umgebung auf mich wirken, die batteriebetriebenen Teelichter, die Meeres-Aquarelle eines lokalen Künstlers und den großen Tisch mit den Zeitschriften. So banal hätte ich das natürlich nicht gemeint. Sie macht eine Vierteldrehung, um jemanden zu grüßen. Dann schaut sie auf ihre Armbanduhr. Ihr Glas ist leer.

»Es geht mir um den Denkfehler«, sage ich langsam und bereue es sofort.

Sie bestellt noch zwei Gläser Wein. »Erzähl.« Es klingt fast wie ein Befehl, als sie das sagt, in ihrem Rock mit der Strumpfhose und den dazu passenden Schuhen. Manche Menschen kennen die Regeln, befolgen sie und triumphieren.

»So wie eine Insel einen Elefanten verzwergt, so hat der Mensch einst Getreide aus Gräsern gezüchtet. Aber wir scheinen blind für unsere eigene gestalterische Kraft zu sein, eine Blindheit, die meiner Meinung nach vor etwa neuntausend Jahren begonnen hat.« Ich erzähle von meiner neuesten fixen Idee, von den ersten Bauern, die im Fruchtbaren Halbmond Pflanzen und Tiere domestizierten und zu den ersten Ackerbauern wurden. Sie sahen nicht, wie sich diese Geschöpfe und sie selbst unter ihren Händen veränderten. Das ging auch gar nicht, weil ein Menschenleben viel zu kurz ist, um diesen komplexen, langsamen

Prozess zu durchschauen. Instinktiv sammelten sie beispielsweise Getreide, das seine Samen nach dem Reifen festhielt. Verstreute Samen waren nämlich schlichtweg nicht mehr zu ernten. Nach Jahrhunderten intuitiver Selektion besaß ihr Getreide eine stabile Ähre, die reife Körner festhielt. Es besaß größere Samen und lockerere Hüllspelzen, die die Verarbeitung erleichterten. Dieses zuverlässige und nahrhafte Lebensmittel wurde zur Norm, zum Grundpfeiler ihrer Existenz. Weil die Pflanze schon lange nicht mehr ihrem grasartigen Vorfahr glich, kam die Frage auf: Wer hatte ihnen dieses merkwürdige Gewächs, dieses großartige Nahrungsmittel eigentlich in den Schoß geworfen? Das musste Gott gewesen sein. Er hatte ihnen das Getreide geschenkt, ihr täglich Brot, er hatte sie auserwählt. In Wahrheit hatten sie einfach bloß vergessen, wie sie jahrein, jahraus die besten Körner selektiert hatten.

»Genau das ist der Denkfehler«, sage ich, und auf einmal wird mir ganz schwindlig, »Hirten, Jäger und Sammler ziehen umher. Ackerbauern gründen Städte und häufen Besitz an: Nahrung, Wissen, Macht. Sie geben Pflanzen, Städten und einander eine bestimmte Form. Sie erschaffen ihre eigene Welt, aber ihr Horizont wächst nicht mit, er ist noch genau derselbe wie der ihrer nomadischen Vorfahren: Sie sehen eine bestimmte Wirklichkeit, aber nicht sich selbst.«

Sie schaut mich stirnrunzelnd an.

»Ihre eigene Rolle dabei, die sehen sie nicht. Deshalb werde ich die Erbse zurückzüchten: weniger empfindlich, weniger süß, aber dafür robuster und in der Lage, allein zurechtzukommen. Ich werde sie wieder verwildern, jahrtausendelange Zucht ungeschehen machen. Eine Erbse, die allein zurechtkommt«, beende ich atemlos meinen Vortrag.

Und die Erbse ist erst der Anfang, beschließe ich noch an Ort und Stelle. Im Stillen mache ich mir eine Liste mit Gemüsesorten, die ich anschließend zurückzüchten werde. Doldenblütler wie Pastinaken und Möhren zum Beispiel, ich glaube nicht, dass ich viele Schritte benötigen werde.

»Ich weiß nicht, ob ich dir noch folgen kann.«

Es ist das erste Mal, dass ich mein Vorhaben laut formuliere, und es klingt tatsächlich lächerlich. Irgendetwas, irgendein Zwischenschritt fehlt. Unter dem Tisch schiebe ich die Socke beiseite. Es ist voller geworden im Restaurant, die Frühlingssonne ist verschwunden, und die Menschen strömen herein. Sie schaut mich an. Ich schäme mich für meine Worte, dafür, dass ich so lange geredet habe, dafür, dass es so ein vages Vorhaben ist. Und dafür, dass sie bestimmt längst gemerkt hat, dass sich etwas ganz anderes dahinter verbirgt.

Doch die Elefanten hat auch niemand gefragt, warum sie fortgegangen sind. Sie liefen einfach ins Wasser und schauten, wie weit sie kamen. Niemand hat sie gefragt, ob sie auch wüssten, wohin. Die Geschichten, die überdauern, sind die Geschichten derjenigen, die eine Insel erreicht haben. Weil sie dort weitergelebt, sich angepasst haben, verzwergt sind oder auch nicht, um Jahrtausende später ausgegraben zu werden. Niemand weiß etwas über die Elefanten, die zwar aufgebrochen sind, aber nie eine Insel erreicht haben: Weil die Meerenge zu weit war, der Ozean zu groß, vielleicht gab es auch Haie. Manchmal geht es einfach nicht gut aus. Diese unbekannten Helden sind untergegangen, die Spitze ihres Rüssels erzeugte nur ein paar winzige Wellen, stumm sanken sie nach unten, wurden zum Festmahl für ein paar große Fische und für eine Schule kleinerer, sanken noch tiefer, wo es immer dunkler und trüber wurde, längst ohne Fleisch und Blut, sodass nur noch ihre Knochen übrig blieben, die letztlich auch aufweichten. Meter um Meter sanken sie, wurden zu Meeresschnee, bis bei ihrer Landung auf dem Grund so gut wie nichts aufprallte. Alles war vom Riesenmagen des Meeres verdaut worden. Sie wurden vergessen.

Das ist der Moment, aufzuhören, sagt die Frau, die ich nie geworden bin. Du quasselst ohne Unterlass, jetzt wieder diese Elefanten! Frag sie doch auch mal was. Zeig Interesse. Und mach irgendwas mit dieser bescheuerten Socke. Mach es nicht noch schlimmer.

Ich nehme einen Schluck, um sie abzuwürgen. Mir liegt viel daran, dass mich die Frau, die mir gegenübersitzt, nicht verwirrend findet. Vielleicht sollte ich einfach von Anfang an beginnen, also erzähle ich von meinem Kürbis Aparche, von der Herkunft seines Namens und von Plenty, dem schnelleren Bruder. Dass es das Züchterrecht unmöglich macht, Aparche auf den Markt zu bringen, weil seine Eigenschaften zu sehr mit denen von Plenty übereinstimmen. Von jetzt auf gleich keinerlei Daseinsberechtigung mehr, wegen eines menschengemachten Konstrukts. Ich nehme einen letzten Schluck.

»Aparche und Plenty?« Sie findet das witzig. Kain und Abel hätten auch gepasst: Beide Brüder brachten ein Opfer dar, aber aus unerfindlichen Gründen bevorzugte Gott das des Hirten Abel. Daraufhin wurde der Ackerbauer Kain wütend und tötete seinen Bruder: der erste Mord. Kain musste büßen, und von da an war die Menschheit gewarnt. Vermutlich eine alttestamentarische Methode Gottes, den Menschen vor den Sünden zu bewahren, die Kain beging –

Sünden, die aus vermeintlichen zivilisatorischen Errungenschaften entstanden.

Brüder, hervorgegangen aus ein und demselben Stoff, aus denselben Eltern und aus Gott, und trotzdem blüht ihnen ein entgegengesetztes Schicksal: das des Mörders und das des Ermordeten. Kain lebte weiter, aber vermutlich bis ans Ende seiner Tage mit dem Mann an seiner Seite, der er nie geworden ist. Weinen ist was für Feiglinge, Kain, hättest du dich halt zusammengerissen! Aber wenn Gott jemanden brauchte, um ein Exempel zu statuieren – hatte er dann überhaupt eine Wahl?

»Wer wäre Kain schon gewesen ohne Gott?«

Sie lacht, sagt, dass sie langsam anfängt, mich zu verstehen, und erzählt von ihrer Frau – Ex-Frau, sagt sie seufzend. Eine Erdkundelehrerin, die es hier einfach nicht mehr aushielt. Weil Erde hier keinen Halt finde, weil Baggerschiffe benötigt würden, um den Sand, den das Meer gierig verschlinge, anderswo aufzusaugen und zu ergänzen. Eine Sandburg, dazu verdammt, sich aufzulösen, mit dem Meeresgrund zu verschmelzen. Diese Insel könne nicht von Dauer sein, fand sie, diese Insel wolle überhaupt nicht zusammengehalten werden. Sie fühle sich eher im friesischen Marschland zu Hause, eine stabile Anhäufung mehrerer Lagen Erdgeschichte, eine Sedimentschicht über der anderen, zurückzuverfolgen bis zum Decksand des Pleistozäns, der dort während der letzten Eiszeit hingeweht wurde. »Sie würde dich bestimmt verstehen.«

Ich drehe den Fuß des leeren Glases, sie hat mich nicht ertappt. Wobei man bei Leuten, die einen mit der Ex-Frau vergleichen, lieber auf der Hut sein sollte. Ich genieße die eintretende Stille, sie ist angenehm, genau wie der Wein und diese Frau. Leider muss ich aufs Klo, aber wenn ich aufstehe, sieht sie die Wölbung. Ich schlage die Beine übereinander und winkle das Becken an, spüre den Druck der Socke. Mein Talisman. »Und du?«, frage ich. »Verstehst du mich?«

»Ich glaube, du solltest mit deinem Freund nach Flores fahren.«

Sie sagt »Freund«, und zwar auf diese spezielle Weise. Ich schnaube. Sie also auch! »Der sollte lieber mit seiner Frau fahren. Ein Haufen Knochen und ein paar naturwissenschaftliche Erkenntnisse allein genügen nicht. Es muss die Menschen schon berühren. Geschichten über Tiere und Zwerge lassen sich leicht als Märchen abtun. Interessant, aber nie unbehaglich.«

»Muss es denn unbedingt unbehaglich werden?«

Wir begeben uns auf dünnes Eis. Meine Blase meldet sich nachdrücklich. Ich ändere meine Sitzhaltung.

»Wir haben Google, wir wissen alles, der Mensch ist zufrieden. Es gibt keine Notwendigkeit mehr.« Ich erzähle von der Kartoffel, die bis weit ins neunzehnte Jahrhundert hinein von vielen im Abendland nicht gegessen wurde. Ganz einfach, weil die Kartoffel nicht in der Bibel vorkam: Teufelsfraß. Da verhungerte man doch lieber. Aber woher hätten die Verfasser der Bibel auch von der Existenz der Kartoffel wissen sollen, die erst Jahrhunderte später von Europäern in Amerika »entdeckt« wurde? Genau dieses Unbehagen beweise, dass es sich nur um ein Paradigma handele. »Und Hunger natürlich«, beende ich meinen Satz, »Hunger macht so einiges mit den Menschen.«

Sie schiebt die zerknitterte Serviette von sich und lehnt sich zurück, sagt, dass Gott definitionsgemäß formlos ist beziehungsweise formarm, das klingt netter. Eine ständige Aufforderung, empfänglich für das Unbeweisbare, das Unerklärliche zu bleiben. Aus ihrer Sicht schaffe das Raum. Dazu denke sich der Mensch dann Dogmen aus, an denen er sich festhalten kann, diesbezüglich müsse sie mir recht geben. »Aber bist du da so anders? Bist du nicht auch auf der Suche nach Halt, nach Gesetzmäßigkeiten?« Sie klopft mit einem Finger auf den Tisch, nimmt die Selbstgedrehte und zeigt nach draußen. Als sie weg ist, verschwinde ich unbeholfen auf die Toilette.

Am Himmel steht ein messerscharfer Sichelmond. Ein Spiegel der Sonne, sage ich, während ich neben sie trete, und auch dass er Ende des Monats voll sein werde. Sie kneift die Augen zusammen, nimmt einen Zug von ihrer Zigarette und sagt mit Rauch auf den Stimmbändern, dass ich sie bestimmt mögen würde, ihre Ex-Frau. Sie ascht auf den Boden. Sie selbst verstehe nichts von Naturlyrik. Keine Ahnung, wann das angefangen hat – das Gefühl, all das schon mal erlebt zu haben. Wir starren in den Himmel, und sie stößt den Rauch in einer geraden Linie aus.

»Und was ist mit der Schöpfung? Die strotzt doch nur so vor Lyrik.«

Sie grinst, sagt, dass das Wort »Schöpfung« eigentlich kaum noch fällt. Was sie durchaus schade finde. Sie drückt den Zigarettenstummel aus und geht auf die Toilette. Auf halbem Weg dreht sie den Kopf und sagt, sie sei eine Priesterin des Nichts.

Sie möchte mir die Baggerschiffe zeigen. Mit meinem Tandem fahren wir hin, und es fühlt sich seltsam vertraut an, sie hinter mir zu haben – auch weil wir uns im selben Rhythmus bewegen, als würden wir tanzen. Kurz halten wir vor ihrem Haus, sie geht hinein und kommt gleich darauf mit dem knallblauen Mantel und einer Tasche wieder heraus. Dann fahren wir weiter zur Westküste der Insel. Es ist dunkel, aber Meer und Mond spielen Pingpong und werfen das bisschen Licht endlos hin und her. Wir strampeln bergauf, in der Ferne liegt reglos das Wasser. Wir lassen uns in den weichen Sand fallen.

»Schau«, sie legt mir die Hand auf den Arm, zeigt mit der anderen auf zwei Schiffe, seltsam weit oben am Horizont. Die Lichter, das hat schon was. Sie wühlt in ihrer Tasche und holt eine Birne heraus. Sie nimmt einen Bissen, dann noch einen, reicht mir anschließend die Frucht. Sie schaut mich an. Ich weiß, dass sie gemerkt hat, wie ich sie angestarrt, wie ich ihre sich um die Frucht schließenden Lippen bestaunt habe, die Feuchtigkeit, die sich um die Frucht und den beißenden Mund gebildet hat. Das alles habe ich wahrgenommen, und sie weiß das. Ich nehme ein paar Bissen. Sie holt zwei Dosen Bier aus ihrer Tasche und bittet mich, sie zu öffnen. Das klappe nämlich nicht mit ihren Fingernägeln. Die sind mir bereits aufgefallen, sie sind manikürt, ziemlich lang und fein säuberlich lackiert. Ich muss an niedliche Kleidchen denken, an unfreiwillig hineingezwängte Mädchen, an Männer, die geheimnisvolle Frauen anschmachten. Ich denke an die beiden Rehe, die ich einst im fahlen Morgenlicht überrascht habe. Sogar die Vögel schliefen noch. Die Rehe liefen in einem perfekten Kreis, als umrundeten sie einen imaginären Schatz. Runde um Runde, ohne sich an mir zu stören, gefangen in einer kollektiven Hypnose. Das Gras unter ihren Hufen wurde plattgetrampelt. Ein ritueller Paarungstanz, der nicht für meine Augen bestimmt war, aber ich fühlte mich schon lange nicht mehr auserwählt. Ich denke an meine Mutter und meine Schwester, daran, dass ich nie so sein werde wie sie. Ich denke daran, wer ich bin, wenn ich ihr helfe. Ich nehme ihr die Dosen ab und sage leise, dass ich mich immer ein bisschen eingeschüchtert fühle von femininen Frauen.

Sie hat recht, als sie beleidigt fragt, warum ich Feminines an Fingernägeln festmachen würde. Warum ich sie danach beurteilen würde. Sie, ja Frauen allgemein, würden ständig nach ihrer femininen Ausstrahlung beurteilt werden: zu viel oder zu wenig, gut oder schlecht, Hure oder Maria, aber nie wertfrei. Immer komme an erster Stelle die Frau und nie der Mensch. Kerzengerade sitzt sie neben mir. Erschrocken stammle ich eine Entschuldigung, sage, so hätte ich das nicht gemeint. Da fällt sie mir lachend ins Wort: Sie habe mich bloß aufziehen wollen, so schnell sei sie auch wieder nicht beleidigt, so ernst brauche ich das alles nicht zu nehmen. Sie trinkt von ihrem Bier, ich betrachte ihren Hals, und die Schiffe baggern munter weiter.

17

Manchmal vergessen wir, wie sehr unsere Nachfahren uns ähneln. Denn sollten sie bisher nicht geteilter Meinung gewesen sein, dann waren sie es spätestens jetzt. Die Sache schlug hohe Wellen. Bei Fremden erwartet man, dass sie Unsinn reden, aber in diesem Dorf waren alle auf die eine oder andere Weise miteinander verwandt, und Uneinigkeit mit einem Bruder, einer Schwiegertochter, einer Nichte oder einem Großonkel war schmerzlich. Das grenzte fast schon an Verrat.

Die eine Hälfte hielt Ra für einen Betrüger – diese Leute wussten gar nicht, womit sie anfangen sollten, Beweise gebe es schließlich genug. Man habe sie belogen, schon gleich am Anfang in Bezug auf diese paar mickrigen Pflänzchen, die kein Kind durch den Winter bringen würden, geschweige denn ihr gesamtes Volk. Noch schlimmer war allerdings die wachsende Überzeugung, dass Ra eine ganz normale Frau war. Ja nicht einmal das, unterbrachen sie sich, bloß eine halbe. Dass in Bezug auf so etwas Grundlegendes Zweifel gesät wurden, nahmen sie sich gegenseitig übel. Führungsschwäche, endlich wurde es laut ausgesprochen. Denn ließ man solche Zweifel erst einmal zu, war das der Anfang vom Ende. Was ihre desolate Lage erklärte. Das sei einfach nicht natürlich, hetzten sie einander auf, und ihre Stimmen wurden lauter. Man brauche sich doch nur umzuschauen, sich die Böcke und Mutterschafe anzusehen, dann wisse man, wie es sich gehöre. Und dass Bes schwanger war? Na ja, eine Schwangere, das sei nun wirklich nichts Besonderes. Jeder, womit sie jeder *richtige* Mann meinten, komme als Vater infrage.

Die andere Hälfte war von Ras besonderen Gaben überzeugt. Nach dem Stier, den Erbsen und der Schwangerschaft fühlten sie sich in dem bestätigt, was sie schon längst wussten. Deshalb strahlten sie eine gewisse Gelassenheit aus. Die Erde hier wurde für zu leicht befunden. Veränderung würde sie retten, außerdem waren sie offen gestanden enttäuscht von ihren reaktionären Verwandten, sie hätten sich mehr von ihnen erwartet. Sie waren bereit, ihre Häuser, Vorfahren und Felder zu opfern. Für ein besseres Leben. Sie wollten nichts lieber als Mittelmenschen werden – Zwitterwesen genau wie Ra, in ihrem eigenen Zwischenreich im Meer.

Der Mensch ist ein so emotionales Wesen, dass wir beschlossen zu warten, bis sich der Sturm gelegt hatte.

Um die Verwirrung noch zu steigern, fiel in dieser Nacht endlich ein wenig Regen. Dem Getreide half das allerdings auch nichts mehr, das näherte sich der Fruchtreife und blieb in diesem Stadium sogar lieber trocken. Mit ihren Hufen hatten die Schafe am Morgen Tümpel ins Flussufer getreten, und in dem lauwarmen Wasser wimmelte es von zuckenden Tierchen.

In der Hocke sammelte der Wächter ein wenig Lehm. Fuchtelnd verjagte er eine Wolke Gnitzen. Er war zutiefst davon überzeugt, dass diese Zerrissenheit, so bedrohlich sie auch sein mochte, von seiner Vergesslichkeit ablenkte. Es war wahrhaftig nicht einfach, immer alles durch einen sprechen zu lassen. Das verlangte einem ganz schön was ab, eine besondere Gabe. Bedeutung stellt sich schließlich nicht von selbst ein! Aber ohne Erinnerung, ohne auch nur den geringsten Hinweis, geriet alles ins Schwimmen. Geh mit Ra – das war vielleicht viel konkreter gemeint, als er zunächst geglaubt hatte. Er wusste um die Existenz von Milos – die Insel, von der ihr Obsidian stammte, auch wenn sie unendlich weit weg lag. Niemand, den er kannte, war je dort gewesen, dieser Ort kam nur in Geschichten von Menschen vor, die das kostbare schwarze Gestein als Tauschmittel benutzten, Menschen, die womöglich nie selbst dort gewesen waren. Aber angeblich gab es noch eine weitere Insel, näher an der Küste.

Er atmete mühsam, die Luft war schwül und schwer. Seine Gedanken mäanderten, während er eine Handvoll Lehm weich knetete und eine kleine menschliche Figur daraus formte.

Natürlich, eine plötzliche Eingebung, spotteten einige von uns, denn genau die hatte der Mann. Erst sahen wir ihn noch träge aufs Wasser starren, rasselnd holte er Luft, aber die Wolke Gnitzen ließ ihn nicht in Ruhe, sie stachen ihn in die Augenwinkel und in die Haut direkt über seinen Ohren, es war ein ganzer Schwarm, vergleichbar mit den Bienen, die im Frühjahr aus ihrem Stock quollen, weil es so viele waren. Ja, die Bienen! Begeistert kniff er in den Lehm, den Blick noch immer ins Unendliche gerichtet und wir fanden seine Eingebung durchaus poetisch, denn wenn diese wimmelnde, stachlige Masse aus ihrem Stock quoll, flog die Hälfte des Volkes als eigener Schwarm davon. Sein Summen tief und bedrohlich, denn so ein Schwarm war ein unteilbares Wesen. Schwärmende Bienen stachen nicht, dafür standen sie viel zu sehr im Bann von etwas Höherem, voneinander. Ein Schwarm war formstabil und niemand, keine einzige Biene, hatte Zweifel an dem Weg, den er nahm.

Er strich sich eine Strähne hinters Ohr und betrachtete den unförmigen Klumpen in seinen Händen. Das war es! Mechanisch machte er wieder einen Menschen daraus, verlieh ihm Brüste und einen Phallus als Kopf. Das Meer flößte ihm keine Angst ein, wahrhaftig nicht. Er sammelte weiteren Lehm, begann, eine zweite Figur zu formen. Die Zerrissenheit seines Volks war eine natürliche Tatsache, wie ihm jetzt klar wurde. Eine Hälfte musste schlichtweg ausschwärmen. Gleich würde er allen von den Bienen und von dem neuen Kurs erzählen, darauf mussten sie dann einfach vertrauen.

Alter Irrer, riefen einige von uns und machten eine abfällige Geste. An uns gewandt sagten sie, wie wir nur jemanden ernst nehmen könnten, der einen Insektenstaat mit seinem eigenen Menschenvolk verglich. Wie wir bloß auf jemanden hören könnten, der sich so wahnsinnig wichtig nahm, sich unermüdlich Bedeutungen ausdachte, der frei fabulierte, Rätsel sowohl schuf als auch löste und anschließend Beifall erwartete.

Das ist Kunst, wandten wir ein, so ein Leben im freien Fall als Schweben zu bezeichnen. Ob sie denn tatsächlich glaubten, es ginge auch anders. Übrigens seien wir zu Lebzeiten ganz genauso gewesen, man könne nicht erwarten, dass der Logos in so einer kurzen Lebensspanne (das Los eines jeden lebenden Menschen) solch immense Grenzen sprenge. Aber wenn man gar nichts mehr ernst nehme, nichts mehr verhandle oder verlange, dann könne man gleich aufgeben. Wir wurden böse, ungeachtet dessen, wer wir waren.

Die Spötter waren pikiert. Sagten nach einer kurzen Pause, dass so nie was aus den Menschen werden würde, bei so viel Nachsicht. Sollten sie doch zu ihrer Insel aufbrechen, diese dummen Schafe, sollten sie doch auf ihrem Insektenleben beharren.

Endlich wurde das Getreide geerntet, und wie erwartet, enttäuschte die Ernte. Das bisschen, das es gab, bekamen zur Hälfte die, die zurückblieben, die andere Hälfte wurde gedroschen und sorgfältig verpackt. So wie das Getreide und die Menschen halbiert wurden, so grub man auch die Hälfte der Gebeine aus und teilte die Schafe auf. Ebenso alles Werkzeug zum Jagen, zum Ausbeinen, zum Anfertigen von Kleidung und zur Bodenbearbeitung. Mahl- und Kochsteine ebenso wie Arzneipflanzenvorräte. Nur die Erbsen kamen alle mit. Es gab bloß ein Problem: Der Mutterstein war steinhart und dadurch unteilbar. Ausgerechnet das, was sie an ihrer Steingottheit so bewunderten, wurde jetzt zur Erschwernis. Jemand schlug vor, sie mit Gewalt zu spalten. Doch davor schrak man zurück. Die Hälften würden beiden Gruppen bloß Unglück bringen, darin war man sich einig. Am Ende setzten sich diejenigen durch, die aufbrachen. Sie hatten den Wächter dabei, und der war der Einzige, der die Steingottheit richtig verstand. Die Zurückbleibenden murrten nur der Form halber, denn sie hatten genug: Sie hatten recht.

Wir kommen zurück, sagten die Hände, die beim Abschied Arme und Schultern umklammerten. Sobald wir den Kurs kennen, sobald uns die Insel ernährt, sobald unsere Häuser stabil sind, holen wir euch nach – ihr gehört schließlich zur Familie. Ja, sagten die Ungläubigen, Älteren und Kranken, ja ja, holt uns ruhig nach. Auserwählt zu sein, war gefährlich.

Die Aufbrechenden winkten dem Einzigen, was sie kannten: den Zurückbleibenden, ihren runden, bis zur Hälfte in die Erde eingelassenen Häusern und Feldern, die langsam aus ihrem Blickfeld verschwanden. Jemand übersetzte trommelnd den Rhythmus der Erde. Die Schafe, die mit ihrem ziellosen Grasen das Tempo bestimmten, blökten wild durcheinander. Ab einer unsichtbaren Grenze wollten die Tiere kehrtmachen, aber ein paar Kinder trieben sie weiter. Mit einem mulmigen Gefühl ließen sie alles hinter sich. Hoch über dem Tross, der sich langsam über Hügel und Täler ergoss, zogen wir mit.

18

Schnelles Radfahren hilft. Ab und zu huscht das Licht des Leuchtturms über meinen Kopf.

Verlegen haben wir uns voneinander verabschiedet.

Im Nachhinein fühle ich mich doch ertappt, von wem ist nicht ganz klar. Ich fasse mir in den Schritt. Dacht ich's mir doch! Mich selbst filzend, klopfe ich mir die Beine ab. Irgendwo hinter dem Alkoholnebel brennt Scham. Ich bin entmannt.

Mit einem Ärmel wische ich mir über die Nase. Ich habe mir eingebildet, weitsichtiger zu sein als die anderen, alles zu durchschauen, die tatsächliche Wirklichkeit zu überrumpeln. Wanda fand das lustig. Alle finden das lustig. Wir fertigen Menschenschablonen aus dickem Karton und legen sie übereinander. Wir sprengen sie, es ist gerade mal Platz für ein Auge, einen Mund, vielleicht noch für eine Hand. Aber alles, was dranhängt, jegliche Dreidimensionalität, verschwindet hinter dem Karton. Wie ein Punkt auf der Netzhaut, der davonschwimmt, wenn man ihn scharfstellen will. Ich habe mir eingebildet, ihn einfangen zu können.

Laut ziehe ich die Nase hoch. Die Wellen wogten einfach weiter, sie redete einfach weiter, mit ihren lackierten Fingernägeln. Und daneben ich, ein Menhir. Es sei doch nur ein Spiel, warum ich nicht mitmache? Sei ich etwa misogyn?, scherzte sie sogar.

Der Mensch ist ein Mann. Nur die Frau nicht, also hat sie vielleicht recht.

Ich knalle das Rad gegen die Hauswand. Ein Stück weiter scharrt etwas. Ein Igel, wie ich im Näherkommen sehe. Er folgt den Konturen des Hauses. Bei einem Unkrautbüschel bleibt er stehen und versucht, sich raschelnd zu verstecken. Ich gehe in die Hocke. Der Igel trägt eine Zellophanmütze. »Hinterschinken« lese ich auf dem Etikett. An der Unterseite seines Stachelpanzers ragt weiches Fell hervor. Ich befreie ihn von seiner Plastikmütze. Stoisch täuscht er weiterhin Abwesenheit vor. Wenn es doch nur so einfach wäre!

Ich taumle ins Haus. Alles dreht sich. Ja, ich muss schon wieder davon anfangen, es ist einfach stärker als ich. Vor dem dunklen Fenster bleibe ich stehen und betrachte mein Spiegelbild in der Scheibe. Ohne Wölbung. Die Socke ist mir aus dem Hosenbein gerutscht, ich stelle mir vor, dass sie irgendwo in einer Dünensenke liegt. Feine Sandschichten bleiben am verfilzten Gewebe hängen, salzige Feuchtigkeit zieht ein. Schon morgen ist nichts mehr davon zu sehen, auch wenn sich eine Möwe vielleicht täuschen lässt und kurz hineinpickt. Immer mehr Sand bleibt an der Socke hängen. Dahinter herrscht Windschatten, sodass der feine Sand dort nicht mehr fortgeweht wird. So entstehen Dünen. Dann, bei Springflut, nimmt das Meer sie doch noch mit. Die Socke saugt sich mit Wasser voll und lässt sich mitreißen. Hinter der Brandung geht sie unter, ein Fisch beißt an, lässt aber wieder los.

Die Dunkelheit dreht sich, ich lege eine Hand auf die Scheibe, lehne mich mit dem Oberkörper dagegen. Der Alkohol ist ein Angstschwamm, ich verwandle mich in ein Riesenfaultier, geschützt durch eine unterirdische Höhle, zufrieden mit meiner Isolation, zu groß für Fressfeinde, ab und zu bewege ich ein Bein. Ich lebe in meinem Kopf. Ein Bücherwurm mit einem törichten Denkfehler, unverbesserlich.

Ich lasse mich mitsamt meinen Kleidern aufs Bett fallen, falle durch Wellen, Socken und Nebelschleier. Jetzt sag doch was!, denke ich, kurz bevor ich einschlafe. Das ist dein Moment.

Die Klingel, ich schrecke hoch. Mein Kopf fühlt sich an wie ein hart gekochtes Ei. Ich drehe mich zur Wand. Wie war das gleich wieder? Stünde alles still wie sonst, könnte ich der Sache auf den Grund gehen und herausfinden, aus welchem Material ich einmal bestanden habe. Wieder diese Klingel. Wenn man ständig von neuen Schichten bedeckt wird, von Wind- oder Wasserablagerungen, von den Abdrücken, die jede Berührung und jedes Wort hinterlassen, was für eine Matroschka ist man dann?

Eine Autotür wird zugeschlagen, der Motor angelassen. Ich ziehe den Vorhang beiseite. Da steht eine Schubkarre mit Werkzeug vor der Haustür. Mein Handy leuchtet auf, ich entsperre den Bildschirm. Werner will wissen, was ich mit meinem Verwilderungsprojekt meine, er könne auch gern zu mir kommen. Keine Antwort auf meine Frage, wie es ihm geht.

Können wir jetzt endlich wieder nach Hause?, jammert die Frau, die ich nie geworden bin.

Ich esse was und lege sofort los. Die Blumenerde kommt in die Kisten, die ich gestern im Schuppen gefunden habe, ich gieße das Einweichwasser ab, fange die aufgequollenen Erbsen auf und verteile sie über die gesamte Fläche. Gut erkannt, denke ich. Wir fahren tatsächlich noch nicht wieder nach Hause. Die Elefanten wussten auch nicht, wohin, trotzdem hat sie das nicht davon abgehalten aufzubrechen. Mit dem Zeigefinger drücke ich die Erbsen in die Erde. Im Schuppen finde ich eine Gießkanne und Töpfe, ich trage alles ins Haus und reiße einen zweiten Sack Blumenerde auf. In der Küche fängt es langsam an, nach Gärtnerei zu riechen: feucht und belebend.

Sie kommt etwas spät, die Erkenntnis, dass zur Entstehung von Abhängigkeit immer zwei gehören, das gebe ich gerne zu. Wir haben die Pflanzen geformt, und die Pflanzen haben uns geformt. Es war das Getreide, das wir in großen Mengen aßen, das uns Häuser bauen und schuften ließ, uns zu einem Leben als Ackerbauern zwang – etwas, was unsere Kultur unglaublich geprägt hat. Wir legten Vorräte und Dörfer an, wir legten uns krumm, wir verteilten die Arbeit, erwarben immer rascher Wissen und Techniken, während wir gleichzeitig im Verborgenen immer abhängiger von gerade mal einer Handvoll Pflanzen wurden. Es ist das Getreide, und das inzwischen weltweit, das uns zwingt, seine Nachfahren auszusäen. Wir können nicht mehr zurück in eine Welt ohne Getreide.

Ich betrachte Wanda wie andere mich.

Ich drücke die letzten Samen in die Blumenerde. Den Weg der Erbse zu begreifen, bedeutet, einen Blick auf unsere eigene Domestizierung zu werfen. Die Frau, die ich nie geworden bin – versteht sie das? Denn was, wenn der Prozess unumkehrbar ist? Das Experiment ist umso dringlicher geworden. Zuerst werde ich die Erbse von ihrer Form befreien und dann mich selbst. Ich weiß gar nicht, warum ich noch versuche, sie zu überzeugen.

Dieses Erbsenverwilderungsgetue – das hört sich ja fast an wie dein Weg zur Erleuchtung! Sie klingt ein wenig erschöpft.

Mist. Es kommt nicht oft vor, dass sie etwas Sinnvolles zu sagen hat.

Wir verändern uns selbst und einander, lassen uns von der Zeit zeichnen, wir beschreiben die Zeit und benennen Schmerz um, wir korrigieren den Anfang, wenn wir am Ende sind, ein Ende, das uns definiert, stur denken wir das Ende immer wieder neu, und währenddessen müssen wir uns mit dem zufriedengeben, was wir haben, Stillstand ist keine Option. Aber was nicht existiert, lässt sich auch nicht ändern. Sedimente lagern sich an Materie an. Aus Lehm wird niemals Sand werden. Erde lässt sich herleiten. Die Vergangenheit bleibt intakt, schlägt sich in verschiedenen Schichten nieder. Die jüngste liegt stets obenauf, die älteste trägt alles andere und wartet unangetastet ganz unten: Muttergestein. Schichten vermischen sich nicht.

Es gibt Stoiker im Tierreich. Das Zebra zum Beispiel, das sich nicht vom Menschen verändern lässt. Jede Form von Domestizierung endet erfolglos, es ist und bleibt ein hoffnungslos wildes Huftier, das gemein zwickt und nicht mehr loslässt. Es will nichts von menschlicher Einmischung wissen, ist nicht fürs Züchten gemacht. Aber es geht noch stoischer: Der Indri, ein Primat aus Madagaskar, überlebt in Gefangenschaft nicht einmal. Holt man ihn aus seinem Wald, stirbt er. Vielleicht stellt er das Fressen ein, weil er nur Selbstgepflücktes frisch vom Baum mag? In Betonkäfigen verkümmert er – wem ginge es da anders? –, hockt traurig in einer Ecke, weil sein Körper das Springen, Schweben, Sich-von-Ast-zu-Ast-Hangeln in einer grünen Umgebung vermisst. Sein Schmerz über den Stillstand wird einfach zu groß. Der Indri, Märtyrer der Wildtiere, stirbt lieber aus.

Ich bedecke die Samen mit einer Schicht Blumenerde, fülle die Gießkanne und betrachte durchs Küchenfenster den aufgewühlten Boden.

»Schön, dass du drangehst.« Ich lege die Hand auf den Stein, fahre mit einem Finger über die funkelnde Schramme. Am anderen Ende der Leitung fragt Werner stöhnend, wie spät es sei. »Das weiß ich nicht, Werner, ich rufe wegen etwas anderem an. Das neulich tut mir leid.«

»Warte kurz«, ich höre eine Tür, dann Schritte. »Was meinst du damit?«

»Ich hätte nicht so arrogant auf dich und deine Kollegin reagieren dürfen. Denn es stimmt durchaus, was du gesagt hast. Dass der Kontext die Form bestimmt.« Kurz ist es still. »Und vielleicht suchst auch du nach einem neuen.«

»Aber was, wenn es nicht mehr als Geilheit ist?«, flüstert er. »Dieser verlorene Teil, von dem Esther Perel gesprochen hat, meine ich.«

»Ja und?«

»Etwas dürftig, oder?«

»Was sagt denn diese Perel dazu?«

»Die Folge habe ich mir noch nicht angehört.«

Ich mustere den Metallbaukasten im Wohnzimmer. Mit den kantigen Blechen lassen sich keine runden Formen herstellen, doch es bleiben immer noch unzählige andere

Formen übrig. Diese Einschränkung ist ganz real und menschengemacht. Nur dass wir sie in Erinnerung behalten haben, ganz im Gegensatz zu vielen anderen Maßen, Normen und Erfindungen. So wie auch die ersten Bauern nicht in Erinnerung behalten haben, dass sie Getreide mit einer stabilen Ährenspindel selektierten. Wir sind keine Riesenschildkröten oder Mammutbäume, unser Leben ist einfach zu kurz, wir vergessen. Mit unserem heutigen Wissen über Zucht und Vererbung kommen uns diese ersten Bauern seltsam animalisch vor. Wir sollten öfter mal zurückschauen. Uns öfter mal klarmachen, dass wir uns immer noch einbilden, solche Einschränkungen kämen von höchster Stelle. Wir bestimmen die Maße der Metallbleche, den Geschmack des Apfels und das Wesen der Frau. Wir schränken andere, aber auch uns selbst ein, aber das ist nicht das größte Problem, das ist die Vergesslichkeit.

»Ich glaube nicht, dass du sie zum Wiederfinden brauchst.«

»Wen, sie?«

»Wen auch immer.«

»Eben drum, komm mit nach Flores. Das wird uns beiden guttun, ein neuer Kontext. Du bist doch auch bloß am Rumvegetieren.«

»Verwildern«, erwidere ich schwach, »und auch nicht ich selbst, sondern die ...«

»Ich hab was geschrieben, das mail ich dir, okay?«

Ich kann es ihm nicht erklären. Schon gar nicht ihm – jemandem, der überdeutlich keinen neuen Kontext braucht. Ich kann ihm nicht erklären, wie entfremdend es ist, wenn Innen- und Außenwelt nicht miteinander übereinstimmen, wodurch man zuallererst an sich selbst zweifelt. Wie dieser

Unterschied letztlich dazu führt, dass man sich schämt, und Selbstscham ein Kampf ist, den man nicht gewinnen kann. Ich kann ihm nicht erklären, wie stark mein Bedürfnis ist zu beweisen, dass nicht ich verwirrt bin, sondern die Welt. Dieser Denkfehler ist überlebenswichtig, weil ich Werner und alle anderen auf meine Seite ziehen will, ich will meinen Schmerz teilen, will, dass das für uns alle eine größere Dringlichkeit bekommt. Es muss weit über mich hinausreichen, um die Menschen zu erreichen. Deshalb die Erbse, deshalb die ganze Mühe. Damit Werner nie mehr sagen muss, dass ich mir die Leute nicht so zu Herzen nehmen soll. Sobald ich den Blick des Bäckers an ihm wahrnehme, ist alles verloren. Und deshalb kann ich nicht mit ihm wegfahren.

Dann sind wir uns wenigstens darin einig, sagt die Frau, die ich nie geworden bin. Ihr seid wirklich ein seltsames Paar. Ich sehe einen Mann, und neben diesem Mann sehe ich dich. Er hat übrigens schon eine Frau. Unterwegs würdet ihr bloß die ganze Zeit aufeinanderhocken, und irgendwann kommt der Moment, wo euch zu Inseln nichts mehr einfällt. Beim Frühstück sitzt ihr euch dann schweigend gegenüber wie ein altes Ehepaar. Dein Unbehagen wird auf ihn übergreifen. So läuft das immer, und du weißt auch, warum: Weil du nicht auf mich hörst.

Auch von ihr, von der Frau, die ich nie geworden bin, kann ich ihm nicht erzählen.

Scham – das bedeutet nicht nur, eine Identität aufgezwungen zu bekommen und nach den entsprechenden Stereotypen beurteilt zu werden, was einen schlichtweg entmenschlicht. Sondern auch, Angst davor zu haben, seine wahre Identität zu zeigen, demaskiert, hinter den Kulissen hervorgeholt und ins Rampenlicht gezerrt zu werden. Nachdem ich mich über irgendwas beschwert hatte, machte ein Kommilitone eines Tages die trockene Bemerkung, ich hätte ja doch eine Meinung. Ich war dafür bekannt, das zurückhaltende Mädchen zu sein, aber nicht für meine Meinung. War meine Zurückhaltung Tarnung gewesen? In diesem Moment wurde nicht nur eine Identität aufgedeckt, sondern gleich zwei, und es war nicht ganz klar, für welche ich mich mehr schämte, welche noch am ehesten zu mir gehörte. Wie dem auch sei, Sichtbarkeit lohnt sich nicht, wenn man der Einzige seiner Art ist, wenn es keine weiteren Vertreter gibt. Wenn dann eher das Gegenteil, was einen wiederum in seinem Einzelgängertum, in seinem zum Aussterben verdammten Inselstatus bestätigt. Aber Scham ist auch ein Erdbohrer, der auf Muttergestein stößt. Aus einer Erbse wird nie ein Kürbis werden, es gibt Grenzen.

Ich gieße Wasser über die Samen. Es gibt nichts Befriedigenderes, als etwas auszusäen. Die Kisten und Töpfe stelle ich auf verschiedene Fensterbänke. Erbsen keimen schnell, schon nach etwa drei Wochen können sie ins Freie. Dann öffne ich die Küchentür, ziehe die Schnittschutzhose an und wuchte die Kettensäge aus der Schubkarre.

Am Nachmittag gehe ich zurück ins Haus, den Geruch von Motoröl und nassem Holz noch in der Nase. Ich schleudere die Stiefel von mir, schmiere mir strumpfsockig ein Brot und lese meine Mails. Werner macht mich auf einen Zeitungsartikel über eine mögliche Begegnung des Flores-Menschen mit dem ersten modernen Indonesier aufmerksam. So eine Begegnung sei gar nicht mal undenkbar, die Entstehung des modernen Menschen falle nämlich mehr oder weniger mit dem Aussterben des Flores-Menschen zusammen, und zwar unabhängig davon, ob das nun Zufall sei oder nicht. Manche würden behaupten, es gebe noch heute lebende Individuen oder aber das kleine Volk sei erst vor Kurzem ausgestorben. Auf Flores erzähle man sich von Ebu Gogo – einem kleinen Wesen, das sich im Wald versteckt und ab und zu Probleme macht. Er skizziert mir den Kontext, nämlich dass der moderne Mensch vor fünfzigtausend Jahren auf die Insel Flores kam. Noch weit vor den ersten Bauern, wie mir klar wird. Vermutlich kam er von Sulawesi oder vom indonesischen Festland, nordwestlich von Flores.

Indonesien hatte im Pleistozän nämlich noch sehr viel mehr Festland. Wegen der Kälte war viel Wasser in Eis gebunden, wodurch Teile des Meeresbodens trockenfielen und Landbrücken zwischen den verschiedenen Inseln entstanden. Dieses Volk lebte vom Fischfang, von der Jagd und von der pflanzlichen Nahrung, die es beim Umherziehen fand. Bis es eines Tages beschloss, seine Heimat zu verlassen. Es ist möglich, sich von Sulawesi aus mit der Strömung nach Süden treiben zu lassen und so nach Flores zu kommen – ob nun mit Absicht oder nicht. Über Land war das ausgeschlossen. Das von tiefen Meeresgräben umgebene Flores war seit jeher eine Insel. Aber diese Menschen waren nicht die ersten und die Insel nicht unbewohnt. Ich öffne den Anhang.

Tagelang trieben diese Jäger und Sammler auf dem Meer, bis sie in der Ferne Flores entdeckten. Nicht zu verfehlen, diese Insel, die mit ihren kantigen Flanken und spitzen Gipfeln senkrecht vor ihnen aufragte. Das Wasser teilte sich, ein Schwarm Fliegender Fische eilte ihnen voraus, verhöhnte mit seiner Wendigkeit das plumpe Floß. Die Wellen schoben sie Richtung Land und warfen sie an den Strand. Erleichtert scharten sie sich zusammen, und dann begann es kollektiv zu gären, Worte stiegen in ihnen auf. Es war ein Kind, das sagte: Wir sind hier nicht allein.

Sie fanden eine Quelle, eine Wohngrotte und bekamen dort Kinder, sie fingen riesige Ratten und kleine Elefanten – das Essen fiel ihnen mehr oder weniger in den Schoß. Sie wilderten und grillten, und satt und zufrieden, wie sie waren, vergaßen sie die Sache einfach. Sie priesen sich glücklich, und nein, sie waren nicht allein, aber waren das nicht bloß die Augen der seltsamen Tiere, die hier lebten: riesige Rattenbeißer, Riesenstörche, Liliputaner-Elefanten und Meerechsen? Es waren deren Blicke, die sie spürten, die fremden Augen waren ungewohnt. Und ja, es kam schon mal vor, dass etwas verschwand. Ein Beil, manchmal auch ein Schabeisen – ein Waldgott, der sich einen Scherz erlaubt, beschied das neue Volk von Flores. Außerdem: Es war genug für alle da, wozu sich beschweren?

Das Kind, das damals geredet hatte, war inzwischen zum Mann herangewachsen. Eines Tages zog er in den Wald, weiter im Hinterland. Die Rufe vieler Vögel übertönten sein Rascheln. Kühler Nebel hing zwischen den Bergen. Die Schwaden verhüllten den Granit, getragen von mysteriösen Kräften verschwanden sie um die Ecke. Der Himmel war erst violett, dann grün, kein Lüftchen wehte, und die Bäume umschlangen einander.

Er hatte den Pfad schon vor geraumer Zeit verlassen und befand sich nun in einem Tal. Hohe Gräser reichten ihm bis an die Brust, in der Ferne wurde sein Blickfeld von zart belaubten Bergen gesäumt. Immer weiter streckte er seinen

Stock vor, um versteckte Warane aufzuscheuchen. Doch stattdessen stieß er auf das gigantische Bodennest eines Riesenstorchs, drei Eier schimmerten in der Sonne. Der Mann zuckte zusammen und hielt nach den Laufvögeln Ausschau, die großen Appetit auf Fleisch hatten und alles in sich hineinschlangen, was sich bewegte. Sein Zweifel währte nur kurz. Weil er sie nicht sah, machte er einen Satz nach vorn und schnappte sich zwei lauwarme Eier, mehr konnte er unmöglich tragen. Sie stanken nach Vogelkot und drohten ihm beim Laufen zu entgleiten. Murrend zog er ein Knie an. Zweige knackten, er drehte sich um und bekam gerade noch mit, wie ihn das Tier, das ihn weit überragte, mit einem heftigen Schnabelstoß zu Boden warf. Sein Kopf sprang auf, nicht aber die Eier mit ihren dicken Schalen. Ein stechender Schmerz, kurz schloss er die Augen. Das Vogelweibchen krächzte, schob seine Eier behutsam hin und her, um dann in den schutzlosen Bauch des Mannes zu picken, der brav zu bluten begann. Bis dem Vogel wie aus dem Nichts ein Stein gegen den kahlen Kopf knallte. Wild mit seinen nutzlosen Flügeln flatternd, torkelte das Weibchen umher, trat mit scharfen Klauen auf seine Eier, sodass reichlich Dotter floss. Noch ein Stein, das Vogelweibchen kreischte gequält auf, pickte in eine klebrige Schale. Der dritte, der seine majestätische Brust traf, zwang es, zurückzuweichen und zu verschwinden.

Ein Stammesgenosse, dachte der Mann, zeig dich doch, ich bin gerettet. Ein Fabelwesen, dachte Ebu Gogo, der Vogel hat einen Riesen zu Fall gebracht. Sie kletterte aus dem Baum und beäugte den Verwundeten. Angst ergriff den Mann, beginnend bei seinen gelähmten Beinen, um dann alles auf ihrem Weg nach oben verschrumpeln zu lassen. Dieser haarige Waldgeist auf viel zu großen Füßen sah aus wie … ja, wie was eigentlich?

Sie ließen den Blick zu ihrem jeweiligen Geschlecht huschen, wie Menschen das nun mal so tun. Das des Mannes war von einem Tierfell verborgen, ihres zwischen den kurzen Beinen. Dann huschten ihre Blicke zum jeweiligen Oberkörper – ihrer war zart behaart – und zwischendurch ganz kurz zum Gesicht, zur Form der Augen und des Mundes, irgendwann auch zu den Händen. Beide waren sie unbewaffnet, und beide bedauerten dieses Versäumnis. Ebus Gesicht verzerrte sich zu einer Grimasse, geduckt wie eine Spinne schlich sie näher, nur mit fließenderen Bewegungen, griff unterwegs nach einem Stein und holte aus.

Der Mann, die Hände schützend vorm Gesicht, rief Nein, bitte nicht. Sie zögerte. Seine Hände wanderten weiter nach hinten, untersuchten die Wunde, die schlimm blutete. Durch die Fingerspalten betrachtete er die kleine Gestalt, die erhobene Hand – keine Pfote: Die Verzweiflung stand ihr ins Gesicht geschrieben, wegen der abhandengekommenen Aggression: Sie hatte keinen Plan. Ihr Backenbart, ihr dünnes, aber unübersehbares Fell, der kleine Kopf, kleiner als das Ei: Das konnte alles, nur kein Mensch sein. Ebu ging in die Hocke und wartete.

Der Tag verging, und niemand kam, um ihn zu holen, auch nicht am nächsten Tag. Der kahle Riese lag einfach nur da, sie hatte ihn geheim gehalten. Erschöpft verschwand er schließlich hinter seinen Lidern und kehrte erst wieder zurück, als Ebu seine Hand berührte, etwas murmelte. Und auf einmal wussten sie es beide: Vor unmenschlich langer Zeit haben wir eine Mutterhand geteilt –

rotes Blut, weiße Knochen, Angst im Blick. Je näher er dem Tod kam, desto mehr ähnelten sie einander.

Ich lege mein Handy weg. Der kleine Flores-Mensch beweist, dass wir bis zu seiner Entdeckung zu kurz gedacht haben. Wir hatten nicht die geringste Ahnung vom Ausmaß unserer Ahnungslosigkeit, unserer Einfältigkeit. Nicht dass wir darunter gelitten hätten. Erst, als er gefunden wurde, laut Werner in einer kathedralenartigen Höhle unter meterdickem Sedimentgestein, in Gesellschaft von jeder Menge Riesenrattenüberresten, ja, erst als wir unsere Wissenslücke mit seinen Gebeinen geschlossen hatten, bekamen wir einen etwas genaueren Blick für uns selbst und erkannten, wie eingetrübt er bis dahin gewesen war. Der Flores-Mensch ist eine bescheidene Ergänzung unseres Menschenbilds – immerhin. Dabei handelt es sich um ein Bild, das chronisch zu kurz greift. Weil wir nur sehen, was anders ist, und selbst das übersehen wir lieber.

19

Nach sieben Tagen erreichten die Menschen das Meer. Sie begriffen schnell, dass man es lieber nicht zum Feind hatte, denn es war launisch. Spiegelglatt zog es sich zurück, entfaltete dabei manchmal einen kräftigen Sog. Immer wenn sie glaubten, seine verspielten Wellen zu verstehen, warf es das Land noch in derselben Nacht wie ein ungestümer junger Stier über den Haufen und brüllte sie wach. Auch wenn es keine Wut war, denn dafür war es viel zu ziellos: Irgendwas raste immer.

Tagelang arbeiteten sie an Einbäumen, etwas Besseres fiel ihnen nicht ein. Mit kontrollierten Bränden verkohlten sie das Innere der riesigen Stämme und höhlten sie mit Handbeilen geduldig aus. Mit dünneren Stämmen wurden jeweils zwei Einbäume aneinander befestigt. Die Probefahrten waren vielversprechend, und nachdem sich das Meer etwas beruhigt hatte, wurden die Schafe nacheinander in die Einbäume gehoben. Anschließend die Kinder, all ihr Werkzeug, der Mutterstein und ihr wichtigster Besitz: die sorgfältig verpackten Getreide- und Erbsensamen. Ein paar Männer schoben an und sprangen dann im letzten Moment an Bord.

Jetzt gehört ihr mir, sagte das Meer. Niemand, der es mitbekam, nur wir.

Die Schafe blökten ununterbrochen. Sie sehnten sich nach Gras und Land, nach ruhigen Tagen voll wunderbarer Wiederholung. Sie riefen nach ihren Schwestern, die im Dorf zurückgeblieben waren. Einen ganzen Tag hielt das Blöken an, ein einzelnes Tier machte weiter und verlor seine Stimme. Heiser und schrill klang seine Klage.

Schlaflos vor Hunger und von dem ewigen Hin-und-her-geworfen-Werden erzählten sich die Menschen Geschichten. Von ihrem Dorf, unseren Heldentaten und von Milos, der einzigen Insel, die sie kannten, beziehungsweise von dem, was sie darüber gehört hatten. Im Nachhinein bedauerten sie ihre Ignoranz, denn sie hatten nie richtig zugehört. Bis vor Kurzem waren das Meer und seine Inseln nicht mehr als eine vage Vorstellung gewesen.

Dennoch waren das keine ängstlichen Menschen. Wie man sah, hatten sie die Götter auf ihrer Seite. Sie hatten nicht nur den Mutterstein und den Wächter, sondern seit Kurzem auch ein Zwitterwesen mit Erbsen. Und uns, aber wir hielten uns vorerst zurück. Wir befanden uns in einem Zustand seliger Eintracht. Wir waren uns einig – endlich! Die Querulanten waren auf dem Festland zurückgeblieben, dazwischen das Meer. Besser ging es gar nicht. Es gab nichts, worüber wir uns aufregen konnten, nur diese Handvoll Menschen und das Wasser. Manchmal spürt man eine Last erst, nachdem sie von einem abgefallen ist.

Erzähl noch mal von unserer Insel, erzähl, was du gesehen hast, wurde Ra von Bes und Fern gebeten, weil die beiden noch nie irgendwo anders gewesen waren. Eine Insel im Meer, wie sah so was aus? War sie auch groß genug für alle, würde sie auch nicht untergehen oder davontreiben, lebten dort feindlich gesinnte Keinländer oder Menschenfresser, und würden die Götter ihrer Heimat sie dort auch finden? Die Menschen lehnten sich aneinander und stellten sich schlafend, genau wie wir. Doch alle hörten gebannt zu.

Ra musste nicht lange nachdenken. Sie hatte sich in ihr Schicksal gefügt, und das war großartig. Manchmal spürte sie auf einmal vier kräftige Beine, wie ihr Oberkörper etwas überragte. Ihre Verschmelzung mit dem Stier hatte sämtliche Zweifel zerstreut. Sie war, was diese Menschen in ihr sahen. Deshalb erzählte sie lebhaft von dem, woran sie sich noch erinnerte, und schloss eifrig die Lücken. Die Insel, erzählte sie, lasse sich von Wasser nicht anknabbern, sie besitze einen harten, steinernen Rand. Die Berge seien mächtig, so etwas Schweres treibe nicht so schnell ab. Aber letztlich seien es die Bäume, die alles zusammenhielten. Ihre Wurzeln würden durch sämtliche Erdschichten reichen, unterirdische Quellen anzapfen, quer durch dunkle Höhlen wachsen und sich in den Meeresboden bohren. Bäume, die nicht nur den Himmel, sondern bald auch ihre Häuser stützen würden.

Ob es dort Steppe gebe, fragte Bes, die ihren Bauch liebkoste, als hätte sie nie etwas anderes getan. Und auf einmal waren alle, bis auf das Meer, das von Steppe keine Ahnung hatte, wieder in diesem endlosen Strohgelb ohne Bäume. Schlangen, Trockenheit. Keine Steppe – da war sich Ra ziemlich sicher. Stattdessen leicht bebaubares Land. Und in dessen nackte Erde würden sie ihre Pflanzen säen.

Im Dunkeln wickelte sie sich eine Haarsträhne von Bes um den Finger, schnupperte kurz an ihrem trockenen, süßen Duft.

Das Meer gurgelte überrascht und wiegte die Menschen doch noch in den Schlaf.

Nach vier Tagen begannen sich die Ersten zu beschweren. Sie wollten zurück, aber es gab kein Zurück mehr, wie der Wächter ihnen wild gestikulierend zeigte. Wir schwiegen. Sie konnten sowieso nirgendwohin.

Der fünfte Tag brach mit zähem Nebel an, die Sonne schimmerte nur schwach hindurch. Kurz darauf trennte sich das Wasser folgsam vom Himmel, und in diesem Moment sah eine von ihnen einen reglosen Streifen. Sie schrie, und alle starrten sprachlos darauf, so als ließe sich durch kollektive Aufmerksamkeit ein Trugbild verhindern. Inzwischen verstanden sie etwas vom Meer und seinen Streichen. Sie paddelten und wechselten sich wie verrückt ab. Sie würden irgendwo ankommen! (Nicht, dass sie daran gezweifelt hätten, aber trotzdem!) Die Wellen der Brandung waren so stark wie hundert Stiere, laut brüllend lavierten sie sich durch sie hindurch. Auf See kannten alle ihren Platz, aber wegen des beeindruckenden Stück Lands gerieten sie in Streit. Die Wellen miteinander, mit der Insel oder mit ihnen.

Hier ist euer Land, sagte das Meer und beendete sein Spiel, indem es sie stranden ließ. Wieder hörte niemand zu, denn sie waren nicht seine Kinder. Sie waren Bauern, Menschen mit festem Boden unter den Füßen, außerdem war es schon spät. Sie wollten sich bücken und ihr Getreide säen, klebrige fruchtbare Erde zwischen den Fingern spüren, das Ohr auf den Boden legen, um das Keimen zu verfolgen. Erinnerungen an ein Wasserleben hatten sie nicht, dafür hatten sie uns.

Auf der Insel wehte eine trockene, nach Blüten duftende Brise. Sie entdeckten Eicheln und Beeren, gruben nach Wurzeln. Eine Quelle wurde gefunden, und am nächsten Morgen zog die ganze Karawane dorthin.

Sie waren nicht die Ersten, vielleicht nicht einmal die Einzigen, das bewiesen mehrere baufällige Häuser. Von einigen war nur noch der Fußboden geblieben, aber die meisten hatten sogar noch Wände. Wie ist das möglich?, fragten sie sich. Andere waren ihnen vorausgegangen. Wo waren diese Menschen jetzt, und würden sie je wieder zurückkehren? Die Frage trieb sie zusammen wie eine nervöse Wolke Heuschrecken. Sie wandten sich an Ra, ihren Anführer, doch die schwieg. Da drehten sie sich zum Wächter um, der blass an einer Wand lehnte. Sie dachten an ihre Heimat, denn die Vergangenheit war ungefährlich – etwas, was sie kannten und nachweislich überlebt hatten. Deshalb dachten sie gern daran zurück. Es fiel ihnen nicht weiter schwer, uns, ihre Vorfahren, zu lieben. Auch wenn diese Liebe nicht immer erwidert wird, dachten sie im Stillen. Wir lebten nach unserem Tod ein unfehlbares Leben. Nachdem unser gelebtes Leben vorbei war, waren wir von allen Sünden befreit, Dummheit verblasste, und Gift verlor seine Wirkung. Unzulänglichkeiten wurden entschuldigt und irgendwann vergessen. Doch wir hatten nie darum gebeten, zogen Transparenz bei Weitem vor – nur damit das mal klar ist! Es war nicht unsere Schuld, dass sie stets neue Fehler machten, schwere Fehler, die einen starken Kontrast zu unserer Perfektion bildeten. Deshalb waren sie zu allem bereit, um die Zukunft zu beschwören. Mit Ritualen und Geschichten hangelten sie sich vorwärts, machten sich die Pflanzen, die

Tiere und die Erde untertan. Dadurch glaubten sie in der Hierarchie aufzusteigen, und weil es funktionierte, war es erlaubt. Sie verschwendeten keinen einzigen Gedanken daran, wie perfekt sich das Maul der Gazelle ans Steppengras angepasst hatte, um nur ein Beispiel zu nennen. Daran, dass das Gras das Grasen besser vertrug als alle anderen Pflanzen, sodass es ausschließlich dank Grasfressern wie der Gazelle vorherrschte. Gras und Gazelle hatten sich gegenseitig geformt. Dennoch fand niemand, das Gras habe die Gazelle gezähmt oder die Gazelle sei ein Geschenk für das Gras, aber lassen wir das.

Obwohl sie Ackerpflanzen und Hochmut kultivierten – das eine bedingte das andere –, wussten die Menschen durchaus um ihre Schwächen, wussten mehr oder weniger, dass es sie gab. Sie nahmen sie am jeweils anderen wahr, für sie waren die Schwächen wie wir oder die Zukunft: unberechenbar. Der andere war gefährlich. Und die Zukunft schwieg, bis sie anbrach. Auch wir blieben stumm. Wir hatten nie um die Rolle des Über-Ichs gebeten.

Deshalb wurden sie sich rasch einig. Der junge Fern wurde auserwählt. Bei der Sache mit Ra und dem Stier hatte er bereits gewisse Qualitäten erkennen lassen, daher wollten sie ihn mit dem neuen Land vermählen. Durch seinen Samen würden ihre Pflanzen gedeihen, und nach einer gewissen Zeit würde er den Wächter ersetzen. Es war so einfach, einfach perfekt, und an ihm ging auch kein echter Mann verloren.

Fern wusste, was das bedeutete. Die Männer dieses Volkes strotzten nur so vor Kraft. Damit das so blieb, aßen sie die Hoden ihrer Beute. Noch warm wurden sie vom verendenden Körper geschnitten. Und Kraft war genau das, woran es dem hageren Kerl fehlte, man konnte ihm jedoch nicht vorwerfen, feige zu sein. Natürlich wussten sie, dass er auch etwas verlor. Beneidet wurde er nicht. Aber so hatten sie es schon immer gemacht. Und bald würde er dem Göttlichen näher sein. Er erbte ihren Thron und ihre ewige Treue. Ihre Erleichterung. Ihr Bruder.

Trunken vom Gerstenwein wurde er abends ins Zelt des Wächters geführt. Mit einem flackernden Grinsen, das Gesicht weiß wie Mehl. Es waren nur Männer da. Sie klopften ihm auf die schmalen Schultern, gegen seine Brust, drückten ihn in die Felle auf dem Boden.

Schließ die Augen, kleiner Bruder.

Sie fesselten ihn an Händen und Füßen. Ihm trauten sie schon, aber sein Körper würde sich wehren. Er bekam einen Streifen Leder zwischen die Zähne, damit sich sein Mund nicht selbst verzehrte. Vier Mann drückten ihn zu Boden. Sie hatten es eilig. Sie wollten säen.

Wenn du wach wirst, bist du erlöst, kleiner Bruder.

Der Wächter schob Ferns Untergewand beiseite, und der Junge wandte den Kopf ab. Alle starrten auf sein schlaffes Jungengeschlecht. Überflüssig.

Die Männer atmeten ein, nur noch ein. Immer tiefer und lauter und das im Chor. Sie wurden zu einem einzigen Mund, saugten sein Innenwesen ein, ballten sich, übten

Druck mit den Schultern aus, beklopften einander mit der flachen Hand und atmeten.

Rasch legte der Wächter das vor Angst zusammengeschrumpfte Glied zur Seite. Mit einer Klinge aus schwarzem Obsidian öffnete er die Haut des Hodensacks. Ein einziger Schnitt genügte. Dann quetschte er den Inhalt heraus und trennte ihn vom Körper.

Das Gebrüll diente dazu, den Schmerz gerecht zu verteilen, dennoch erreichte sie nur ein schwacher Widerhall. Doch selbst der war noch heftig und klang stets gurgelnder, so als würde der Junge in sich selbst ertrinken. Sie atmeten ein, bis sich vor ihren Augen alles zu drehen begann und es von innen hell wurde. Sie verschmolzen zu einem einzigen Punkt, trugen ihren zukünftigen Wächter.

Gebannte Stille.

Wach werden, kleiner Bruder.

20

Neben meinem Stein liegt nach wie vor die Kassette. Er muss hier noch irgendwo sein – der Walkman meines Bruders. Ich verstaue die Kassette in der Kängurutasche meines Pullis, nehme eine Taschenlampe aus der Küchenschublade und gehe Richtung Keller.

Unwissenschaftlich!, spottet die Frau, die ich nie geworden bin. Dass du schon vorher weißt, was du suchst. Als ich die Kellertür fast erreicht habe, ruft sie mir nach: Und noch was, du spielst da ein gefährliches Spiel. Was, wenn du findest, wonach du eben nicht suchst: einen Beweis für deine Verwirrtheit?

Immer schön an Flores denken, ermahne ich mich, an Zypern und die Elefanten. Daran, wie sie der Brandung mutig entgegentraten, den Blick fest aufs Wasser gerichtet. Ohne zu wissen, warum, nur dass sie aufbrechen würden. Und genau das verbindet uns, über die Jahrtausende hinweg. Denn so wie die Vorfahren des Flores-Menschen übers Wasser kamen, kamen Jahrtausende später auch der moderne Mensch sowie weitere Jahrtausende später die ersten Ackerbauern vom levantinischen Festland nach Zypern. Im Lauf der Zeit brachten sie ihre Pflanzen, Ziegen, Schafe, ja sogar Rinder und Schweine mit. Sie bauten runde, zur Hälfte in die Erde eingelassene Häuser, begruben ihre Vorfahren unter dem Fußboden, entwickelten eine eigene Inselkultur und beteten zweigeschlechtliche Steine an.

Zum zweiten Mal gehe ich nach unten, diesmal auf Socken und nicht mehr leise. Soll ruhig wach werden, was da schläft. Jeder darf wissen, dass ich komme.

Unten an der Treppe starre ich auf das Loch in der Außenmauer.

Onkel Filips letztes Projekt: das gesamte Haus unterkellern. Dabei konnte er auch gleich die elektrischen Leitungen erneuern. Jedes Potenzial, also auch Raumpotenzial, wollte er nutzen. Wir fragten uns, wozu ein Ferienhaus einen Keller braucht, aber niemand sprach es laut aus, niemand wollte seinem Plan neue Nahrung geben, alle hofften, er würde niemals umgesetzt, was dann auch nicht geschah. Er atrophierte. Geblieben ist nur der Anfang, dieses sorgfältig herausgemeißelte Loch zum Kriechschacht – kein Wort, das mich beruhigt. Ein Hohlraum zwischen Haus und Erde.

Die Lampe erhellt den Keller nur zur Hälfte. Ich laufe, bis es dämmrig wird. Das Loch befindet sich in Höhe meines Rumpfes und hat die Größe eines hockenden Menschen, ich schätze seinen Durchmesser auf ungefähr fünfzig Zentimeter. Ich nähere mich der Dunkelheit, stecke einen Arm hinein. Kälte empfängt mich, die Härchen stellen sich auf. Luft, die nach Schimmel, Bausand und nassem Holz riecht, schlägt mir entgegen. Ich mustere die Konturen, suche nach Spuren einstiger Aktivität. So was dürfte man mit einem Bohrer in Angriff nehmen. Mit einem winzigen Loch in der Fuge, dann noch eines, ein Durchbruch entsteht, ein schlecht vermörtelter Ziegelstein gibt nach, gleich darauf fallen drei auf einmal nach hinten in den Sand. Die Schwärze dahinter entpuppt sich als dreidimensional, taucht triumphierend auf, wobei sie natürlich nie weg war. Dann das unermüdliche Klopfen und Lockern. Meine Fingerkuppen fahren über den feuchten, rauen Rand. Wir wähnen uns in Sicherheit, hinter unseren gemörtelten Mauern. Die Gedanken an die Löcher dahinter lullen wir in den Schlaf.

Komm doch, lockt das Loch. Ich bin schon immer hier gewesen. Komm jetzt, wo du noch lebst!

Ich vermisse die Erde. Wie Milben wuseln wir darin herum, wimmeln unter ihrer Haut, stopfen sie ungefragt mit Kabeln, Tunneln, Toten, Abfall, Samen, Pestiziden und Kunstdünger voll. Wir bilden uns ein, sie zu besitzen, und machen sie uns untertan, chippen sie wie eine Katze, sie ist unsere Müllkippe, ein Gebrauchsgegenstand. Wir graben sie auf, saugen und höhlen sie aus, bis alles, was sie zusammenhält, verschwindet und sie so trocken wird, dass große Teile von ihr in Staubstürmen fortwehen wie Schuppen eines Ekzems. Wenn wir sie überhaupt wahrnehmen, reicht unser Blick nicht über ihre Kruste hinaus. Und die begraben wir dann unter Asphalt.

Sie, die oberste Schöpferin, ist mehr als nur die Summe ihrer Teile wie Wasser, Luft, Mineralien, Sekrete, Totes, das einst gelebt hat, Totes, das nie gelebt hat, Totes, das einst leben wird: das Leben. Ihr Wesen zeigt sich in den Pflanzen, den Pflanzenfressern, den Fressern von Pflanzenfressern und den Fressern dessen, was gestorben ist. Ein auf Lehmboden angebauter Kohl ist fester und schwerer als einer, der auf sandigem Boden wächst. Auch eine Pflanze ist, was sie isst.

Ich knipse die Taschenlampe an und leuchte ins Loch. Das ist zwar groß genug, mehr aber auch nicht. Die Schwärze weicht zurück. Unten Sand, darüber das Holz der Dielenböden, ein Stück weiter verliert sich das Licht. Partikel flirren, Spinnweben, dick von Staub, hängen wie trockene Tropfsteine nach unten. Zwischen Decke und Boden ist nur wenig Platz.

Jede Geburt beginnt mit dem Kopf. Der empfindliche Ballon muss als Erstes hinaus. Ich nehme all meinen Mut zusammen, und das dauert. Ich leuchte in alle Ecken und Ritzen, aber das Licht wird von nichts reflektiert. Es bleibt mir nichts anderes übrig: zuerst der Kopf, dann Arme und Bauch, schließlich Knie und Füße. Ich muss krabbeln wie ein Jungtier, spüre kühlen Sand unter den Händen. Ich umklammere die Taschenlampe. Umschauen ist ausgeschlossen, ich darf der Dunkelheit nicht den Rücken zukehren. Meine Hand zittert, das Licht flackert. Ich denke an Pim, Frits und Ida aus der Lesefibel, die sich in einer Höhle verlaufen haben. An den Tagen, an denen der Lehrer nicht aus Godfried Bomans' Geschichte vorlas, mussten die Kinder im Dunkeln sitzen bleiben und warten. Mit ihrem wenigen Proviant und einem Kerzenstummel. Wochenlang ging das so. Vielleicht hatten sie nicht mal einen Kerzenstummel, ich kann mich nicht mehr daran erinnern. Ich krieche geradeaus, mein Rücken streift Heizungsrohre, und etwas Spitzes bohrt sich in meine Hand. Ich lasse die Taschenlampe fallen. Klaustrophobie nutzt rasch ihre Chance. Eine Scherbe, ich brumme genervt und wische mir die Hände ab. Denk nach! Pim, Frits und Ida waren zu dritt und saßen in einer Höhle fest – oder war es eine Mergelgrotte? Auf jeden Fall nicht in einem Kriechschacht. Ich nehme die Taschenlampe aus dem Staub und leuchte, das Licht scheint endlich irgendwo zu enden. Da ist eine Mauer und wieder so ein Loch. Vielleicht war Onkel Filips Plan weiter gediehen, als wir dachten, und er hat heimlich, unter Tage wie ein Bergmann, einen Raum ausgegraben, den es vorher noch nicht gab. Ich krieche weiter, es ist die einzige Bewegung, die möglich ist. Regressive Evolution, ich fühle mich beinlos wie eine Blindschleiche. Im flackernden Licht erreiche ich das Loch. Wurden sie eigentlich gerettet, Pim, Frits und Ida, oder haben sie den Ausgang selbst gefunden?

Auf dem Bauch verharre ich vor dem zweiten Loch. Über mir befindet sich die Küche, auf dem Tisch der Stein mit der Schramme in einer Pfütze Sonnenlicht, im Wohnzimmer der leere Kasten, daneben die Metallbauteile, auf den Fensterbänken die Kisten und Töpfe mit den ausgesäten Erbsen, darüber die Zimmerdecke, der Dachboden mit dem Schrägdach und den Holzbalken, außen dann schwarze Ziegel. Wenn ich noch weiter herauszoome, sehe ich den Garten mit dem herausgerissenen Wurzelballen und das Loch, das Negativ seiner Verankerung, den schuppigen Stamm und die Krone im hohen Gras, strähnig wie langes Jungenhaar. Das Gartentor steht offen, als wäre Peter, der mit dem Wolf, bereits fort, auf der Suche nach dem Ungeheuer. Neben dem Garten der von den Nachbarn, dann die der anderen Nachbarn, alle durch schwarze Asphaltbänder miteinander verbunden, die zum Dorf führen und sich beim gedrungenen Kirchturm treffen. Draußen am Deich die Schrebergärten mit den an Stöcken aufgehängten Vogelflaggen, dann die sinnlichen Kurven der Insel mit dem an die Spaltöffnung eines Blattes erinnernden Hafen auf der einen und mit den geschwungenen Dünen auf der anderen Seite – ein gelb umrandeter Fleck in einem Meer aus schwarzem Wasser mit hingetupften Schiffen, die Container transportieren, Fisch fangen oder Sand baggern. Und ich hier unter der Erde.

Ich krieche durch das zweite Loch. Ohne das Rauschen von Rohren ist die Stille noch eindringlicher. Die Erde ist feucht unter meinen Händen. Ich leuchte nach unten, kein Teppich aus trockenem Sand. Über mir zerschneidet grelles Licht die Dunkelheit. Rohre oder eine Decke fehlen. Es ist, als würde ich einen weitläufigen Magen betreten, der schon auf mich, sein Mahl, wartet. Ich sollte erleichtert sein: so viel unverhoffter Raum mit zusätzlicher Atemluft. Vermutlich kann ich hier sogar stehen, was eigentlich gar nicht möglich sein sollte. Also bleibe ich lieber reglos und flach auf dem Boden liegen. Bloß nicht zu viel Platz einnehmen, schon gar nicht, wenn eine Decke fehlt. Ich hoffe auf Ränder. In Häusern, Straßen und Bahnhöfen bewege ich mich stets an den Wänden entlang wie eine Maus, nie gehe ich in der Mitte. Sogar im Bett krieche ich zur Wand, wo Jahre später, direkt über der Matratze, graue Schlieren zu sehen sind, die das beweisen. Die Gallier um Asterix und Obelix hatten Angst, ihnen könnte der Himmel auf den Kopf fallen – eine beneidenswert konkrete Angst. Dagegen kann man Helme tragen und sich Rituale ausdenken. Man kann das Nagen an der Seele mit Menhiren beschwören – große graue Steine, die über viele Meter hinweg mehr oder weniger ordentlich von klein nach groß hochkant aufgereiht werden. Die wussten noch, was zu tun ist. Meine Ängste dagegen betreffen, was sich knapp außerhalb meines Blickfelds befindet. Das Rascheln eines unsichtbaren Monsters in dem Hohlraum. Das, was keine Grenzen kennt.

Ich leuchte nach links, und endlich fällt das Licht auf

eine Wand. An dieser Wand sehe ich etwas, ich spähe angestrengt, umklammere die Taschenlampe. Es sind Bündel, die an Arme erinnern. Meine Bauchmuskeln spannen sich an, sie erwarten einen Stoß. Mit einem Ellbogen stütze ich mich etwas auf und beuge mich weiter nach links. Die Wand, die im Nichts verschwindet, die gesamte Wand, ist mit Wurzeln bedeckt. Mit teerschwarzen Wurzeln, dickeren und dünneren, die sich wie die schlanken Beine einer Ballerina über die Erdwand ziehen. Ich leuchte meine Umgebung ab und sehe sie jetzt überall. Ganz so, als befände ich mich in einer Wurzelkathedrale. Das feine Stützwerk aus hölzernen Ausläufern bildet das barocke Schnitzwerk eines manischen Künstlers. Zärtlich streicht das Licht der Taschenlampe über die mächtigen Pfeiler aus Wurzelholz. Ich habe die Birke unterschätzt, dachte, sie würde nicht sehr tief wurzeln, noch nicht lange hier stehen. Doch in seinem hundertjährigen Leben hat der Baum das kleine Haus von unten gepackt, begierig die Finger darum gelegt, sich den Stein mit seinen Tentakeln untertan gemacht. Der Würgegriff eines kopffüßigen Oktopus. Im Bauch dieses Erdgewölbes sind sie nun miteinander verstrickt.

Ich richte mich auf und setze mich hin. Mehr traue ich mich nicht. Das Licht der Taschenlampe ist mein Fühler, ich lasse ihn durch den Raum huschen. Direkt vor mir verschwindet das Licht. Es reicht, fürs Erste bleibe ich hier. Ich kann sie zählen, die Wurzeln. Zählen hilft, ich beginne mit der linken Wand.

Genau das hat Werner letzten Herbst auch gesagt. Wir standen gemeinsam vor meiner Anrichte, über zwei perfekte Kürbishälften gebeugt. Ich hatte die Frucht mitgenommen und halbiert, um die Samenanlagen zu untersuchen. An der Schnittfläche sonderte das Fruchtfleisch winzige Tröpfchen Wundfeuchtigkeit ab. Werner begann, die von mir ausgelöffelten Samen zu ordnen, um sie dann laut zu zählen. Ich grinste. Verstört stellte er fest, dass ich offensichtlich wusste, wie viele Samen so ein Kürbis besitzt. Eigentlich nicht, gestand ich, was bei meinem Beruf ein heikles Geständnis war. Aber Saatgutgewinnung und -reinigung nahm ich nicht selbst vor. Für so etwas gab es heutzutage Maschinen. Er zähle, wenn er sich schlecht fühle, erzählte mir Werner: Eulen in einem Baum, Büroklammern in ihrer Schachtel, Wörter in seinem Essay. Fakten geben Halt. Man kommt nicht um sie herum. Jenseits davon ist fast alles unzuverlässig.

»Siebenundsechzig«, sagte er schließlich. Wir betrachteten die flachen sandfarbenen Ellipsen auf dem Küchenpapier. Man gewöhnte sich nie daran. An das riesige Fortpflanzungspotenzial einer einzigen Frucht – egal, ob man das nun genauestens kannte oder nicht. Salat sahen wir nie blühen, wir aßen ihn lang davor, dass Gemüse auch allein zurechtkommen konnte, geriet deshalb schlichtweg in Vergessenheit. Obwohl das für Bauern jahrhundertelang etwas völlig Alltägliches war. Sie ernteten, was sie essen wollten, ließen aber stets ein paar Pflanzen in der Erde, damit sie blühten und Samen bildeten. Das war schon seit siebzig Jahren nicht mehr der Fall. Die grüne Revolution hatte uns vieles geschenkt: Kunstdünger, Maschinen, Nahrung im Überfluss und Arbeitsteilung. Die Bauern ernteten die Nutzpflanzen nur noch, die Saatzucht gliederten sie aus. Und zwar an uns. Meine Kollegen und ich züchteten und professionalisierten die Pflanzen und ihre Samen. Haltbarkeit,

Quantität und Transportfähigkeit bekamen oberste Priorität. Wir vertrieben effizienter und globalisierten, sprich, wir sorgten dafür, dass die Äcker weltweit gleichförmiger wurden und es weniger Hunger gab. Zumindest theoretisch, denn in der Praxis wuchs die Zahl hungriger Mäuler und Reichtum war stets ungleich verteilt.

Vielleicht zählte ich tatsächlich zu wenig.

Ich zähle, und die Zeit bleibt stehen. Ich habe ganz vergessen, was ich hier wollte, also zähle ich, lasse das Licht weiter über die Wand huschen. Dieses Bündel wirkt dünner, gleich werde ich wissen, wie viele Wurzeln es sind. Kann sein, dass bald das Licht ausgeht, die Dunkelheit verschlingt es Bissen für Bissen. Sollte ich mich verzählen, fange ich einfach wieder von vorne an. Ich atme tief durch den Mund ein, die Luft ist kühl und feucht an meinem Gaumen. Kann sein, dass ich auch ohne Licht zurechtkomme. Ich knipse die Taschenlampe aus. Die Dunkelheit wiegt schwerer als ich.

Es gibt zwei Arten von Ökologen, fuhr Werner fort: Solche, die zählen, und solche, die Vorhersagen treffen. Zählende wie ihn gab es am längsten. Anfangs war die Ökologie eine rein beschreibende Wissenschaft, und noch heute werden Spinnen, Vögel oder Grasarten gezählt. Zählen, vergleichen, anschließend schlussfolgern, genau in dieser Reihenfolge. Entscheiden, ob da ein Trend erkennbar ist oder nicht.

Ab den Fünfzigerjahren des letzten Jahrhunderts entstand dann eine zweite Gruppe, die Theoretiker. Sie zogen nicht mit Gummistiefeln und gebrochenem Spanisch in den Urwald, um nach endemischen Reptilien oder abgelegenen Inseln zu suchen. Sie saßen schön sauber und im Trockenen hinter ihren Computern, liebäugelten mit der Mathematik. Sie hatten Formeln und abstrahierten die Natur. Von ihrem Bürostuhl aus dachten sie über dasselbe Reptil nach wie die zählenden Ökologen, allerdings ohne ihm je begegnen zu müssen. Zählen fanden sie altmodisch. Sie wollten Vorhersagen treffen, in der festen Überzeugung, dass sich in der Zusammensetzung und Verteilung von Arten Muster erkennen ließen. Sie wollten keine Einzelfälle, sondern Universalität. Sie wollten das Prinzip der Schöpfung.

Eine unfassbar attraktive Idee und noch dazu sehr menschlich – sowohl das Prinzip als auch die Schöpfung. Aber Systeme oder Theorien, Konstrukte, die wir mithilfe von Zahlen errichten, sind ewige Annäherungen. Wie ein Bumerang macht ihre Vorhersagekraft eine Kehrtwende um hundertachtzig Grad und knallt einem ins Gesicht. Noch ehe man sich's versieht, bestimmt sie die eigene Wahrnehmung. Und irgendwann kommt der Punkt, ab dem wir der Formel mehr vertrauen als unseren Augen, wir reiben sie so lange, bis alles in dieses wunderschön-stimmige Universum passt. Außerdem ist die Vorstellung von Mustern unglaublich verführerisch. Nichts liebt unser Gehirn so sehr, wie Zusammenhänge herzustellen. Und deshalb, so Werner, müsse man jedem Muster mit Misstrauen begegnen. Was natürlich nicht heiße, dass wir es nicht versuchen dürften. Lieber Sisyphos sein als der Stein. Ehrlicher aber sei es, einfach Spinnen zu zählen.

Ich knipse die Taschenlampe wieder an. Der Lichtstrahl, deutlich schwächer als vorhin, gibt wenig Anlass zur Hoffnung. Ich fange von vorne an. Die Zahlen beruhigen, das Licht schwindet. Hunderteins und mehr, ich flüstere, immer drei Silben auf einmal. Nicht vergessen, was wollte ich hier gleich wieder? Ich kneife die Augen zusammen. Eine Zahl nach der anderen lasse ich los, sie werden vom Atem der Erde nach oben getragen.

21

Hundertvierundneunzig. Aber das ist nur eine grobe Schätzung. Ich betrachte den Kopf der Taschenlampe, der gelbe Schein erlischt. Wieder verschwinde ich sofort. Panik. Dunkelheit, als hätte es niemals Licht gegeben, als hätte so etwas nie existiert: reines Wunschdenken. Alles kann sich hier an mich heranschleichen, nicht einmal eine Mauer gibt mir Rückendeckung. Auf dem Po rutsche ich rückwärts, erneut auf der Suche nach einem Rand, aber die Bewegung desorientiert nur noch mehr, also höre ich damit auf. Hierbleiben. Meine Hand liegt auf der Erde. Die ist noch da. Die Erde, auf der ich sitze, trägt. Tief Luft holen.

Eines Tages war Onkel Filip verschwunden. Ich war gerade im Schuppen und machte Laubsägearbeiten, als mein Vater mir davon erzählte. Verschwunden? Na ja, meinte mein Vater, man habe ihn nicht finden können. Aber Menschen verschwanden doch nicht einfach so? Es gehe nicht immer gut aus im Leben, erwiderte er.

Mein Onkel, der alles konnte – natürlich konnte er auch verschwinden.

Ganz überzeugt war ich dennoch nicht. Durch sein Verschwinden war er nämlich gegenwärtiger denn je. Ich stellte mir vor, dass er jetzt in einer seiner vielen Geschichten lebte, als neue Figur plötzlich darin auftauchen würde, wenn ich mir von dem Zwerghirsch erzählte. Und wenn er so viel konnte – konnte er dann nicht auch sein Verschwinden toppen? Im Kommunionsunterricht im Jahr davor hatte ich ein Bild von Jesus gemalt, wie er in den Himmel auffährt: eine Wolke mit zwei Füßen. Aber das war eben Jesus, nicht umsonst beruhte auf ihm eine ganze Weltreligion.

Ich schiebe den Schalter der Taschenlampe mehrmals hin und her und drücke ihn schließlich nach oben, so fest ich kann. Mein Daumen schmerzt, aber Licht kommt keines.

Früher wurden Nervenkranke in die Dunkelheit verbannt. Ich drehe am warmen Kopf der Taschenlampe. Angeblich wirke sich die Dunkelheit positiv auf die Kranken aus – aber was wusste man damals schon. Krankheit ist eine Form von Vorverdauung. Wie Mehltau an einer Zucchinipflanze im Herbst. Diese Pflanze, randvoll mit schwer verdaulicher Zellulose, wird vom Mehltau sozusagen vorgekaut. Als Vorbereitung auf die Zersetzung des kräftigen Blattes. Der Taschenlampenkopf löst sich, die Batterien fallen zu Boden. Fluchend taste ich ihn ab.

Als ich einmal in einer Röhre, die kaum größer war als ich, einen MRI-Scan über mich ergehen lassen musste, schloss ich reflexartig die Augen. Auf diese Weise bildete ich mir ein, überall sein zu können, stellte mir einen Strand vor, einen flirrenden Sommerwald, einen Körper, der mich umarmte, mein Bett. Beim nächsten Versuch fügte ich Details hinzu: das Rauschen der Wellen, den Duft des Waldes, ein Lächeln, das Gewicht einer Decke. Nichts half.

Endlich finde ich die Batterien, ihre Oberfläche ist rau und ungleichmäßig, oxidierter Billigmist. Über den Käfig eines Kanarienvogels legt man ein Tuch, damit er aufhört zu zwitschern, genau so werden auch meine Gedanken gedämpft. Ich schließe die Augen.

Ein Baum macht sich nicht wirklich Gedanken über das süße Fruchtfleisch seines Apfels, über seine gleichmäßige Form, über sein verschmitztes Grübchen mit dem kleinen, winkenden Stiel, über seine zarte Röte, darüber, wie perfekt er in der Hand liegt, oder über seinen kleinen Katzenschnurrbart auf der Unterseite. Die Frucht ist dazu da, zum Verzehr zu verführen, mitsamt der Schale und den Kernen. Verbreitung, darum geht es.

Die unaufdringliche Birke verführt nicht. Ihre unreifen Samen hängen zu Dutzenden an einem einzigen Faden, der Baum ist voller fröhlich-gelber Raupen. Sind sie gereift, vertraut die Birke ihre ockergelben, schwalbenförmigen Samen dem Wind an. Sie verbreiten sich wie Saharasand, bleiben an Fell, Sträuchern, Socken und Fußabtretern kleben.

Samen schlafen. Unter einer stabilen Haut wartet der Keimling auf den richtigen Moment. Währenddessen atmet er leise weiter. Die wichtigste Vereinbarung zwischen allem, was lebt, ist Kontinuität. Wir verändern uns. Nie wieder kehren wir in unseren unversehrten Kinderkörper zurück. Nie wieder fällt der Keimling in Schlaf.

Ein einmal geweckter Samen quillt durch Wasser auf und sprengt seine Haut. Alles, was dann kommt, geschieht dank der Kraftreserven, die ihm von der Mutterpflanze mitgegeben wurden – ein unzureichender Begriff, der vor allem unser starres Weltbild verrät. Denn viele Pflanzen sind Zwitter und befruchten sich manchmal sogar selbst, Erbsen und Tomaten etwa. Die mitgegebene Energie hält einen Samen lang, die Pflanze muss schnell für sich selbst sorgen.

Nach der suchenden Wurzel entfalten sich dicke Keimblätter an einem fast durchsichtigen Stängel, und sobald die sich, manchmal noch halb versteckt zwischen Resten brauner Samenhaut, grün färben, beginnt die Fotosynthese. Eine Kettenreaktion, durch Licht ausgelöst. Licht macht einen Alchemisten aus der Pflanze.

Wir denken nicht täglich über Fotosynthese nach. Würde sie ein Geräusch machen, wäre alles anders. Schon beim ersten fahlen Licht würde ein leises Murmeln ertönen: Die Bäume, die alles überragen, aktivieren ihre Blattgrünkörner. Das grüne Pumpen beginnt, Kohlenstoffdioxid gelangt ins Blatt, und Sauerstoff tritt aus, alle Blätter atmen. Ein leises Klicken erklingt, Moleküle werden aufgebrochen und neu angeordnet. Sanft rauschend, werden Zuckerverbindungen zu Wachstumspunkten transportiert. Und während das Licht zunimmt, die Sonne immer höher steigt, weicht das Murmeln und Klicken einem mehrstimmigen Brausen, weil Sträucher und kleinere Bäume jetzt ebenfalls damit beginnen. Auch ihre Blattgrünkörner fangen Licht ein und aktivieren Moleküle. Aufbrechen, neu anordnen, transportieren. Die Erde gerät nun so richtig in Fahrt, die Atmung wird immer lauter. Und dann, wenn die Sonne kurz vor dem Zenit steht, beginnen das Gras, die Kräuter und die Ackerpflanzen zu singen, harmonisch und in höchsten Tönen. Sie überstimmen die Insekten, die Lastwagen, Fabriken und Flugzeuge und bilden einen dichten Geräuschteppich. Ihre Fotosynthese ist schrill und schnell, sie haben nur eine Saison, um zum Finale zu gelangen, zum Samen. Ein Chor aus alchemistischem Grün, das scheinbar aus dem Nichts, aus Gas und Licht, Materie produziert. Bis die Sonne, die ihren Höhepunkt überschritten hat, langsam sinkt und erst die niedrigen Kräuter, dann die Sträucher und schließlich die Bäume den Atem anhalten und das Singen einstellen. Bei Einbruch der Nacht verstummt die Erde – vorübergehend.

Ich rieche etwas: Waldbodenduft. Ich öffne die Augen. Hinter meinen geschlossenen Lidern war es dunkler. Der Raum scheint schwach erhellt zu sein, aber das ist nicht das richtige Wort. Der Raum selbst leuchtet: Licht, das an- und wieder abschwillt wie die Atmung eines schlafenden Tieres.

Ich stehe auf.

Die Wurzeln sind es nicht, die ziehen sich unverändert dunkel durchs glimmende Gerüst. Es geschieht zwischen dem Schwarz, ich sehe andere Linien, breit wie Handgelenke. Das weiß pulsierende Licht verzweigt sich immer mehr, ist erst bleistiftdick, dann kaum breiter als ein Haar, unzählige feine weiße Linien verzweigen sich endlos wie Miniaturblitze. Weiter außen wird das Licht grüner, in den Spitzen giftgrün. Manchmal verlaufen die Linien ein Stück weit parallel und bilden dann ein neues Bündel, um anschließend weiter zu wuchern, bis eine jede für sich immer dünner und letztlich unsichtbar wird. Ich bewege mich Richtung Wand und beuge mich vor. Eine dicke Linie auf Augenhöhe erlischt wie eine Straßenlaterne. Ich strecke die Hand aus, spüre aber keine Wärme. Das Glimmen ist so wunderbar unirdisch, ich wäre gern ein Teil davon. Aber ich kann nur von außen ins Innerste dieses Erdtiers blicken. Das Pilzwesen ist sein Nervensystem. Den Kopf in den Nacken gelegt, starre ich nach oben, in einen eingebildeten Himmel, weil ich mir genau so das Nordlicht vorstelle. Aber da oben ist es schwarz wie Norit. Nur um mich herum leuchtet es. Ich zögere. So nah dran war ich noch nie.

In der Woche, in der man nach ihm suchte, zerfiel Onkel Filip in tausend Teile, um in Geschichten und Erinnerungen wiederaufzutauchen. Aber jedes Teilchen war mit seinem Verschwinden aufgeladen. Er war zu seiner Eklipse geworden, der Rest war verblasst.

Geschichten waren nachweislich unzuverlässig. Von nun an konzentrierte ich mich auf die reale Welt. Wehrlos wuchs ich heran.

Auf dem Rücken liegend, betrachte ich die Lichtshow. In meinem tiefsten Innern möchte ich glauben, dass das sein Lebenswerk ist, dass er nicht weit entfernt an den Knöpfen eines Apparats dreht. Aber wonach er gesucht hat, lässt sich kaum rekonstruieren. Es gibt Teile von Stromkabeln, Muttern und Schrauben, ein halb renoviertes Häuschen, Platinen, von denen niemand etwas versteht. Nachdem man ihn gefunden hatte, war die Geschichte zu Ende erzählt.

Hierzubleiben ist sinnlos, ich stehe auf, mache ein paar Schritte, und da geschieht, was ich nie für möglich gehalten hätte: Das Leuchten bewegt sich mit. Ich bin es, die dieses Spektakel hervorruft. Ein paar Schritte hinter mir verblasst das Licht. Ich gehe weiter, die leuchtende Wand entlang. Keine Rede mehr von Klaustrophobie. Ich strecke die Hand aus, ohne die Wand zu berühren.

Vor ewigen Zeiten stieß ich eine Mitschülerin in die Seite. Laut singend, fixierte sie den Nikolaus, der vor uns auf der Bühne saß. Gleich würde er unsere Namen vorlesen und Geschenke verteilen. Das ist mein Onkel Filip, ich zeigte neben die Bühne, auf den Rücken des Mannes, der uns am Klavier begleitete.

Die Wand endet ziemlich abrupt. Wie war das gleich wieder mit der Starke-Tiere-Butter?

Ich spüre sein Lächeln in meinem Bauch.

Das kann nicht sein. Nicht nur die Wand endet, auch der Boden vor meinen Füßen verschwindet. Ein Krater, der ins Nichts führt. Aber selbst ein Krater besitzt einen Rand, ich gehe auf die Knie. Auf der anderen Seite krümmt sich etwas. Ich schaue genauer hin, es sind drei Würmer, die sich träge aus ihren Löchern winden. Ich lege mich auf den Bauch, um näher heranzukommen. Ein Murmeln ertönt.

22

Wenn sie Augen haben, warum schauen sie dann nicht? Sie schauen nicht, sie sehen. Wenn sie Beine haben, warum gehen sie dann nicht? Sie stehen, sie stagnieren.

Ich stütze das Kinn auf. Andere Menschen sehen, wie sich ein Pudel in den Teufel verwandelt, und tragen anschließend alle möglichen Weisheiten zusammen. Ein Pudel ist ein intelligentes Wirbeltier. Genau wie der Teufel, davon ist auszugehen. Die kleinen Weichtiere schieben sich übereinander, Bauch an Bauch über Rücken, Mund und Anus. Plötzlich erbeben sie, verstört zeigen ihre Kopfsegmente in meine Richtung, und ihre kleinen Körper, die sich eben noch muskulös nach oben wanden, zittern, als stünden sie Aug in Aug mit einer entkräfteten Frühlingsamsel.

Was, lauscht der? Der oberirdische Sohlengänger? Kaum geboren, beginnen sie sogleich, warm zu verwesen.

Ich habe vergessen, weshalb ich hier bin. Ich frage mich, wo sie hinwollen.

Wir stellen keine Fragen, wir stellen uns vor:
Die Form ist Wurm, die Form genügt
Der Wurm ist Form, der Wurm ist wahr

Wir essen dich tot
Du wirst, was du weißt

Ein schrilles Kichern ertönt. Die Worte sind im Nu verhallt. Ich würde sie gern noch einmal hören.

Der denkt, dass uns das was ausmacht. Dieses Gejammer, dieses Vergessen. Nun, Schwachkopf, du verwechselst deine Odyssee mit unserer. Außerdem: Was wissen wir schon vom Meer? Was wir kennen: steigendes Grundwasser, klebrigen Lehm, den glibberigen Film aus Schleim um uns herum zum Rutschen, das Weiche in unserem Innern – Rumgereime, wir schweifen ab.

Sie lubrizieren sich und die Wände mit ihren glitschigen Körpern, gleiten langsam nach oben, die vielen kleinen Segmente krümmen sich.

Es gefällt mir hier durchaus, so ganz ohne Schranken. Ich glaube, ich gehöre hierher.

Wovon redet der, der Angeber. Alle wollen nach oben! Obwohl man sagen muss, dass man bei so viel Wissen eher ins Wanken gerät, wir wanken so viel besser. Wähnt sich Mond stets voll? Und hält die Erde für halb voll? Schau, bei so was werden wir ganz schön philosophisch.

Bist du noch da? Wer schweigt, wird übergangen.

Erzählt mir von eurem Ursprung.

Im Winter winterschliefen wir, tief in die Erde gemurrt, wo das Dunkel wurmt, schwarz knurrend dräut, wo Läppisches liebäugelt und …

Und dann?

Seltsam, dass der uns das Wort abschneidet.

Sie knirschen empört, ein Wortbrei wie aneinanderklebende Erdklumpen. Dann erhebt *einer* seine Stimme:

Schluss. Wie das eben so sein muss, Frühling riss uns aus dem Todesschlaf und lockte uns nach oben. Denn beinahe ist sie voll, gesegnet sei unsere Wurmmondin! Jetzt kennst du unser größtes Begehren, das, wonach wir uns verzehren. Die Bewegung ist erklärt, zufrieden? Auch wenn die Frage wertlos für dich ist, der du das Leben, störrisch die Leere, widerborstig das Wägen verweigerst, der du negierst, was auch immer du gebierst.

Kannst du überhaupt noch schlafen?

Ich stelle mir vor, wie diese bemitleidenswerten mondkranken kleinen Tiere, die in tieferen Erdschichten warten, vom auftauenden Boden geweckt werden und massenhaft nach oben kriechen, durch selbst gefressene Gänge glitschen, hochgeschoben von der wimmelwarmen Frühlingserde, und wie sie dann, während sie sich vor Verlangen verzehren, mit ihren weichen Kopfsegmenten gegen Waschbetonplatten und Asphalt stoßen.

Das ist absurd.

Was für eine Anmaßung, wollhaariger Maulwurfmensch, vierbeinverweichlicht. Kann es wohl kaum erwarten, seine Seele zu verhökern. Ha, wir brauchen weder sie noch seine Sprache, soll er doch brabbeln, so viel er will. Wir stellen uns vor: Wurmmondin, sie erlebt man vielleicht nur ein einziges Mal!

Können wir nicht einfach noch etwas gemeinsam hierbleiben?

Stillstand bedeutet Sterben, und das läuft uns nicht davon. Der Frühling ist grausam, er wartet auf niemanden. Mitmachen braucht Mut, so sehen wir das und wandern deshalb nach oben, zum mächtigsten aller Felsen, zum anmutigsten aller Muttersteine. In unseren Mägen Opfergaben aus Erde – Halleluja, der Wurm ist wahr! Wurmmondin wird uns regenerieren. Also mach Platz, Stolperstein, wir haben es eilig.

Die Würmer, diabolisch gut gelaunt, mit ihren beißfreudigen Mündern, leben nicht von Mineralien. Sie verzehren vielmehr tote Pflanzen, die die Erde überhaupt erst zu dem machen, was sie ist, zu dieser dicken kohlschwarzen Masse, und diese Pflanzen streben nach Licht. Alles ist miteinander verbunden. Stirbt der Baum, dann stirbt sein Pilz. Stirbt der Pilz, dann stirbt der Baum. Nur der Mond ist aus Stein und hat keine Haut aus Erde.

Was ich bisher übersehen habe, ist, dass es viel mehr als nur diese drei Würmer gibt. Über und unter ihnen wimmelt es nur so, aus winzigen Löchern ragen zuckende Körperteile, ab und an liegt so ein Gang auch völlig offen da, und ich sehe gerade noch ein Stück Haut verschwinden. In einer kleinen Höhle zappelt ein Knäuel. Sie alle bewegen sich mehr oder weniger aus dem Krater nach oben. Ein Würmer-Exodus. Noch nie habe ich so viele auf einmal gesehen, die Nacktheit ihrer Leiber und ihre schiere Menge raubt mir den Atem. Dass sie sich einfach nur durch Fressen und Ausscheiden von Erde bewegen, als wären sie nicht mehr als Mund, Darm und Anus! Alles ein- und dasselbe, und mir wird klar, dass Würmer Zwitter sind. Aber braucht es beide Geschlechter in einem Lebewesen, um ein Ganzes zu sein?

Der Wurm ist wahr! Du wirst, was du weißt! Speziell unsere Spezies ist zweifellos die einzig wahre. Du möchtest ein Wurm unter Würmern sein? Dass wir dich retten?

Niemand muss mich retten!

Wer ist niemand? Kennen wir ihn?

Warum ist »niemand« ein Mann? Ich. Ich komm schon alleine klar. Es liegt am Kontext, und den habe ich verloren. Ja, ihr habt die Sprache nicht erfunden. Aber ihr habt leicht reden, mit euren gleichwertigen Zwitter-Leibern. Ihr fresst ein Loch und füllt es mit euch selbst. Ich werde euch mal was erklären über Männer, die sich grob gesagt in zwei Kategorien einteilen lassen: Der Unfreundliche Mann ist leicht zu handhaben, wir ignorieren uns einfach. Es ist der Freundliche Mann, vor dem ich Angst habe. Er schaut, aber kann mich nicht einordnen: Was sieht er da – ein Rätsel, eine Hochstaplerin, jemanden, mit dem was nicht stimmt? Abweichendes führt dazu, dass man an sich zweifelt. Und das ist für niemanden angenehm. Denn abgesehen von uns selbst haben wir rein gar nichts, und das ist schlimm genug. Es geht hier nicht um Identität, höchstens um deren Demontage. Es geht darum, wie man ein Stein wird, ein Stein von unumstößlicher Gestalt, der immun ist gegen Blicke und Stimmen. Ich bilde mir das bestimmt nicht bloß ein: Ihr findet mich verwirrt.

Tatsächlich haben die Würmer nur mit halbem Ohr zugehört, ihre Aufmerksamkeit gilt in erster Linie dem Gang nach oben, der noch gefressen werden muss. Der Mond ist nicht ewig Wurm, die Zeit drängt. Einer von ihnen dreht sein Kopfsegment:

Vergiss es, Sprachwasserfall, mit deinen seltsamen Abstraktionen. Oder gilt deine Rede nicht uns, sondern dem Mann?

Auf einmal sehne ich mich nach oberirdisch-fröhlichen Blaumeisen, nach dem Schütteln von Federn, nach dem Geräusch, das dieses Schütteln hervorbringt, dem hastigen Links-rechts-links-Wetzen des Schnabels an einem Zweig, nach den Stakkato-Rufen, gefolgt von einem *Prrrrt*, danach, wie sie plötzlich davonfliegen.

Ich kehre dem Loch und den Würmern den Rücken zu. Ich versuche, mir den Rückweg vor Augen zu rufen. Begleitet von schwach schimmerndem Pilzlicht, irre ich auf das erste Loch zu, die Arme suchend ausgestreckt wie eine Blinde. Nach einigen Schritten wedle ich aufs Geratewohl herum, hier müsste es irgendwo sein. Noch ein paar Schritte, oder vielleicht doch eher hier. Unzuverlässiges Gedächtnis! Noch ein Stück weiter links, ich fuchtle, benutze die Finger als Fühler. Aber Luft ist ein schlechter Ratgeber. Ich kneife die Augen zusammen und strenge mich an, sehe aber nichts. Warum muss ich bloß immer so stur sein, sogar die Hilfe der rechtmäßigen Bewohner lehne ich ab. Und jetzt kann ich es erst recht vergessen: Hier ist niemand. Die Dunkelheit macht schwindlig. Wenn ich den Gleichgewichtssinn verliere, werden Oben und Unten ununterscheidbar. Ich stampfe mehrmals auf. Zum Glück, ein Anhaltspunkt. Also nach rechts, ich taumle weiter. Endlich ist etwas zu erkennen. Eine vertikale Masse, die Wand, ich gehe darauf zu und betaste sie mit beiden Händen. Aber das ist kein Mauerwerk. Das ist Granit, kühl und uneben. Meine Finger spüren die raue Oberfläche. Granit, an den man die Wange schmiegen kann. Nacktes Gestein, ohne jede Algen- und Mooshaut. Massiv, allgegenwärtig. Nicht das Loch vergessen! Ich lege das Ohr daran und lausche auf lebloses Nichts. Die Wand hallt in meinem Bauch wider, vielleicht ist es auch umgekehrt. Ich starre nach oben. Sie nimmt kein Ende, irgendwo weit über mir verschwindet sie in der Dunkelheit. Was will sie von mir? Was für eine billige Metapher. Meine Ohrmuschel wird feucht, ich reibe sie trocken. Mit der geballten Faust gebe ich ein Klopfzeichen. Ich gebe auf. Denn dämlich, wie ich bin, habe ich mich selbst lahmgelegt. Hier gibt es nichts zu entdecken, das hat schon Onkel Filip bewiesen. All das Wühlen und Graben – nur um irgendwo zu stranden. Gebt mir eine Mauer, dann schaufle ich mir schon einen Weg darunter hindurch ins Freie. Sie möchte, dass ich aufgebe, dass ich mich selbst für verwirrt erkläre.

Ganz schön schleierhaft, das alles – ja, ich bin noch da, zischt die Frau, die ich nie geworden bin. Du hast doch nicht ernsthaft geglaubt, du wärst mich los?

Nein, denke ich gelassen, nicht wirklich, und auch, dass ich eine Spitzhacke hätte mitnehmen sollen. Nur rohe Gewalt kann mich aus dieser Lage befreien. Schluss mit der Diplomatie, her mit dem Krieg!

Denn ich lasse dich nie im Stich. Und bevor ich's vergesse: Wann wirst du dich endlich den Lebenden zuwenden?

23

Die fahle Morgendämmerung sorgte dafür, dass man das Zeltlager kaum von den baufälligen Häusern, Bäumen und Felsen unterscheiden konnte. Ab und zu stöhnte der Junge, ansonsten herrschte absolute Stille. Bis zu dem unbestimmten Moment, in dem die Dinge wieder Farbe bekamen und einzelne Vögel zögernd anfingen zu singen. Ermutigt von der Sonne, die ihre Strahlen zwischen die Baumstämme schickte, schwoll ihr Zwitschern an. Auf ihrem Weg nach oben ließ die Sonne unbekümmert den Nachttau verdampfen. Die Menschen schliefen oder taten so als ob.

Wir wurden ungeduldig, hielten es für keine gute Idee, abzuwarten. Sie hatten den Kopf nicht in den Sand zu stecken, sondern die neue Welt in all ihrer verwirrenden Vielfalt zu beschwören, wie sie das genau anstellten, ließ uns im Grunde kalt. Es musste einfach dringend was passieren, und sei es nur, weil das Murren bei einigen von uns lauter wurde. Ra schien tatsächlich gerettet zu sein, wie die direkten Vorfahren Ferns feststellten, über den Jungen ließ sich das jedoch noch nicht sagen. Sie fragten sich, warum sie in diesen unseligen Plan eingewilligt hatten. Mit jedem Stöhnen wuchs ihr Unmut. Hatte man sie überhaupt gefragt? Moment mal, sagten wir. Ob sie denn nicht wüssten, dass Gleichartigkeit Verständnis füreinander weckt? Vor allem, wenn es um geteiltes Leid oder einen gemeinsamen Feind geht? Genau das tun Verwandte im Geiste: Sie nehmen sich gegenseitig in Schutz. Der Junge sei zwar entmannt worden, aber ihrem geliebten Mutterstein hätten seit jeher Teile gefehlt. Die Steingöttin sei von Anfang an unvollständig gewesen. Ihre Konturen seien Bruchlinien, was beweise, dass sie aus einem größeren Fels stamme. Begriffen sie denn nicht, dass es keine bessere Verbündete gab, der man gleichen konnte? Außerdem sei es nur eine Frage der Zeit, bis sie jemand fallen ließ. Denn nicht der Tod, sondern Zerfallen sei ihr Schicksal. Erst in zwei Hälften, dann in Brocken, in Steine, in Tausende kleiner Steine, in Kiesel, um anschließend zu Staub zu zerfallen und schließlich zu Erde zu werden, sich mit der Erdkruste und den Würmern zu vereinen. Fern werde ganz bestimmt aufwachen, und dann erwarte ihn der ganze Ruhm, der ihm in seinem angeschlagenen Zustand zustehe. Aber vielleicht redeten wir auch dummes Zeug. Denn zerfallen, so brummten Ferns Vorfahren, das klinge doch eher nach einem anderen Wort für amputieren. Was ihnen wohl als Nächstes einfalle: ihm einen Zeh nach dem anderen abzunehmen?

Noch bevor wir reagieren konnten – mit unserer Einigkeit war es längst wieder vorbei –, wurden die Zeltplanen endlich zurückgeschlagen. Die Menschen krochen nach draußen, erledigten ein Stück weiter ihr Geschäft, holten Wasser, entfachten Feuer. Verlegen wichen sie den Blicken der anderen aus. Der Tag brach an, nichts als Nebensächlichkeiten und anstrengende Hitze, alle fieberten dem Abend entgegen. Sonne war unerwünscht bei dem, was nun geschehen sollte. Ihr Licht wurde schwächer, und die

Erde sonderte Feuchtigkeit ab. Gemeinsam zog man zu der öden, leeren Fläche, wo in Zukunft die Felder liegen sollten. Dort machte man Feuer und sammelte sich zum Gebet.

Dankbar seien sie für unsere Begleitung – wir nickten –, dafür, dass wir stets über sie wachten – aber klar doch! –, für Überfluss und gute Böden sorgten. Selbstverständlich wüssten sie, dass wir eigentlich dorthin gehörten – wir schauten in die angewiesene Richtung –, auf die andere Seite des Wassers, in die alte Heimat, aber sie bräuchten uns hier, und zwar mehr denn je, weil die Insel mit ihrer neuen Erde unseren Segen verlange – wir zögerten –, und dass sie unsere Schädel deshalb ...

Die Trance war vorbei. Wir hörten nicht mehr zu und sahen, wie Schädel aus Säcken geholt wurden. Wir erkannten einige der Frauen, denen sie gehört hatten. Wir schwiegen, auch ihre einstigen Trägerinnen. Genau diese Schädel hatten einst unser Gesicht gehalten, wir hatten damit geschaut, gegessen und geliebt. Die Löcher waren von Haut bedeckt gewesen, Haare und Lippen waren geküsst und gestreichelt worden, und zwar bis zuletzt. Nicht vergessen, auch wir waren einmal Menschen. Aber das war nicht der Grund, warum wir erschraken.

Der Mutterstein brummte etwas. Wie immer nahm die Steingöttin triumphierend die Mitte ein. Sie tat, wie wenn nichts wäre, aber wir hatten nicht vergessen, wie viel Angst sie gehabt hatte. Nicht vor dem Meer, denn wenn sie sank, so dachte sich die steinerne Matriarchin, würde sie das eben auch aussitzen. Die zufälligen Bewegungen von Erdschollen oder Wasser würden sie früher oder später schon irgendwohin schieben. Wovor sie Angst gehabt hatte, war, die Menschen könnten andere Steine finden. Keinen banalen Feuerstein, den gab es überall. Sondern gebieterischen schwarzen Obsidian zum Beispiel oder rötlichen hinterhältigen Hämatit, billig glitzernden Glimmer, der das Licht imitierte, oder kränklich-grünstichigen Serpentinit. Abgötter waren das, die die Eitelkeit ihrer Menschen nährten. Wie sie sich damit behängten und schmückten, als wären sie verrückt geworden! Das lenkte nur von ihr ab. War aber alles nicht passiert, ihre Erleichterung war mit Händen zu greifen. Die Insel hatte nichts dergleichen zu bieten, bloß lose Erde und unförmige Felsen, ein wenig Dolomit und roten Ocker. Sie konnte sich also darauf verlassen, dass die Menschen keine anderen Steine neben ihr haben würden. Die hantierten jetzt mit Knochen und Muscheln, drückten den Jungen zu Boden, erfanden ein neues Ritual. An ihr hatten sie nicht die geringste Veränderung vorgenommen, sie konnte sich nicht beklagen. Sie ermutigte sie.

Unsere Schädel wurden weitergereicht und geküsst, inzwischen war deutlich zu sehen, dass wir wieder glänzende Augen hatten – mandelförmige, fein gemaserte Kaurimuscheln mit schimmernder, porzellanartiger Schale. Die gewellte, lineare Öffnung erinnerte an die einer Frau, das Schwarz dahinter vage an eine Pupille. Mit viel Geduld und etwas Lehm waren die Muscheln in die leeren Augenhöhlen gelegt worden. Hervorquellende Totenaugen. Wir fühlten uns überrumpelt, aber im Grunde war das nicht weiter erstaunlich. Sogar uns versuchten sie zu formen.

Während wir weitergereicht wurden, wurde um Überfluss und Segen gebetet. Die Dämmerung wich der Nacht, Fackeln wurden entzündet. Die Menschen sangen, ihre tiefen Stimmen erhoben sich. Der Wächter summte, richtete sich aus seiner Hocke auf und gab Ra die Holzschale, die er die ganze Zeit bei sich getragen hatte. Darin lagen zwei feuchte Häufchen, nicht größer als Nüsse. Ra drehte sich um, vergeblich hielt sie nach Fern und seiner Mutter Ausschau.

Was nun geschah, war schon leichter zu erraten. Schon am Nachmittag war ein Grab ausgehoben worden, gesäumt von Steinen, darin rotes Ockerpulver. Das Zwitterwesen Ra würde die Schale darin begraben sowie unsere Schädel mit den eingelegten Augen. Diese Kunstaugen wären dann auf die noch anzulegenden Felder gerichtet, auf die alte Heimat. Sie gingen davon aus, dass wir über die Erde und ihre Ernte wachen würden. Unter unseren strengen Blicken würden die Pflanzen wachsen und gedeihen und sich ihren Wünschen fügen, genau das dachten sie. Zum ersten Mal würden unsere Schädel nicht unter ihren Häusern ruhen. Ein größeres Opfer war noch nie dargebracht worden. Gleich morgen würde man damit beginnen, die Felder anzulegen, Sträucher und kleine Bäume zu roden, Felsbrocken zu sammeln, sie zu niedrigen Mauern zu stapeln und die Erde einzuebnen. Anschließend würde Wintergetreide gesät. Die Unermesslichkeit war bezwungen, die Wirklichkeit ein weiteres Mal neu interpretiert worden. Wir wussten gar nicht, wo wir anfangen sollten. Wir beobachteten das Singen und Tanzen. Wäre doch hiermit alles vorbei!

Rekapitulieren wir kurz – du hast es vielleicht vergessen, aber wir hatten dir etwas versprochen. Es sollte auch um dich gehen, weißt du noch? Du brauchst es gar nicht auszusprechen, wir verstehen dich auch so: Gut, dass wir es erwähnen, denn du hast dich keine Sekunde in ihr wiedererkannt. Oder in ihm, was auch immer, in Ra.

Nostra culpa. Vermutlich hast du uns die ganze Zeit überschätzt. Im Grunde sind wir nur ganz normale Leute. Wir haben es die ganze Zeit über viel konkreter gemeint. Diese(r) Ra, diese Leute, sind tatsächlich deine Vorfahren. Alles, was du bist, ist auf sie zurückzuführen. Du fragst dich jetzt bestimmt, warum wir das nicht gleich gesagt haben, aber du weißt ja, wie das Gehirn funktioniert: Die Umwege, die es von sich aus nimmt, bleiben am besten im Gedächtnis haften.

Und noch etwas. Wir waren nicht für den Inhalt der Geschichte zuständig, sondern fürs Geschichtenerzählen an sich, weißt du noch? Wir hätten auch noch weiter in der Zeit zurückgehen können, bis zu dem Moment, als wir erstmals das Feuer gezähmt, Werkzeug und Sprache erfunden haben. Aber gezähmtes Leben, etwas so offensichtlich Groteskes und Göttliches zugleich, macht eindeutig mehr Eindruck. Klappt es bei einem Schaf, dann breitet sich die Kunst des Domestizierens aus wie ein Ölfleck. Es ist ansteckend. Ihr seid süchtig danach geworden, habt Steine, Regen, die Wahrheit und einander gezähmt. Ein eindeutiges Zeichen für eine ›erstklassige‹ Sucht ist blindes Leugnen.

Sollten wir unterwegs dein Vertrauen verloren haben – was wir durchaus verstehen könnten, denn unter uns befinden sich deutlich sturere und unfreundlichere Seelen als du –, dann merk dir eines: Nur weil etwas funktioniert, ist es noch lange nicht wahr. Nur weil es machbar ist, ist es nicht korrekt. Nur weil es passt, heißt das nicht, dass es stimmt. Nur weil es sich gut anhört, ändert es nichts am Text. Nur weil man etwas neu gestaltet, bedeutet das nicht, dass es einem gehört, und nur weil man etwas findet … na und?

Natürlich drückten auch wir die Daumen, dass Fern wieder aufwachte. Das Kind würde ihm mit Sicherheit gefallen. Er würde sich darin wiedererkennen – nicht nur bruchstückhaft, sondern zuweilen auch zur Gänze. Die drei würden das Kind hegen und pflegen, es gewissenhaft in Geschichten wickeln. In alte und neue, so wie die Menschen eben Geschichten spinnen, mit Wurzeln und Trieben. Der Keim noch zart, aber unbeirrbar nach oben strebend.

24

Wann ich mich den Lebenden zuwende – die Ironie ihrer Bemerkung entgeht mir nicht. Hinter mir der Krater mit den zielstrebigen Würmern, hier die Dunkelheit, die mit dem Granit endet. Es rührt sich etwas, die Erde hält den Atem an. Feuchte Kälte kriecht mir in die Füße und steigt in mir auf. Mit den Fingern taste ich über den Granit. Wie lange hält man es aus, verrückt zu sein? Dann gleiten meine Finger um eine Ecke. Ich mache einen Schritt zur Seite und kann die Wand problemlos passieren.

Bloß nicht umschauen, denke ich, weitergehen. Lass mich einfach nur nach oben. Du kannst gerne hierbleiben. Das Wurzelgewölbe kommt mir kleiner vor, fast schon alltäglich. Dort ist das Loch, ich krieche. Die Decke nähert sich meinem Scheitel, ich bücke mich und gehe kurz darauf auf alle viere, krieche durch den Staub, stoße mich erneut an den Rohren, krabble auf das sonnenförmige Loch in der Mauer zu und stecke den Kopf hindurch.

Auf halber Treppe höre ich ein dumpfes Geräusch. Ich drücke die Kellertür auf.

Sie sitzt am Küchentisch, neben dem Stein. Das eine Bein elegant über das andere geschlagen, die Hände auf dem Tisch, mit intakter Frisur. Sie wartet offenbar auf mich.

Keine ist treuer als ich, verkündet die Frau, die ich nie geworden bin. Wenn es sein muss, folge ich dir bis in die Hölle und wieder zurück. Ich habe es dir schon so oft gesagt, wir sind miteinander verbunden – über den Tod hinaus. Außerdem ist ein Keller kein Ort für eine Dame. Sie korrigiert etwas an ihrer felsenfest sitzenden Frisur. Du wirkst erstaunt. Was hast du denn erwartet?

Eine Küche voller Verstoßener, denke ich, von mir persönlich ausgewählt. Der letzte Zwerghirsch dort drüben an der Tür, die Augen groß und wachsam. Daneben der Flores-Mensch, das Händchen auf dem kleinen gewölbten Rücken. Der Stein, in sich ruhend, auf dem Tisch. Irgendwo auch Onkel Filip, den Lötkolben noch in der Hand. Und wenn ich schon mal dabei bin: der Zwergelefant, der aus dem Wohnzimmer hereinpoltert, während draußen das Iah verwilderter Esel zu hören ist. Und dann würde ich sagen: Schön, dass ihr alle da seid. Weil wir gesetzlose Giganten, Zwerge und Verwilderte uns gegenseitig beschützen würden.

Genau das meine ich, sagt die Frau, die ich nie geworden bin. Du wärst noch dazu fähig, laut mit Gespenstern zu reden. Du hast dich auf die Suche machen dürfen, ich habe dich gelassen, und was hast du gefunden? Das ist der Beweis: Du bist verwirrt.

Ich reiße mich von ihrem bohrenden Blick los und gehe zur Fensterbank. Die aufgequollenen Samen haben sich nach oben gearbeitet, wie nackte Murmeln liegen sie in der gesättigten Blumenerde. Ich beuge mich vor, aber es platzen keine Samenhäute, darunter sind keine empfänglichen Keimlinge zu sehen, weder ein sich entrollender Stängel noch das Strecken der Leitbündel. Das Saatgut liegt noch in tiefem Schlummer. Ich bin fast so weit, flüstere ich. Sind eure Nachfahren wild, wird endlich jeder den Denkfehler durchschauen. Was ich erwartet habe? Eine ewige Wahrheit, eine, die mich von Grund auf verändert, und das ist erst der Anfang, denn lieber Sisyphos sein als ...

Du lügst!, übertönt sie mich mit schneidender Stimme und dreht sich zum Stein um. Was sie will, ist, so sein wie du. Sie sagt es spöttisch und streicht ihm zärtlich über den Kopf. Oder besser gesagt zwei Wesenheiten in einer. Sie wird wieder davon anfangen, wie armselig Dualitäten sind. Ich kenne sie zufällig ein wenig – sie nickt mir zu und lässt die Hand kreisen –, sie wird niemals damit aufhören.

Jemand kichert. Eine Kinderstimme, ich drehe mich zur Kellertreppe um.

Weißt du, was du jetzt brauchst?, sagt sie zuckersüß, während sie mich erneut in den Blick nimmt. Einen anständigen Wutanfall. Einfach mal so richtig schön wütend werden. Bitte sehr, von mir aus gern! Dieses ewige Stimmengewirr; eines Tages wirst du noch daran ersticken. Du sagst, es ist dringend, brauchst dann aber ewig, bis du in die Gänge kommst – lächerlich. Red du nur weiter mit deinen Würmern und züchte wilde Erbsen: Dabei kann alles Mögliche herauskommen, aber gefährlich wird es nie. Und angenommen, du hast recht – ich sehe das Glänzen in deinen Augen durchaus. Wenn du also dermaßen triumphierst, warum schreist du es dann nicht von allen Dächern?

Wenn ich die Frau, die ich nie geworden bin, erniedrigen könnte, würde mich das schwer erleichtern. Könnte ich sie doch nur mit meinem zentnerschweren Gerechtigkeitsempfinden zermalmen! Denn ihre Manipulationen werden immer durchsichtiger. Kein Wunder, ihr Bedürfnis ist unverändert: Sie will auf keinen Fall, dass ich rebelliere. Irgendwann wird sie mich noch überreden, ein Kleid anzuziehen. Damit alle meine Formen sehen. Doch die gehören ausschließlich mir und niemandem sonst. Ein Kleid, in dem ich zu handhaben bin. Denn die einzige Waffe des Kleids ist seine dunkle Macht über die Wollust der Männer – nur dass mir das gar nichts bringt. Sie will kein denkendes Wesen, niemanden, der nach etwas strebt, das unerreichbar ist, das die eigenen Fähigkeiten bei Weitem übersteigt. Die Messlatte liegt stets ein Stück zu hoch, genau da, wo ich sie haben will. Sie will keine auf mich gerichteten Blicke, die verlegen nach Anhaltspunkten suchen, will nicht, dass ich mich oute! Sie will mich außen vor, ja will mich kleinhalten.

Ich schaue sie an. Du glaubst, ich schaff das nicht.

Aber sie schaut an mir vorbei zur Kellertreppe, wo gerade ein Kind auftaucht. Es ist rot gekleidet, trägt eine schwarze Augenklappe und einen geschminkten Stoppelbart. Im Gürtel steckt ein Plastiksäbel. Das Kind zerrt an seinem Hemd, zieht es aus der Hose und über den Kopf, um es anschließend zu Boden zu werfen. Mit nacktem Oberkörper sieht es uns provozierend an.

Wir tauschen die Rollen, sage ich zu der Frau, die ich nie geworden bin. Ab heute hörst du auf mich. Ich werde dich beschwichtigen, wenn es peinlich wird. Du wirst denken, dass ich dir zuhöre, wenn du aufmuckst. Ich lasse dich in dem irrigen Glauben, Blutsfreundin, und ich werde dir beweisen, dass Unbehagen nicht tödlich ist. Liebevoll werde ich dich mit haufenweise gut gemeinten Klischees zuschütten. Mit diesem Kleid, mit dieser Sittsamkeit. Sei endlich mal in deinem tiefsten Innern, wofür du gemacht bist: gehorsam – von mir aus darfst du das gerne sein!

Kehr wieder dorthin zurück, woher du gekommen bist,

du entartete Kellerassel, zischt sie nicht mich, sondern das Kind an, das noch immer auf sich aufmerksam macht, zurück in deine Unterwelt, du widerliches Blag!

Das Kind zückt den Säbel, dessen Plastikspitze zittert und zeigt auf sie. Das Kind steht breitbeinig in der Tür und führt den Säbel in einer fließenden Bewegung von oben nach unten. Ich erkenne ein »Z« darin. Dann weicht es zurück, zurück in den Keller.

In diesem Moment schlägt ein Windstoß die Kellertür zu und reißt die Hintertür auf. Meeresluft weht herein, dahinter wogt der Garten.

Da geht er hin, dein Denkfehler, sagt die Frau, die ich nie geworden bin, und zeigt mit dem Kinn auf die geschlossene Kellertür.

25

Der Tag ist schon mal ohne mich angebrochen. Ein Raster aus winzigen, an Spinnweben hängen gebliebenen Tautropfen schwebt über der Erde. In den letzten drei Wochen hat sich der Garten in einen kleinen Acker verwandelt. Die Erde ist dunkel vom Kompost, den ich mit der oberen Sandschicht vermengt habe. Gestern habe ich alles mit einem Rechen ein letztes Mal eingeebnet, danach die Pflastersteine neu verlegt und mich dabei beinahe an diesen viel zu schweren Dingern verhoben. Der Weg gibt leicht nach, als ich zum Schuppen gehe. In seinem Schutz warten die Töpfe und Kisten mit dem Erbsensaatgut. Sie hatten jetzt eine Woche Zeit, sich zu akklimatisieren. Ich streiche ihnen über die Köpfe, die inzwischen abgehärtet und stabil sind. Sie haben gut gekeimt, es sind mehr, als ich verwenden kann. Ich könnte Wanda welche schenken.

An dem Nachmittag, an dem ich aus dem Keller kam, schaute sie bei mir vorbei. Ich stand gerade draußen und zersägte die Baumkrone. Da hätte ich ja noch einiges vor, meinte sie, während sie sich umschaute. Die Sonne fand sichtlich Gefallen an ihr, so wie sie ihre Facetten zum Funkeln brachte. Sie stellte sich etwas zu nah neben mich. Ich wich ihr nicht aus, erwiderte, ich würde gerade Platz für mein Erbsenprojekt schaffen. Die Farbe ihrer Augen?

Ehrenpreis, das kam genau hin. Stakkato-Rufe versteckter Blaumeisen ertönten. Die Erbsen würden eine Pflanzengesellschaft bilden, sagte ich, so wie die Bewohner einer Insel, mit wiedererkennbaren Gesichtern und Nachnamen. Isolation und so. Einhändig wischte ich mir Sägemehl von der Wange. Eigentlich müsse ich darüber schreiben, schlug sie vor. Sie klang aufrichtig. In diesem Fall hätte ich bereits einen Titel, entgegnete ich: *Der letzte Bauer*. Sie überlegte kurz, dann überreichte sie mir etwas: Ihr Vorgänger habe nichts weggeworfen. Sie drückte mir einen einfachen Kassettenrekorder in die Hand. Ganz schön dystopisch, *Der letzte Bauer*, meinte sie, das klinge so ähnlich wie *Der jüngste Tag*. Behutsam pflückte sie mir eine Fluse aus dem Haar. Dann ging sie wieder zum Tor. Auf halbem Weg drehte sie sich noch mal um und meinte: Wenn ich gefunden hätte, was ich suche, könne ich ihn ihr ja irgendwann zurückbringen.

Hinter dem Schuppen liegt der zersägte Stamm, ein Haufen riesiger Holzwürfel, daneben der enorme Wald aus Ästen, grob der Größe nach sortiert. Ich ziehe geeignete Exemplare heraus, die mir als Reisig dienen werden. In der kurzen Zeit ist das Gras darunter bereits hoch aufgeschossen. Denn ausgerechnet bei zu wenig Licht ist das Pflanzenwachstum besonders stark. Schatten stimuliert Auxin, und dieses Pflanzenhormon bewirkt, dass sich die Zellen mit Wasser vollsaugen wie Ballons. Sie werden länger, strecken sich und greifen nach der Sonne – dünn, aber lang, damit die Spitze so schnell wie möglich das Lebenslicht erreicht. Entbehrung verändert.

Ich bin dann mit dem Rekorder schnurstracks ins Haus

gegangen, steckte den Stecker in die Steckdose, zog die Kassette aus der Kängurutasche meines Pullis und legte sie ein. Weißes Rauschen. Leise war die schleppende Drehung der Kassettenrekorderrädchen zu hören, quietsch-quietsch-quietsch. Das Rauschen änderte seine Klangfarbe und eine temperamentvolle Stimme ertönte, die Onkel Filip ankündigte, sie erwähnte auch seinen Nachnamen und mich, seine Nichte, sagte, wir würden einen Evergreen spielen.

Und auf einmal fiel es mir wieder ein: Ich war neun, hatte einen Pony, Überbiss und trug eine knallrosa Cordhose. Ich hatte eine Klarinette in der Hand und nicht die geringste Ahnung, was ein Evergreen ist. Das dunkle Holz hob sich deutlich von den silbernen Klappen ab. Der Instrumententrichter reichte mir beinahe bis zu den Knien. Seit Kurzem bildeten dieses wunderbare Instrument und ich ein Paar, auch wenn sich die Töne noch anhörten wie Murmeln auf Beton. Im Unterricht lernte ich Noten, indem ich das Stück auswendig lernte, indem ich dem Kitzeln in den Fingerkuppen entnahm, wo die Note geschrieben stand. Onkel Filip behauptete, keine Noten lesen zu können. Er bat mich nie, ein »b« zu spielen, sondern schlug eine Note an, und ich fand die richtige. Er konnte alles auswendig, und an diesem Tag durfte ich im Altersheim ein paar Stücke mit ihm spielen. Er sah nicht anders aus als andere Männer, er trug eine Fliege, hatte weiche Wangen und feines, blondes Haar – auch auf den Händen, wo es sich kräuselte. Jeder kannte ihn. In seinen Augen glommen Pläne.

Die alten Leute saßen grüppchenweise zusammen, wir warfen uns verstohlene Blicke zu. Du bist kein bisschen nervös, lächelte Onkel Filip. Ich schüttelte den Kopf. Trotzdem dachte ich: Nicht zu fest blasen, denn dann würde sich die Stimme der Klarinette überschlagen und schrill werden. Kannte ich meinen Einsatz? Ich nickte. Onkel Filip begann mit dem Intro, ein Klangteppich aus schwingenden Tönen, Sätze, die einander ergänzten und versuchten, miteinander Schritt zu halten. Er wurde langsamer und legte eine Pause ein, zum Zeichen, dass ich einsetzen sollte. Ich blies, das Blatt an meiner nach innen gefalteten Unterlippe, die Zähne an der Oberseite des harten Mundstücks. Wir spielten zusammen. Meine eher plumpen Töne wurden von seinen, die leicht und lyrisch waren, emporgetragen. Er schöpfte die gesamte Klaviatur aus, erlaubte sich Späße mit den tiefsten Tönen, hegte meine mühelos ein, eilte kurz voraus, in luftige Höhen, und wieder zurück. Alles ging gut. Bis zur Hälfte des Stücks, dann vergaß ich ein Moll und blies vor lauter Schreck zu stark, die Klarinette kiekste, aber das machte nichts, Onkel Filip spielte ungerührt weiter, schließlich kannte ich das Stück auswendig. Eine Wiederholung, ich schaute auf die Noten, verließ mich aber auf meine Finger, die wussten, wo sie hingehörten. Wir spielten bis zu meiner letzten Note, Onkel Filip hängte noch eine Phrase dran – geschafft! Ich holte tief Luft, und die Menschen klatschten! Onkel Filip drehte sich auf seinem Klavierhocker und strahlte mich an.

Ich drückte auf »Stopp« und fuhr mir übers Gesicht.

Der Stein lehnt an der Hauswand und wartet. Ich hebe den gefühllosen Granit hoch und gehe damit zum einstigen Standort des Baums. Dort dürfte so schnell nichts gedeihen, die Wurzeln bekomme ich nicht so leicht weg. Am Stein befestige ich eine lange Schnur und an deren Ende einen spitzen Stock. Wie mit einem Zirkel ziehe ich einen großen Kreis um den Stein, verkürze die Schnur um eine halbe Schrittlänge und ziehe eine zweite Furche in die Erde, bis der Stein von konzentrischen Kreisen umgeben ist. Anschließend gehe ich auf alle viere und stecke den Finger in die weiche Erde des innersten Kreises, setze ein dürres Erbsenpflänzchen hinein und dann, zwei Fingerbreit davon entfernt, noch eines: eine Zweierreihe. Die Sonne knallt mir in den Nacken. Als der Kreis bepflanzt ist, stecke ich an der Außenseite beider Reihen Zweige schräg in die Erde. Ihre Ausläufer zeigen nach oben. Sie greifen ineinander, bilden eine schützende Hecke um das junge Pflanzgut. Aber das ist nicht ihre vornehmste Aufgabe. Sobald sich die emporrankenden Erbsen nicht mehr selbst tragen können, werden sie sich Faust auf Faust einen Weg nach oben suchen und sich dabei an diesem Gerüst festhalten.

Ich beginne gerade mit der nächsten Pflanzreihe, als mein Handy klingelt. Ich ziehe es aus der Tasche meiner Latzhose.

»Ich bekomm das Geld.«

Ich verstehe nicht.

»Mein Reisestipendium nach Flores, schon vergessen?« Am anderen Ende der Leitung ist Möwengeschrei zu hören. Seine Stimme klingt seltsam.

»Wo bist du?«, frage ich.

»Hier. Am Kai.«

Auf dem Rad habe ich Rückenwind. Der Hafen ist wie ausgestorben. Die Reisenden haben sich bereits über die Insel verteilt, und die Fähre ist wieder gefahren. An einer Bushaltestelle aus dem letzten Jahrhundert lehnt mein Freund.

Er winkt müde wie ein mutterloses Seehundbaby, wie ein Ölpestopfer. Ein Haarbüschel weht hoch.

»Möchtest du ein Marzipanplätzchen?« Er zieht eine zerknitterte Packung aus der Innentasche seiner Jacke. Ich schüttle den Kopf.

Mit dem Rad verlassen wir das Dorf. Schweigend, weil es zu viel Gegenwind gibt, außerdem sitzen wir ja hintereinander. Der Weg wird von Kerngehäuse-Sträuchern gesäumt, halbwilde Nachkommen der Äpfel, die Urlauber auf dem Fahrrad essen, um das Kerngehäuse dann achtlos in die Böschung zu werfen. Ich möchte mich umdrehen und ihn darauf aufmerksam machen, überlege es mir dann aber anders.

»Sie hat nicht verstanden, was ich damit meine: einen verlorenen Teil von mir wiederfinden.« Werner spielt mit einem Teelöffel. Erschöpft schaut er aus dem Küchenfenster. Draußen stehen die Erbsenpflänzchen recht verloren in ihrem dunklen Beet. Gleich, nachdem er von der Bewilligung des Stipendiums erfahren hatte, hatte er Ilse in freudigem Überschwang von seiner neuen Kollegin erzählt. In der festen Überzeugung, dass sie sich freuen würde – schließlich war er so vernünftig, der Verführung aus dem Weg zu gehen. In der festen Überzeugung, dass sie sich auch für ihn freuen würde, weil er das Stipendium bekommen hatte: eine Freude, die etwaige Spannungen glätten würde. Stattdessen hatten sie sich mehr oder weniger sofort in Zahlenrekonstruktionen verheddert: wie viele Textnachrichten, wie oft, seit wann?

»Vielleicht ist sie einfach nicht so begeistert von deiner

experimentellen Herangehensweise«, wage ich einzuwerfen. Seine Augen sind rotgerändert, die Iriden blass, sie haben dieselbe Farbe wie der Himmel. Er ballt die Faust. »Dabei dürfen wir nicht vergessen, dass so gut wie gar nichts passiert ist!« Seine Kiefer mahlen. Er möchte, dass ich etwas dazu sage, er zeigt nach draußen. »Die Kreise da, dieser Stein ... ich dachte, du hättest gekündigt?«

Um Zeit zu schinden, stehe ich auf und fülle den Wasserkocher. Ich setze mich wieder und erzähle, dass ich früher mal Pirat werden wollte: An Karneval kam ich mit einer roten Hose und einem geschminkten Stoppelbart zur Schule, mit Augenklappe und Säbel im Gürtel. Stolz zog ich meine Jacke aus und merkte, wie mich die Lehrerin mit den klappernden Armreifen und den rot lackierten Fingernägeln ansah, wie immer in eine süßliche Wolke aus Zigarettenqualm und Parfüm gehüllt. Ein Pirat!, sagte sie theatralisch und fragte grinsend, ob ich mit diesem Stoppelbart jetzt ein Junge sei. Die Lehrerin der Parallelklasse schenkte ihr ein verschwörerisches Lachen. Das ist Schminke, sagte ich mit gesenktem Gesicht und fiel mir so selbst in den Rücken. Erst kurz zuvor hatte ich meiner Mutter auf der Toilette weinend gestanden, ich wäre lieber ein Junge. Denn wenn man das eine nicht sein will, muss man sich offenbar danach sehnen, das andere zu sein.

Ich schaue Werner an und sage, wie leicht es doch sei, Kinder zu erniedrigen. Sie hätten keinerlei schützende Hülle. Das sei das letzte Mal gewesen, dass ich mich *nicht* in Acht genommen hätte. Nach dieser Piratensache sei das Kind in den Untergrund gegangen. Ich füge hinzu, wie deprimierend das sei und wie Erwachsene bloß auf die Idee kämen, Kinder würden nichts mitkriegen.

Die Frau, die ich nie geworden bin, sagt verächtlich: Elke kämpft gegen sich selbst, nur weil eine Grundschullehrerin sie mal geärgert hat. Mit normaler Stimme fährt sie fort: Und das soll dein wahres Wesen sein? Musst du wirklich ständig in die gleiche Kerbe schlagen, deine Scham zum x-ten Mal offen zur Schau stellen? Hast du etwa vergessen, dass du vor Jahren auch schon auf der Suche warst? Damals konnten wir alle noch davon ausgehen, dass es etwas mit dem Alter zu tun hat. In einer bestimmten, klar umrissenen Lebensphase ist man auf der Suche – für so was gibt es Richtwerte. Und dass du nie gefunden hast, wonach du gesucht hast – ist das nicht der Beweis, dass es gar nicht existiert? Mit anderen Worten: Musst du jetzt wieder davon anfangen? Uns schon wieder erzählen, wonach du vergeblich gesucht hast? Wenn du nicht findest, was du suchst, dann such dir halt ein anderes Hobby. Nur bitte nicht immer diese Nabelschau, die wir dann alle über uns ergehen lassen müssen. Ja, genau, *wir*, wiederholt sie, denn ich weiß sehr wohl, dass ich nicht dein einziges Publikum bin. Du hast mich noch nie besonders gut leiden können, aber Vorsicht: Es kann deutlich schlimmer kommen. Denn die nackte Wahrheit ist, dass es niemanden auch nur die Bohne interessiert, Mädel.

Das kann unmöglich von mir stammen, denke ich. Dieses Todesröcheln. Das bin nicht ich.

»Du *bist* aber auch empfindlich«, seufzt Werner schließlich. »Aber was hat das alles mit Erbsen zu tun?«

Ich springe auf, mit einem lauten Knall fällt der Stuhl um. Dass er eine Vorzugsbehandlung genießt, kann ich ihm schlecht vorwerfen, seine Denkfaulheit hingegen schon. »Wenn du's nicht verstehst, dann sag, dass du's nicht verstehst. Schließ nicht automatisch daraus, dass ich dies oder jenes bin!« Was für eine Erleichterung, denke ich. Es stammt tatsächlich nicht von mir.

Er schaut auf. »Elke, ich bitte dich, ich hab nur wenig geschlafen und ...«

Ich tippe energisch auf den Tisch. »Wenn du mich als ruhig, empfindlich oder verwirrt bezeichnest, ist das nichts als eine Annäherung. Eine sehr ungenaue noch dazu.« Dann sage ich, dass er nie was erklären, seine Veranlagung nicht erläutern muss, dass keine seiner Sehnsüchte umstritten ist. Sogar die erotisch aufgeladene Atmosphäre zwischen ihm und seiner Kollegin ist ein wiedererkennbares, uraltes Szenario. Wo man auch hinschaut: nichts als eingefahrene Wege und Denkfaulheit. Dazu die bequeme Unterstellung, dass alles so ist, wie es scheint. Aber er weiß es halt nicht besser, denn sein Körper ist ein Körper, der das darf: schwitzen, behaart sein, Raum einnehmen, nur so strotzen vor Lautstärke, Kraft und Begehren, ohne jeden Grund und ohne Konsequenzen seinen nackten Oberkörper zur Schau stellen. Der Männerkörper gilt als Maßstab. Dabei ist es ein schwachsichtiger Körper. Er kennt mich schon so lange und hat immer noch nicht die leiseste Ahnung von der Sonderkategorie, zu der ich und eine Handvoll andere gehören, eine farblose Kaste von Unfrauen. Wir bemühen uns regelrecht um diese Unsichtbarkeit, denn letztlich ist auch die Unfrau einfach nur eine Varietät, eine – tatsächlich invasive – Unterart der reinrassigen Frau. Jemand, den man korrigieren, lächerlich machen, mystifizieren kann. Damit man davon befreit ist, sie als gleichwertig zu betrachten, ein »Nein« zu akzeptieren. Bei allzu großer Verwirrung kann man die Frau auch eliminieren. Natürlich bin ich eifersüchtig. Nicht auf den Männerkörper und das dazugehörige Männergeschlecht. Bitte nicht falsch verstehen: Es geht hier nicht um Körper, es geht um Willkür, darum, welche Bedeutung Körper für uns haben. In Kriegszeiten flieht auch niemand in die Schweiz, nur weil es dort so schöne Alpweiden gibt: Ich sehne mich nur nach einer einzigen spezifischen Eigenschaft, nach der nicht eigens benannten Neutralität der männlichen Form: der Norm.

Das Wasser kocht, mit einem Klicken schaltet sich das Gerät aus. Ich gieße das brodelnde Wasser in die Teekanne. Stimmt, ich bräuchte mich nicht groß zu beschweren, fahre ich fort, ich sei schließlich in keine Zelle gesteckt worden wegen meines Ketzertums. Es könne deutlich schlimmer sein. Aber mit dieser blinden Scheinheiligkeit wolle ich einfach nichts mehr zu tun haben, mich nicht länger klaglos in diese volksverdummende Polonaise einreihen. Mal ganz davon abgesehen, dass das Piratenkind im Untergrund schon seit Langem prima allein klarkomme. Es gehe mir vor allem um den zugrunde liegenden Denkfehler, der dermaßen um sich gegriffen habe. Angenommen, es gebe tatsächlich so etwas wie klar definierte Dualitäten, dann seien sie völlig unbedeutend im Vergleich zu der riesigen Grauzone dazwischen, der allumfassenden Einheit, der grenzenlosen Verbundenheit von allem auf Erden. Ich hole tief Luft.

Werner schaut mich mit glasigen Augen an. »Ich weiß nicht ...«, hebt er an.

»Diese domestizierten Erbsen da«, ich zeige nach draußen. »Es sind nicht ihre Ranken, ihr Blattaufbau oder ihre Blüten, die sie von einer wilden Erbse unterscheiden. Sondern ihre dicken Samen, die viel zu zarte Samenhaut und die Schote, deren zwei Hälften nach dem Heranreifen fest verschlossen bleiben: Und genau diese Hilflosigkeit werde ich aus ihr herauszüchten. Erst dann ist die Erbse bereit dafür, ausgewildert zu werden.«

Werner hat noch immer diesen ausdruckslosen Blick. Ich schenke Tee ein und stelle den Stuhl wieder auf. Die Hände auf der Rückenlehne, lege ich ihm dar: »Was mich für eine Domestizierung geeignet macht, ist nicht mein Körper, mein Wunsch nach Aufmerksamkeit oder Selbstbestimmung. Sondern mein unterwürfiges Rudelverhalten, meine Empfänglichkeit für Scham und meine Neigung, abzutauchen, in den Untergrund zu gehen. *Das ist es*, was eine Verwilderung verhindert.« Ich lasse mich auf den Stuhl sinken, bin auf einmal ganz erschöpft. Doch noch ist nicht alles verloren. Denn weder meine dünne Haut noch die Dicke einer Samenhaut sind in Stein gemeißelt. Und mit meinem Gedächtnis ist auch alles in Ordnung. »Ich werde es beweisen.«

Stets von Neuem beweisen, dass es mich gibt. Das ist mir immer noch lieber, als mir etwas einreden zu lassen, was mir nicht entspricht. »Jetzt hätte ich doch gern ein Stück von deinem Marzipanplätzchen.«

Er holt es hervor, bricht es entzwei und gibt mir die Hälfte mit der Mandel.

»Zuvorkommend wie immer.« Ich beiße in das Plätzchen.

Am Abend suche ich ihm einen Schlafsack heraus. Im Bad putzt er sich die Zähne. Mit dem Ding unterm Arm lehne ich im Türrahmen und betrachte ihn im Spiegel. Er erwidert meinen Blick, beugt sich vor, um auszuspucken, und dreht sich dann um.

»Als die Paläontologen den kleinen Schädel des Flores-

Menschen fanden, waren sie ganz verwirrt, weil er so winzig war – nicht größer als eine Grapefruit.« Er hält eine imaginäre Frucht in der Hand. Kleine Menschen seien nichts Ungewöhnliches, aber bei ihnen sei der Körper klein, während der Schädel mehr oder weniger normal groß sei. »War das jetzt ein uralter Affe oder ein Menschenartiger? Die Forscher machten einen Abguss von der Hirnschale, füllten sie mit Senfsamen und schlossen daraus auf ein Fassungsvermögen von dreihundertachtzig Millilitern. Eine Enttäuschung, denn das Volumen eines Menschenschädels fasst um die tausenddreihundert Milliliter, bei Menschenartigen mindestens fünfhundert Milliliter. Schimpansen beispielsweise haben ein Schädelvolumen zwischen dreihundert und fünfhundert Millilitern. Aber wenn die Hirnschale nicht von einem Hominiden stammte, was tat dieses Wesen dann mit Steinwerkzeug und Feuer?« Er wirft mir einen vielsagenden Blick zu. »Genau: Die Forscher waren von der Wirklichkeit überrumpelt, ja eingeholt worden, sie waren auf einen Denkfehler gestoßen.« Er erzählt, dass man das Fassungsvermögen nach langen Diskussionen korrigiert habe, wodurch auf einmal doch ein Hominide gefunden worden sei. Neuere Untersuchungen hätten übrigens ergeben, dass das Fassungsvermögen eher bei vierhundertsechsundzwanzig Millilitern liege, was aber immer noch nicht viel sei. »So schnell kann es gehen, Elke! Und dann noch etwas: Erinnerst du dich an die Illustration, die ich dir neulich gezeigt habe?«

Ich denke an den graubärtigen Menschen mit den affenartigen Zügen, aufrecht und stolz, in der einen Hand eine Keule und über der Schulter ein erbeutetes, rattenähnliches Tier, so groß wie ein kleiner Hund.

»Die wurde leider legendär. Denn zwischen den Beinen dieses Menschen baumelt etwas. Es ist tatsächlich ein Penis. Aber der Hüftumfang des gefundenen Flores-Menschen lügt nicht: Sie, die ihr Volk berühmt gemacht hat, das vollständigste Skelett, das bis heute gefunden wurde, ist ein Mensch ohne Pimmel. Eine Frau, wenn du so willst. Aber eine Illustration von einer Riesenratten jagenden Frau? Das lag offensichtlich außerhalb jeder Vorstellungskraft.« Er hält inne und verstaut die Zahnbürste wieder in seinem Kulturbeutel. »Sie wurde bis heute nicht korrigiert.«

Ich möchte ihm die Hand auf den Rücken legen. »Hab ich dir eigentlich schon mal erzählt, dass mein Onkel hier gefunden wurde?«, sage ich. »Im Kriechschacht, einen kaputten Phasenprüfer noch in der Hand. Eindeutig Tod durch Stromschlag.«

Werner schüttelt erschrocken den Kopf.

»Veraltete Elektrik, ein dummer Unfall.« Ich schaue an ihm vorbei durchs Badezimmerfenster. Der Mond ist kugelrund und steht bedrohlich tief. »Hast du den schon gesehen?«

Er schaut hin. »Wir haben nur noch uns, Elke.«

Nachdem ich die Kassette abgehört hatte, nahm ich noch am selben Abend das Rad und fuhr mit dem Rekorder zu Wanda. Über den gewundenen Weg erreichte ich ihre kerzengerade Straße. Sie bat mich hinein, in das Haus, das nicht wirklich ihres war, sondern voll von Dingen fremder Leute. Das traf mich unvorbereitet, ich spürte die Leerstelle hinter meinem Hosenschlitz. Wie Strom durch ein Erdungskabel floss das Leben durch meine Füße in den Boden. Es war eine unerkannte Leerstelle, die die Socke da hinterlassen hatte. Aber als wir uns dann im Wohnzimmer leicht verlegen unterhielten – ich sprach über die Kassette, sie über ihren Vorgänger, der nicht mehr zurückkehren würde, weshalb sie blieb –, beugte ich mich doch nach vorn. Eine Annäherung. Denn später, als ich mit dem Rad zurückfuhr, kam es mir fast mathematisch vor, wie meine krumme Linie ihre gerade an einem einzigen Punkt berührt hatte.

Werner hat recht. Ich werde durch andere verändert, verändere meinerseits andere, und alles strebt irgendwie aufeinander zu. Wodurch sich letztlich alles findet, weil wir gar nicht anders können. So wie die Pflanze zum Licht wächst und der Keimling nur eine einzige Richtung kennt. Die Pflanze ist mit so vielem verwoben. Sie streckt ihre Ausläufer so weit sie kann, schließt polygame Ehen, sogar mit Artfremden, pflegt regen Tauschhandel mit Wurzelpilzen, Fadenwürmern und Bakterien, lockt Insekten, Menschen und andere Pflanzenfresser an und gestaltet die Welt nach ihrem Gutdünken: ein unterirdisches Brausen mikroskopischen Lebens so vieler Arten, dass wir nicht mal ansatzweise eine Vorstellung davon haben. Arten, die sich gegenseitig fressen und Stoffe für die hungrigen Klauen der Pflanze ausscheiden. Und die Pflanze? Die wächst zum Licht.

Über der Erde hat sich die Welt in ein Meer aus Soja, Mais und Getreide verwandelt. Kunstdünger und Jauche übersäuern, Gift tötet. Und darunter regiert der Tod. Während der Mensch einfach weitersät, weiterschuftet, sich weiter fortpflanzt. Mittlerweile ertrinken wir in Jauche, es regnet Stickstoff vom Himmel, und Phosphat sickert ins Trinkwasser. Blattläuse werden zu Tode gespritzt, Bäume gefällt und Hecken rasiert. Keinerlei Zufluchtsorte mehr für Insekten, Vögel, Nager, Moose und Pilze, die einander oder Pflanzen fressen, Baumschatten benötigen. Ihre toten Körper ernähren durchweg das Leben in der Erde, die Pilze und Bakterien, die außerdem Wasser und Mineralstoffe für die Pflanze speichern: extrem widerstandsfähige Lebewesen. Aber wogegen sie alle nicht ankommen, ist Gift, sodass die Erde zusehends verstummt. Monoman dominieren Brennnesseln und Algen. Neues Land gibt es nicht mehr.

Die Natur ist unendlich komplex, programmiert sich ununterbrochen neu. Wir haben sie nicht enträtselt, wir tun höchstens so als ob. Währenddessen ebnet der Bauer seinen Boden ein und nivelliert die Natur. Englischer Rasen, Futtermais und Artensterben. Und je eintöniger die Welt, desto verengter auch unser Denken?

Deswegen sollte man sich nicht einbilden, alles zu wissen. Denn Pflanzen wachsen zum Licht, und manche davon warten im Schatten, halten sich bereit für den Moment, wenn die Riesen sterben. Die werden nach ihrem tödlichen Sturz Futter für die Würmer, die die Erde mit ihren weit verzweigten Gängen in lockeren Biskuit verwandeln. Ihre Tunnel bringen Sauerstoff zu Maulwürfen, Einzellern und Wurzeln, eine Pflanze wächst nämlich auch von unten, sie atmet mit den Füßen. Und eine Pflanze erreicht nie die Sonne – welch vermessener Gedanke! Sich danach zu strecken, die Glieder mitsamt den Blättern, Knospen und Seitenästen zu recken, reicht ihr vollkommen. Blühen, als wäre jeder Tag der letzte. Die Erde bleibt nie lange kahl. Die Wunde heilt rasch, denn andere Pflanzen wachsen nach, die Wurzeln fest verankert, ihr Grün miteinander verwoben. Sie erkennen einander, machen sich gegenseitig Platz oder überschatten sich, einige bilden stabile Pfahlwurzeln, andere tausend Samen. Und eine Pflanze wächst immer weiter, trägt Früchte und befruchtet andere, ist Vater und Mutter zugleich. Jeder Zentimeter wird genutzt, und wenn jemand stirbt, keimt ein anderer an seiner Stelle. Man braucht nur von unten in die Krone eines Baumes zu schauen, dann sieht man, wie jedes Blättchen seine Position einnimmt, um das Licht optimal einzufangen.

Die Erde wird auch wieder brausen – sobald wir damit aufhören, schon im Keim zu ersticken, was sich nicht beugen will. Denn alles hängt mit allem zusammen, und wir beugen uns weit, bis wir brechen. Wir formen, *noch ehe* wir begreifen. Wir sehen, *noch ehe* wir schauen. Wir berühren und weichen zurück, denn alles hängt mit allem zusammen, und alles wächst zum Licht.

Ich gebe ihm den Schlafsack. Nach der Ernte, wenn meine Erstlinge auf den nächsten Frühling warten, kann ich vielleicht mit ihm nach Flores, denke ich. Es gibt keine Lösung, außer hartnäckig weiterzusuchen, immer wieder etwas freizulegen, so als würde man ein Tier zerlegen. Es gilt, die Haut zu öffnen und in dem chaotischen Sack, der der Körper nun mal ist, Bindegewebe von Muskeln und Organen zu trennen. Wie ein Gerichtsmediziner zu demonstrieren, wo das Denken versagt hat, ja, wo es tödlich wurde. Und auch wenn das niemand kapiert, auch wenn ich unrecht habe und dieses Versagen nur mich selbst betrifft, ja, sogar dann werde ich die Wunde eigenhändig vergrößern. Bis sie niemand mehr übersehen kann.

Wenn ich die Augen schließe, sehe ich sie vor mir: die schweren Doldenblüten verwilderter Pastinaken in einem traumhaften Feld mit schulterhohem Getreide und gelb blühendem Raps, durchzogen von blauviolett geäderten Blättern überwinternder Kreuzblütler, die Erde prall gefüllt mit schlummernden Samen von Bittersalaten, sich auskreuzenden Zwiebeln und Spargelbohnen, sonnengetränkten Knoblauchzwiebeln, die unter der Erde ihre Zehen spreizen, vielarmig umschlungen von grün getarnten Kürbissen, ein selbstaussäender Garten Eden.

Dämpft das Licht, mein Streckungswachstum beginnt. Denn die Pflanze wächst zum Licht, erst recht im Schatten. Ja, die Pflanze wächst zum Licht.

26

Die Steingottheit ruht in ihrer neuen Konstellation. Eine flache Mulde, wie es scheint. Sie weiß nicht recht, ob sie das als Herabsetzung auffassen soll, aber offen gestanden, hat sie schon schrägere Dinge erlebt. Es ist so oder so ein willkommenes Gefühl, wieder festen Boden unter den Füßen zu haben. Sie hat die Erde vermisst und den Himmel – sie schaut nach oben –, alles darüber und sogar noch darüber hinaus, sie sucht den Himmel nach ihrem Ebenbild ab. Aber der Mond verbirgt sich hinter einem Wolkengebirge. Wie immer weiß sie die Zeit auf ihrer Seite, der Mond wird schon irgendwann zum Vorschein kommen. Und bei dieser überwältigenden Vorstellung nickt sie ein.

Dann kitzelt sie etwas an ihrem Steinfuß. Die Erde stülpt sich aus, streckt sich. Lauter kleine, aber unverkennbare, aufwärtsgerichtete Stöße. Sie schaut nach unten. Als würde es bei klarem Himmel hageln, bilden sich in rascher Folge winzige Krater, einer nach dem anderen. Aus einigen kriecht träge ein Wurm. Das dürften die gleichen unglücklichen Pendler sein, die sich den Kopf an ihrem Steinfuß stoßen. Die Erde ist auf einmal gar nicht mehr so stabil, sondern viel zu porös. Und schon ist die Steingottheit um einen Millimeter gesunken.

Wir sehen sie nicht, wir sehen sie durchaus
Sie heißt wie wir, sie gehört zu uns

Hypnotisierend trällert der Würmerchor aus unzähligen Öffnungen. Sie sinkt nun um fast einen Zentimeter. Dann ertönt es ganz aus der Nähe gedämpft:

Wurmgeschwister! Hier! Wir haben sie gefunden: unsere Wurmmondin!

Sofort hört das Stoßen unter ihr auf, als würden sich alle neu formieren. Dann scheinen vereinte Kräfte an ihr zu zerren, und sie sinkt noch tiefer. Eine deutlich spürbare Abwärtsbewegung, immer weiter sinkt sie hinab. Von ihr aus gern, schließlich wird man, was man weiß. Nur noch ganz kurz, und sie ist wieder unter uns. Schon schließt die Erde ihre kühlen Finger um ihren Rumpf.

DANK

Beim Schreiben dieses Romans habe ich mich vielfältig inspirieren lassen. Drei Büchern bin ich besonders dankbar. Immer wieder habe ich einzelne Passagen gelesen, war ganz fasziniert von dem Ideenreichtum und Wissen. Während des Schreibens kam es zwischen den drei Titeln zu einer Art Kreuzbestäubung – eine wichtige Voraussetzung für dieses Buch. Mein Dank gebührt:

Louis Beyens, *De graangodin* (»Die Getreidegöttin«, nicht auf Deutsch erschienen), Amsterdam: Olympus 2009.

David Quammen, *Der Gesang des Dodo* (aus dem Englischen von Ulrich Enderwitz), München: List 2001.

Mike Morwood und Penny van Oosterzee, *A New Human: The Startling Discovery and Strange Story of the »Hobbits« of Flores* (»Ein neuer Mensch: Die verblüffende Entdeckung und seltsame Geschichte der ›Hobbits‹ von Flores«, nicht auf Deutsch erschienen), London: Routledge 2009.